Né à Paris en 1952, **Georges-Patrick Gleize** *est professeur d'histoire-géographie. Son premier ouvrage,* Le Temps en héritage, *sorti en 2002 chez Albin Michel, a rencontré un large public.* Le Forgeron de la liberté *est son quatrième roman.*

Le Forgeron de la liberté

Du même auteur

La Vie en plus, collection Terre de poche, De Borée, 2007
Le Chemin de Peyreblanque, éditions Albin Michel, 2003
Le Temps en héritage, éditions Albin Michel, 2002

Imprimé en France en mai 2008
Dépôt légal : février 2008
ISBN : 978-2-84494-729-1

Georges-Patrick Gleize

Le Forgeron de la liberté

De Borée
Terre de poche

J'aime
cette terre
on peut
oublier
où et quand
on prit du ventre
et un triple menton
Mais
la terre
avec laquelle on a su
ce que c'est que la faim
on ne peut
jamais
l'oublier

Vladimir MAÏAKOVSKI

I

Au soleil de Loupia

LE SOLEIL SE LEVAIT en une aube timide et incertaine. Il jaillissait par-delà l'horizon des montagnes brûlées par un été caniculaire pour donner aux restes du château cathare un aspect féerique. Dans l'éveil des promesses d'un jour nouveau, les habitants de Loupia renouaient avec ces gestes simples qui sont le début du temps quotidien. À la fontaine de pierres moussues, alimentée par le ruisseau du Blau, sur la place du village, un filet d'eau qui psalmodiait un son cristallin dégueulait de la bouche d'un lion. Il accueillait parfois le bain d'un moineau furtif, descendu des platanes de la promenade déserte. Un coq lança un ultime défi à la nuit qui s'estompait complètement. Là-bas, au pont des gabelous, une charrette couleur bleu passé, à l'image du temps, avançait lentement au rythme des bœufs qui la tractaient sur le chemin de Peyrefitte. Déjà les femmes commençaient à sortir des maisons crépies à la chaux, pour aller chercher de l'eau, la cruche bien droite sur la tête, posée sur un de ces « cabessals » faits d'un linge torsadé qui amortissent les chaos de la « dourne », la cruche, sur le crâne.

Dans les caniveaux du village, en ce mois de septembre, teinté de rouge par la couleur du vin échappé lors du rinçage des futailles, le reste des ablutions matinales s'écoulait en un gargouillis sordide qui s'accompagnait d'un cortège de bulles savonneuses descendant au fil des cruches que l'on verse. Au clocher de Saint-Jean, la grosse cloche, bénie par un légat de Pie IX, sonna dans un nuage de pigeons qui s'enfuirent à tire-d'aile dans l'air diaphane de la fin de l'été. Bientôt les vendanges allaient commencer. Le village renaissait à la vie dans le halètement matinal des petits métiers. Le martèlement d'une forge s'égrenait en notes aiguës qui couraient de rues en rues mélangées au beuglement des bœufs que l'on attelle. Ici, sur les contreforts du Razès, là où l'Aude annonce l'Ariège, à deux pas du pays de Kercob, une journée nouvelle commençait.

Julien Bénazet, apprenti commis de forge chez maître Costesèque, forgeron et charron reconnu dans tout le pays, frappait dur pour cintrer de bon matin ce bout de bandage en fer. En cette année 1869, il avait dix-huit ans à peine mais déjà six années de métier derrière lui, et une vie pleine de coups de pied au cul, de nuits passées à dormir sur une paillasse dans la grange, éreinté de fatigue. Pourtant, il ne se plaignait pas. Maître Costesèque était un bon patron. Il payait ses six sous par jour pour travailler sans comptabiliser le nombre de coups de marteau frappés. Julien avait commencé à douze ans comme beaucoup, selon l'apprentissage qui le mènerait de l'état d'apprenti à celui d'ouvrier confirmé. Son destin était tracé dans la nuit des travailleurs de sa race.

De la naissance à la mort, il serait ouvrier, lui aussi, comme l'étaient son père et son grand-père. Seul l'oncle Honoré, riche propriétaire par son mariage de quinze hectares de vignobles du côté de Mirepoix, à la limite de l'Aude et de l'Ariège, avait échappé à cet état et à la précarité du monde des besogneux. Ce n'était pas le travail qui manquait ici, dans ce pays, écrasé par le soleil d'un bout à l'autre de l'année. Seuls les cyprès servaient de haie au vent marin et apportaient une touche verte dans le paysage brûlé où les vignes s'étendaient à perte de vue. Tout l'été, les habitants se claquemuraient dans leurs habitations, en quête de fraîcheur, le temps d'une sieste. La terre ocre commençait à se craqueler sous le soleil trop généreux qui faisait mûrir le raisin. Elle se creusait de crevasses qui couraient dans un sol assoiffé de pluie, propice et fragile au ravinement des orages qui ne manquaient pas d'éclater en fin d'après-midi.

Il était seul, dans l'atelier sombre simplement éclairé par la rougeur du feu. Julien frappait à coups réguliers une lame d'acier rougie qui s'amincissait sous le marteau. En cette heure matinale, après avoir démarré le feu comme tous les jours, c'était là le premier travail de l'apprenti, il avait commencé à s'escrimer, alternant frappes en enclumes et moments de chauffe où il activait un énorme soufflet qui du plafond noirci déversait des torrents d'air frais sur le brasier. À la chaleur, son visage encore juvénile s'ornait déjà de craquelures et prenait un aspect buriné qui augurait un vieillissement précoce des traits, résultat d'un labeur qui, le soir venu, le faisait sombrer sans rêves, les muscles tétanisés, sur la paillasse qui absorbait mal la sueur de son corps.

Dans un moment les autres ouvriers arriveraient et il savourait en cet instant, malgré l'effort que ses muscles endoloris de la veille lui occasionnaient, la joie et le plaisir d'être le seul maître des lieux, propriétaire de son temps et de ses gestes. Les yeux très bleus, ce qui était plutôt rare dans ce Midi viticole, la taille bien faite, la carrure prometteuse, Julien Bénazet était un garçon non seulement bien bâti mais doté aussi d'un sourire charmant qui ne laissait pas indifférentes les jeunes filles timidement approchées.

« Adiou, pitchou… ! Tu es bien vaillant ce matin », fit Ernest en entrant.

C'était le plus vieux des trois ouvriers de maître Costesèque. Il avait le poil gris et clairsemé, le sourcil rôti par des années de chauffe au soufflet et de sa bouche édentée giclait de manière spasmodique un jet de salive jaunâtre, fruit de l'éternelle chique qu'il cultivait dans la puanteur de cette cavité naturelle. Il avait tant travaillé au fil des jours et des saisons et souvent des nuits que son corps sec et noueux ne transpirait plus maintenant.

« C'est pas le travail qui me manque !

– Tu as préféré dormir ici, n'est-ce pas ? Tu n'es pas rentré à la maison hier soir, fit Ernest d'une voix douce.

– Comment vous savez ?

– Oh, ton père était encore cuit quand il a quitté l'atelier… et té, comme je te vois, il est parti chez la mère Cassou… et quand il va là-bas, c'est pas pour jouer à la manille. »

Julien ne répondit pas, en bon connaisseur d'un père porté sur le goulot de la bouteille. Il en avait reçu des torgnoles les soirs de beuverie, des claques et des coups de pied au cul les jours ordinaires quand son père rentrait de la forge où il était désormais employé comme apprenti. Après une instruction sommaire à l'école du village, où il avait juste appris à lire, à écrire et à compter, et quelques mois passés chez un viticulteur à chausser et déchausser le pied des ceps, c'était lui, le

« païre », qui l'avait placé là à douze ans, à l'âge où l'on pense encore à dénicher les pies au lance-pierres, à pêcher les écrevisses dans le ruisseau du Blau qui courait entre les pierres ou à tendre des collets pour le lièvre entre deux pieds de vigne. Aujourd'hui la moustache lui poussait sous le nez mais il demeurait encore soumis à une autorité paternelle qui n'admettait pas de contestation. Il en était ainsi comme pour tant d'autres victimes d'un temps où on ne se révoltait pas.

« Pousse un peu le feu, j'ai une roue à faire pour le père Alibert ce matin… »

Docile, Julien s'activa au soufflet, tirant sur la longue chaîne qui par un astucieux système de contrepoids faisait respirer l'antique machine en un halètement profond et puissant. Ernest le regarda du coin de l'œil. « Pauvre gosse… Être obligé de dormir à l'atelier… » Pour dur qu'il fût à l'ouvrage, comme beaucoup l'étaient en ce temps-là, il comprenait la nécessité du repos réparateur après plus de dix heures de labeur au milieu du bruit, du chaud et du froid, des trempes et des ferrages. Et puis, lui qui n'avait jamais eu d'enfant, il aurait aussi secrètement aimé apprendre le métier à un héritier, transmettre ce savoir ancestral qui vous fait juger rien qu'à la couleur rouge cerise la température de la pièce chauffée et savoir ainsi si elle a acquis cette élasticité qui lui permet d'être battue.

Hélas, la Pauline, sa femme, après trois fausses couches, avait été victime d'une de ces mauvaises fièvres d'un printemps trop humide. Elle avait contracté la tuberculose, cette phtisie, ce mal du siècle, et par force avait dû ralentir son activité de lavandière car l'eau glacée où elle plongeait quotidiennement les mains entretenait cette consomption en sourdine. À quelque temps de là, elle avait dû s'aliter, pour bientôt ne plus se relever. Deux ou trois semaines d'affaiblissement inéluctable, et elle avait rendu son âme à Dieu dans le même bruit que le soufflet de forge que Julien manœuvrait maintenant. Depuis, Ernest avait pris le pitchou en affection et sans se heurter avec son père, qui tétait ses six à huit litres par jour, il avait pris le gaffet sous son aile, atténuant la rudesse des petits matins.

Il cracha un jet jaunâtre d'un revers de tête avant de relever d'un geste machinal sa casquette crasseuse sur un front ridé et buriné par des années de labeur. La journée promettait d'être chaude encore en cette fin d'été. Le soleil généreux de septembre parachevait le doré des grappes qui, dans quelques jours, de hottes en cuves, seraient pressées pour donner ce vin épais que les négociants de la région expédiaient, via Carcassonne, par le chemin de fer, vers la capitale, véritable ventre de la France.

Cette industrie viticole, banale au demeurant dans ce Midi, n'était pas sans incidence sur le rythme de son travail. Au fil des saisons, la réparation des cerclages des tonneaux, la restauration des charrues et des houes, l'affûtage des serpes et des sécateurs pour suppléer le taillandier débordé, constituaient le labeur au quotidien. La forge commença à s'animer avec l'arrivée de Camillou, le deuxième ouvrier, bientôt suivie de celle de maître Costesèque lui-même, qui, nonobstant son statut de patron, n'hésitait pas pour autant à mettre la main à la pâte comme c'était souvent le cas en cette saison proche des vendanges pour faire face à l'afflux de commandes, toutes urgentes bien sûr.

Julien tirait toujours sur la chaîne du soufflet, pesant dessus avec la lenteur du temps, quand son père entra. Il lui jeta un coup d'œil inquiet par-dessus l'épaule. Son père avait le poil gris et rêche, la barbe mal rasée depuis plusieurs jours, l'œil vague et terne comme ceux qui ont beaucoup bourlingué. Son bleu de travail était fatigué et le col rapiécé formait désormais une carapace. Le père avait le pas hasardeux, comme d'habitude. Il cherchait le chemin sans trop tituber. Il était toujours prêt à lui foutre un coup de pied au cul, pour l'exemple, devant les autres ouvriers. Julien savait bien qu'il n'avait rien de bon à attendre de lui. Au mieux une taloche assenée d'un revers de main sans aménité, comme jetée à ces chiens que l'on tance d'un coup de badine. Il en était ainsi depuis ses plus jeunes années et il n'avait pas souvenir d'un quelconque geste d'affection de sa part, aussi considérait-il son père simplement comme son géniteur, sans autre forme de sentiment vis-à-vis de ce butor alcoolique et violent que le décès prématuré de sa mère lui avait laissé en face.

Il se rappelait vaguement sa mère, Marguerite. Il n'avait que sept ans lors de sa disparition et ne conservait d'elle qu'une image floue dans une robe de burat noir, coiffée d'un fichu bleu en toute saison. Il avait oublié le son de sa voix, mémorisant seulement la toux et le halètement des derniers jours. Jamais il ne pourrait oublier les râles qui l'avaient emportée. Marguerite avait subi ce que sa condition de fille de la terre lui avait tracé comme destin : un mariage précoce, conclu d'avance, avec un homme plus vieux qu'elle, choisi par ses parents, l'avait fait passer d'une adolescence insouciante à l'âge de femme en la brutalité d'une nuit de noces sans amour.

Quelques grossesses à répétition ponctuées de courts intervalles intergénétiques lui laissaient parfois seulement le temps d'enterrer une progéniture fragile et éphémère, victime des fièvres, en un environnement médical misérable. Julien était ainsi le troisième, l'aîné des survivants. Quatre autres avaient suivi, mais la grande faucheuse d'enfance en avait enlevé deux avant l'âge de un an. Ils n'étaient ainsi plus que trois lorsqu'elle tomba malade, à la fin d'un hiver pluvieux et froid où le maigre feu de bois du cantou n'arrivait pas à chasser l'humidité qui lui pourrissait les poumons. Julien avait onze ans, son frère, Paul, tout juste deux ans et le petit quelques mois à peine. Pour ce dernier, alors qu'elle sentait ses forces décliner, une voisine de bonne volonté, mère répétitive aux seins lourds, avait bien essayé de servir de nourrice bénévole. Hélas, sa santé périclita très vite et il suivit de peu sa défunte mère au cimetière de Loupia, là où les cyprès étendent paisiblement leur ombre séculaire sur le royaume des morts.

Julien se souvenait que sa jeunesse avait été rythmée par les pleurs et les grincements du berceau à bascule que l'on pousse en rafistolant la layette du suivant selon ce cadencement mécanique qui organise celui de l'aiguille et du pied. « Pleure, lou drole », criait-il pour se dispenser de la garde du berceau que lui confiait sa mère occupée à des tâches ménagères. La maison respirait la sueur et la misère mais malgré tout, c'était la sienne. Il y avait toujours un verre près du barricot dans la souillarde. Il était culotté d'une auréole rougeâtre qui se dessinait en gouttelettes séchées, canon après canon, soigneusement entretenues par l'alcoolisme du père.

« *Millodiou !* Pourquoi t'es pas rentré à la maison hier soir ? *Hé, lou drole ? Un t'en es anat ?* » fit-il en le menaçant d'un geste du bras.

Julien se garda bien de répondre à ces interrogations, préférant demeurer prudemment dans un coin sombre de l'atelier où il faisait semblant de ranger les tenailles qui servaient ordinairement au ferrage des bœufs. Cette hargne paternelle n'avait rien de bien extraordinaire et souvent elle s'accompagnait d'une volée de coups de ceinture assenés boucle en avant. À vrai dire, les matins du père se suivaient et se ressemblaient dans les vapeurs diffuses qui mélangeaient gros rouge et absinthe en un cocktail explosif. À moins de quarante-cinq ans, son père, Jean Bénazet, dit « Taychou », était complètement cuit. Les traits ravagés, la lippe libidineuse, l'œil à jamais torve, et la paupière tombante, il braillait et vociférait d'une voix éraillée par la fumée du gris qu'il brûlait entre deux canons dans une bouffarde sans âge.

Tinc ! Tinc ! Tinc ! Tinc !... La forge résonnait maintenant du marteau d'Ernest, qui préparait le cerclage de la roue pour le père Alibert. Bientôt, la mise en forme achevée, il appela les autres pour lever le bandage et l'insérer fumant sur la pièce de bois avant de la plonger dans une grande cuve remplie d'eau noirâtre pour la refroidir et assurer ainsi sa parfaite adhérence sur les jambages de bois.

Jean Bénazet, la bouche mauvaise de sa cuite de la veille, cherchait son tablier de cuir parmi les défroques misérables, raides de sueur et de crasse, qui pendaient dans un coin d'atelier. D'ordinaire, c'est là, le soir, qu'il le laissait suspendu à un clou planté à même le mur noirci. Mais ce matin, il avait beau écarter les vieilles hardes, le tablier avait disparu. Cela le mit dans une fureur vindicative qui monta en lui comme le lait sur le feu pour déborder soudain en une violente explosion quand, par malheur, son fils Julien passa trop près de lui.

« C'est toi qui me l'as pris, hein ? Petit fumier ! Tu veux m'empêcher de travailler, c'est ça... Je vais t'apprendre, moi ! Attends un peu, je vais te caresser les côtelettes... »

Ernest et les autres n'avaient pas prêté attention à son manège, autant habitués à ses coups de rogne qu'occupés à leur travail sur la roue qui dégageait une épaisse fumée blanche noyant l'entrée de la forge d'un brouillard opaque. C'est un bruit de ferraille entrechoquée qui les fit se retourner. Julien était à terre, empêtré au milieu d'un fagot enchevêtré de barres de fer. Il gisait au sol tel un mikado, se protégeant du mieux la tête de ses bras. Il parait, en roulant de droite et de gauche, les coups de tisonnier que son père cherchait à lui assener en une rage meurtrière.

« Bougre de salaud ! Tu vas voir... Je vais te dresser, moi. »

Julien esquivait les coups qui pleuvaient dru, manquant leur cible dans un effroyable fracas métallique. Dehors, Ernest lâcha les grandes pinces à bout plat qu'il tenait pour se précipiter avant que Jean Bénazet ne commette l'irréparable. Le saisissant du bras, il le fit pivoter et lui arracha le tisonnier des mains. Mais l'autre se rebiffa, tentant de lui envoyer un coup de poing. Camillou ramassa alors une barre de bois qui traînait par là et assomma l'ivrogne avant que l'affrontement ne tourne au pugilat. Julien se releva promptement, tremblant de peur, les cheveux en bataille, le visage noirci et tuméfié.

« Ça va, pitchou ? fit Ernest doucement. Tu n'as pas de mal ?

– Il en a pour un bon moment », fit Camillou en désignant le père Bénazet.

Ernest se pencha sur le père Bénazet qui gisait au sol, les vêtements en bataille, au milieu du désordre provoqué par la rixe matinale. Du bout des doigts, il chercha le pouls à la gorge comme il avait appris à le faire pour les blessés, lors de son service militaire, passé trente-cinq ans plus tôt sous les ordres du maréchal Bugeaud, à conquérir et à pacifier l'Algérie. Il s'assura qu'il était juste assommé malgré la vilaine plaie qui saignait à la base du cou. En dépit de son état de perpétuel imbibé, l'ivrogne restait solide. Rassuré, Ernest dit :

« Il s'en sortira. T'en fais pas, petit !

– Il va me tuer quand il va se réveiller, murmura Julien dans un souffle de terreur.

– Faudra pas trop traîner dans ses pattes, en effet, ajouta Camillou en bon connaisseur des rognes furieuses de l'alcoolique.

– Écoute, Julien, fit maître Costesèque en le prenant par l'épaule, ton apprentissage ici est presque terminé. Tu sais tout du métier. Moi, j'ai intérêt à te garder, bien sûr, mais avec ton père, si tu veux partir… je comprendrai.

– Partir ?

– Oui, partir loin, loin d'ici, loin de lui… Du travail, tu en trouveras toujours. Tu es bon ouvrier, vaillant et travailleur… et je peux te recommander, ajouta maître Costesèque.

– Et mon frère, Paul ? Il a à peine douze ans ! Je peux pas le laisser… C'est lui qui va tout prendre si je suis plus là !…

– Je connais un domaine vers Limoux où ils embauchent les gaffets dans les vignes, il a l'âge de l'apprentissage, on peut le placer, dit Ernest.

– Mon père voudra pas, fit Julien en secouant la tête.

– Si, il voudra… ça lui fera une bouche de moins à nourrir, dit-il en contemplant Bénazet toujours inconscient. Il en aura même davantage pour boire…

– T'as pas grand-chose à espérer en restant ici, pitchou… Quelques bonnes trempes de plus, c'est tout ! » laissa tomber Camillou, fataliste.

Julien ne savait que dire face à ces arguments dont il connaissait l'évidence incontestable. Ils disaient vrai mais son regard allait des uns aux autres en quête de la décision que peu à peu lui imposait la réalité : la violence de son butor alcoolique de géniteur n'allait pas disparaître. Elle ne pouvait que redoubler, au contraire, nourrie de l'humiliation d'avoir été jeté à terre devant celui qu'il voulait dresser. Mieux valait être loin à son réveil, certes, mais de là à partir… Et puis, partir avec quoi ? Les quelques sous qu'il gagnait, c'était le père qui les gardait pour lui ! Bien sûr, il connaissait la cachette : dans l'armoire, sous les hardes empilées en désordre depuis la mort de la mère, il y avait cette boîte de fer rouillée qui accueillait quelques pièces de cuivre, marquées du profil impérial de Napoléon III, ferraille de sous rarement parsemée de francs d'argent que le père buvait soir après soir. Mais Julien répugnait à aller se servir dans ce que sa brute paternelle laissait de ses six sous par jour, simplement parce qu'il n'avait pas été élevé ainsi, dans la libre disposition de ce modeste pécule dont les parents étaient alors les gestionnaires naturels.

« C'est la meilleure solution, petit…, lui dit maître Costesèque en lui mettant la main sur l'épaule. Va chez toi, prends quelques affaires avant qu'il ne se réveille…

– Pour aller où ? balbutia Julien, perplexe.

– Je vais te donner deux ou trois adresses et je te paie le mois complet…

– Allez, va vite ! » insista Ernest.

Julien se retrouva dehors, devant la forge, sans savoir comment, un peu hébété, comme sur un nuage. Il n'habitait pas trop loin de là, quelques centaines de mètres à peine, qu'il parcourut d'un pas hagard, le regard flou et la tête ailleurs. Son logis occupait le rez-de-chaussée d'une maison délabrée. Le propriétaire, un grand bourgeois de Carcassonne habitant une demeure cossue, se souciait moins des travaux de réparation que de percevoir les loyers. Possédant un grand domaine viticole richement complanté, ses intérêts étaient ailleurs que dans le bien-être des gueux auxquels il prêtait un toit. D'ailleurs, il ne les connaissait même pas puisque toutes ses affaires étaient traitées par le biais de son régisseur. Lui se contentait de faire atteler la jument alezane à la jardinière pour parcourir ses terres avec le maître de chai, supputant les revenus que la vigne donnerait et que sa femme et sa fille croqueraient en frivolités comme d'habitude. Ce faisant, il n'avait pas le sentiment de mal faire et le curé qui l'entendait en confession n'avait aucun motif de lui refuser l'absolution.

Julien tourna la clé prestement. Son regard s'attacha un instant au décor de sa vie quotidienne : le cantou, noir et sombre, dont l'âtre brillait des diamants de la suie, la planche qui le surmontait, encombrée d'un désordre disparate, l'évier de pierre, qui coulait directement dehors, le « barricot » de rouge sur ses cales, une paillasse à demi recouverte d'une méchante couverture… c'était là le cadre des jours ordinaires quand on rentrait du travail, recru de fatigue et d'efforts, pour s'effondrer, désarticulé et inerte, sur ce qui servait de lit. Rapidement, il rassembla quelques vêtements, deux ou trois chemises, un pantalon, deux ou trois caleçons, les sabots du dimanche, trois mouchoirs… Le tout enveloppé dans un demi-drap constitua un balluchon de voyage.

Par la fenêtre aux carreaux crasseux, il perçut le paysage éternel de ces années désormais révolues. La ruelle, triste, aux caniveaux glauques, et la modeste maison de la veuve Barthe qui jouxtait la sienne et qui avait abrité les rares joies de sa prime enfance. Depuis deux ans, après le décès de sa propriétaire, éternelle silhouette cassée en deux et toujours vêtue de noir, les volets n'avaient pas été ouverts. La chaîne d'un puits à margelle maçonnée de pierre achevait de rouiller dans les profondeurs béantes. Personne ne poserait jamais plus la main sur les barreaux à angle droit qui la faisait s'enrouler en un gargouillis métallique sur un tambour de bois cerclé d'un bandeau de fer. Au pied, quelques touffes de persil redevenu sauvage se mélangeaient à une glycine mauve et fanée. Sur le mur d'en face, soutenue par quelques fils invisibles, une treille maintenant gorgée de soleil étalait des grappes charnues pour accueillir quelques merles gloutons et avides, au milieu d'une débauche de feuilles tachées de mildiou. Sur le fil à linge qui courait entre deux pruniers aux branches ployant sous les fruits trop mûrs, les épingles dansaient la gigue au vent du mois de septembre. Un vieux torchon oublié y avait acquis au fil des saisons une raideur mortuaire.

Un chat noir et blanc au poil graisseux s'enfuit, dérangé dans sa sieste matinale, en un déplacement furtif. Le soleil passa par-dessus la colline du Pech Salamou pour baigner les contreforts du Razès et inonder la plaine du Blau d'une lumière crue. Julien jeta un coup d'œil à ce qui avait été son chez-lui durant toutes ces années de peine. Puis, le balluchon sur l'épaule, il tira doucement la porte vitrée aux carreaux branlants d'un mastic défaillant pour cacher la clé dans le trou du mur que les voisins connaissaient tous. Un instant, il eut le sentiment de fermer la porte sur dix-huit années d'un passé chaotique, mais cette impression fugace s'estompa vite dès qu'il s'engagea une dernière fois sur le chemin de la forge. Il n'avait pas eu le temps de dire au revoir à son frère. Il avait l'impression de s'enfuir comme un voleur et se fit intérieurement la promesse secrète de revenir un jour, glorieux.

Devant le porche de la forge, la roue du père Alibert n'émettait plus de fumerolles blanches. Elle trempait, mollement, le moyeu recouvert dans le grand bac de refroidissement fait d'un foudre coupé en deux. À l'intérieur, le père Bénazet commençait à récupérer et s'agitait, sortant de sa torpeur d'ivrogne. Maître Costesèque happa Julien avant qu'il ne franchisse l'entrée. Il lui donna les quinze francs de son mois, lui glissa un morceau de papier dans la poche en ajoutant :

« Passe d'abord par Carcassonne. Tu peux faire étape chez Fabre. Il tient bistrot avenue de la Gare... Dis-lui bien que tu viens de ma part. Il te fera gîte et couvert gratuits. Il me doit bien ça ! Après, tu as le choix : je t'ai mis trois adresses sûres : une à Lyon, chez un cousin de ma femme qui travaille comme serrurier, une à Bordeaux, chez un tonnelier qui vend des futailles, et une à Paris, chez un bougnat que j'ai connu au régiment et à qui j'expédie chaque année quelques pièces de vin. À toi de voir... Tu seras partout bien accueilli. Mais ne prends pas le train, c'est trop cher ! Économise tes sous et ton bien. Reste honnête et méfie-toi des beaux parleurs de la ville. Allez, bonne chance, petit... Tu sais lire et écrire, tu trouveras bien le moyen de donner de tes nouvelles.

– Tiens, fit Ernest en s'approchant. C'est pas grand-chose... six francs de notre journée à tous les trois. Le patron nous l'a payée d'avance. Ça t'en fera un peu plus pour la route. Allez, adiou… et que Dieu te garde, Julien, ajouta-t-il en lui donnant une rugueuse accolade.

– T'en fais pas pour le Paul, on s'en occupe ! » lança Camillou comme il commençait à dévaler les rues de Loupia dans la tiédeur grandissante du petit matin.

Dans le claquement de ses sabots ferrés, il entendit à peine la fontaine, alimentée par le Blau, « pissoter » en un gargouillis furtif sur la place ombragée de platanes. L'air lui brûlait les poumons du souffle de la liberté naissante. Et ses pas volaient, légers comme le vent de septembre sur la route de Carcassonne, lui donnant l'impression d'être, non pas un Rastignac, mais un de ces aventuriers des temps modernes à l'image de ces conquérants du Nouveau Monde qui débarquaient par bateaux entiers, là-bas, dans le port de New York. Ses appréhensions juvéniles se dissipaient au fil de ses foulées. Il venait de naître, enfin, après des années subies dans la violence du père qui distribuait généreusement taloches et coups de ceinture au fil de ses humeurs et de ses cuites.

Au bas de la borde de Lesparou, abritée derrière une haie de cyprès tendus vers le ciel comme la promesse d'un jour nouveau et qui marquait la fin réelle du village de Loupia, une charrette passait dans le bruit sec du bandeau métallique qui heurtait les pavés inégaux du chemin. L'attelage était pareil à ceux du pays et de l'époque. Une solide charpente chevillée, des roues bleuâtres, couleur sulfate de cuivre, un aspect massif pour affronter les charrois les plus durs. Son propriétaire, le béret crasseux, blanchâtre de sueur séchée, vissé sur la tête prématurément dégarnie, au point d'en cacher l'oreille, conduisait nonchalamment en amazone deux chevaux noirs dociles au pas lent des sénateurs. Le temps lui appartenait et les rênes molles laissaient les bêtes progresser à leur rythme. Julien héla le propriétaire :

« Holà, père Mathieu ! fit-il en le reconnaissant. Vous allez loin comme ça ?

– Je vais à Limoux payer la redevance des Indirectes et livrer deux barricots. Et toi, petit ?

– Moi, vers Carcassonne, et plus loin encore si le courage me porte ! Vous pouvez me prendre ?

– Monte, ça t'économisera les pas !

– Merci bien, père Mathieu.

– C'est ton père qui t'y envoie ?

– Pas exactement…

– Maître Costesèque alors ?

– Non, pas vraiment.

– Oh, je te demande pas de secret… mais, pitchou, tu n'as rien fait de mal, au moins ? lui demanda le père Mathieu.

– Oh, ça non, j'ai pris ma liberté, voyez-vous. Le travail à la forge, il me plaisait bien… mais avec le père, on s'entend plus…

– Je le connais, ton père. Ah, le bougre… C'est pas la méchanceté qu'il a dessus, c'est plutôt ce qu'il met dans l'estomac ! »

Julien baissa les yeux en cet instant, contrit de la faute du vieux, exposé au jugement apitoyé des autres qui le diminuait dans la considération qu'il avait de lui-même, et la honte et leur regard généraient en son âme un malaise lourd et confus. Passé la ferme de Pascaly, les platanes défilaient lentement dans le cahin-caha qui bringuebalait la charrette au gré imperturbable du pas des chevaux. Leurs sabots ferrés claquaient, mécaniques, sur le pavé inégal et mal ajusté d'une route poussiéreuse où les touffes d'orties garnissaient généreusement les bas-côtés. Julien avait la tête qui dodelinait de gauche à droite, comme une vie en train de basculer, et, de temps à autre, il devait se cramponner aux rambardes pour ne pas tomber dans le tressaillement d'un nid-de-poule plus profond. Il évitait de fermer les yeux car il voyait défiler alors, en surimpression, l'image de sa prime enfance, ce qui lui insufflait un sentiment de bonheur défunt et volé, perturbateur de sa joie présente tout au goût de la liberté nouvelle.

Le paysage se déroulait, banal et monotone. La route, rectiligne, suivait le ruisseau du Cougain, qui serpentait mollement au fond d'un modeste talweg parfois plat en conduisant « à Aude », comme on dit ici. De part et d'autre, la vigne, monoculture d'alors, entre piquets d'acacia et fils de fer tendus, montait à l'assaut des collines pentues. Et les pampres couraient, savamment domestiqués, fruit du travail incessant du petit peuple des gueux de la terre, nappant le paysage d'un couvert maintenant mordoré à l'approche des vendanges, simplement hérissé çà et là des protubérances blanches et rouges de ces cabanes carrées où paysans et journaliers rangeaient leurs outils de vignerons.

Dans cette matinée radieuse qui se réchauffait à chaque tour de roue, ils étaient déjà nombreux à l'ouvrage, le pulvérisateur de cuivre arrimé sur le dos, rempli de ses vingt litres de sulfate de cuivre, qui leur sciait les épaules de l'épaisse courroie de cuir bruni, leur laissant les reins brisés par l'effort, le soir venu. Sur les chemins de traverse qui couraient en zigzag à flanc de coteau, des charretons trapus transportaient de grandes comportes de liquide bleu au pas lent des chevaux dont les yeux étaient dévorés par des myriades de mouches. Un peu plus loin, un coup de vent lui apporta soudain une odeur de soufre frais. Là-bas, sur la côte, à la hauteur de la métairie de Mazère, à petits coups de soufflet, un rang des forçats de la vigne progressait au rythme asthmatique du « buffadou » tenu à deux mains pour anéantir ces pucerons rouges qui rampaient sur les ceps. Et soufre et sulfate se mêlaient en une alchimie subtile qui collait à la peau sombre des hommes comme l'odeur tenace d'un Midi viticole et populaire.

Passé le croisement, Julien aperçut les premières maisons de Limoux. Quelques belles demeures bourgeoises avaient poussé là, au-delà du bureau d'octroi, en dehors de la ville, au milieu de cet océan de vignes quadrillé des haies de cyprès verts. Julien connaissait déjà la petite ville pour y avoir accompagné maître Costesèque au printemps dernier chercher des fers pour la forge. Il reconnut la nouvelle promenade du Tivoli qui s'étendait désormais par-delà les remparts, fraîchement complantée de jeunes platanes, où les notables se plaisaient à déambuler le soir.

« Je m'arrête là », lui dit le père Mathieu.

Il tira sur les rênes et tourna la manivelle qui serrait le frein en bois en frottant dans un couinement sinistre sur le bandage en fer de la roue.

« Merci pour tout, père Mathieu…

– Le chemin pour Carcassonne, c'est par là, à gauche. Allez, bonne route, petit… »

Julien sauta de la carriole et, son léger bagage à la main, s'élança dans les rues tortueuses, toujours fraîches, même quand le soleil écrasait la cité. Une cloche, frêle, sonna dix coups au loin. La faim commençait à lui tordre l'estomac en cette heure où d'habitude maître Costesèque payait à ses ouvriers un casse-croûte réparateur après quatre heures de travail intense. Pour économiser son modeste pécule, il résista à la tentation d'entrer chez un boulanger. Quelques traînées de cirrus s'effilochaient dans le ciel et, au sortir de la ville, Julien reconnut la haute silhouette de Notre-Dame de Marceille. Encadrée d'un bosquet de cyprès, elle veillait sur les âmes d'aujourd'hui et sur les morts d'hier, faisant l'objet d'un culte marial sincère et soutenu malgré les progrès du scientisme du temps.

Laissant sur la rive droite de l'Aude le hameau de Pieusse, la route s'étirait en un long trait caillouteux comme un destin tracé dans le champ des promesses et des illusions de la jeunesse. Carcassonne n'était qu'à vingt-cinq kilomètres à peine, distance somme toute banale pour une époque où l'on se déplaçait au quotidien essentiellement à pied. Plein d'ardeur et bardé de certitudes, Julien ne pensait qu'à aller de l'avant, vers cette vie nouvelle qui s'ouvrait un peu plus à chacun de ses pas. Il passa Cepie et atteignit Roufiac à l'heure où les rouliers stoppent leurs attelages pour mettre leurs bêtes à l'ombre des rares arbres du chemin. Ici, la vallée de l'Aude commençait à s'élargir, annonçant la grande plaine carcassonnaise. Plus que jamais, les vignes, écrasées d'un soleil généreux qui faisait mûrir les grappes, submergeaient le relief, occupant la moindre parcelle libre.

Il s'arrêta un peu avant Preixan, là où la rivière fait un méandre et où les paysans menaient d'ordinaire boire les bœufs. Ses sabots étaient tout poussiéreux et l'Aude, toute proche, émettait entre les pierres un borborygme tentateur. Ses pieds lui brûlaient de l'échauffement du foin qu'il avait cru bon mettre dans les « esclops » pour adoucir la morsure du bois fraîchement taillé par le sabotier du village. Maintenant, il lui semblait marcher sur des braises et des cloques grandes comme des pièces de cinq francs avaient fait leur apparition sur la plante et le dessus. Après s'être désaltéré, il baigna juste ses pieds pour les rafraîchir, conscient qu'il ne fallait pas ramollir ce qui restait de corne, seule assurance d'arriver à Carcassonne sans souffrir davantage.

Il s'étendit sur le sol herbeux à l'ombre d'un catalpa centenaire. En partant précipitamment, il n'avait même pas pris ses « chaussettes russes », ses bandelettes de toile qui d'ordinaire emmaillotaient le pied d'un étui protecteur. Quant à ses sabots du dimanche, le cuir de la bride supérieure en était bien trop fin pour résister à de longues étapes de marche sur les mauvais chemins de la France rurale d'alors. Son départ précipité sur les conseils de ceux de la forge ressemblait à une fuite… Il n'avait pas eu le temps de faire signer son passeport à la mairie et son livret d'ouvrier n'était pas en règle. Son père allait le faire chercher. Un instant, Julien pensa aux gendarmes. Le « bièlh », le vieux « Taychou », n'allait-il pas les lancer à ses trousses ? Certes, il n'y avait pas de brigade à Loupia et, si une patrouille à cheval passait parfois, le sabre pendant à la selle, c'était dans la routine de la tournée.

La seule autorité constituée et apparente du village était Philibert Toureilles qui occupait les fonctions de garde champêtre. De son passé militaire, qui grandissait d'exploits les soirs de cuite, après l'avoir promené à Sébastopol, il avait ramené un képi usagé et branlant dont il se coiffait d'un air martial lorsqu'il battait tambour pour annoncer les avis publics. Employé aussi comme garde-chasse occasionnel au château de Castéra, propriété d'un riche bourgeois limouxin, sa redingote fatiguée et sa moustache en crocs pouvaient encore faire illusion face aux chapardeurs en culottes courtes ou aux « caraques » de passage, voleurs de poules, mais les habitants du cru le connaissaient trop pour le craindre vraiment. D'ailleurs, l'homme était brave et ses yeux s'allumaient parfois d'un sourire malicieux quand il racontait les blagues qu'il avait faites sous le drapeau des zouaves. Julien se rassura en pensant que les « cognes », comme on disait entre gens du peuple, étaient loin et qu'après un tour chez la mère Cassou, son père cuverait ce soir, comme d'habitude, sa tournée de chopines, ration de son oubli.

Il se laissa bercer par la course des nuages, ferma les yeux et s'endormit sans s'en apercevoir dans la fraîcheur bienfaitrice de l'eau. Le meuglement puissant d'une paire de bœufs qu'un gaffet menait à l'abreuvoir naturel le fit sursauter. Quelle heure était-il ? Trois ou quatre heures ? Il n'avait pas de montre mais le soleil avait un peu baissé. Il reprit la route d'un bon pas et rencontra à Villalbe un roulier qui accepta de le prendre sur son attelage. Carcassonne lui apparut dans la candeur d'une fin d'après-midi laiteux qui baignait de langueur les remparts historiques. Elle était là, éternelle, la cité de Trencavel, avec ses maisons tassées sur elles-mêmes, ses ruelles étroites, ses pavés glissants quand la pluie ravinait d'un orage estival les pentes écrasées de soleil. La charrette s'arrêta au pied de la vieille ville. Julien remercia son transporteur, découvrant la cité inconnue. Des quartiers neufs étalaient leurs estaminets qui débitaient le rouge et la soupe bon marché.

Affamé, Julien poussa la porte du premier. Une matrone joufflue, poissarde, coiffée d'un fichu sans âge, y vendait tout ce qu'un estomac vide attend. Une odeur de lapin au laurier flottait dans l'air, donnant du parfum et un sens à l'histoire des hommes. La fumée du gris planait par nappes, formant un brouillard agité de convulsions au fil des visiteurs qui entraient et sortaient. Un chien maigre et pelé profita de son passage pour lever la cuisse et uriner contre le montant de la porte. Sur le zinc, inlassablement essuyé des traces des canons vidés, quelques pistaches dans une assiette ébréchée attendaient un amateur éventuel. Le café était sinistre, puant la sueur, la misère et le travail abrutissant des hommes, identique à ceux qui jalonnaient les rues de bien des quartiers de la France d'alors à raison d'un tous les quinze ou vingt mètres. Mais le vin n'était-il pas un aliment ordinaire au même titre que le pain, objet d'une communion qui n'avait rien de religieux ?

« Bonjour, madame…, lança-t-il plein de courage, au milieu de quelques habitués agglutinés au zinc comme des mouches sur un morceau de viande.

– Qu'est-ce que tu bois ? » demanda la tenancière par-dessus son comptoir, l'air rogue et peu amène.

D'immenses poches bleuâtres sous les yeux lui tiraient le regard jusqu'à la base du nez qui s'ornait chez elle d'une mâle pilosité peu défrichée. Une lippe libidineuse lui faisait trois plis sous le menton, transition qui servait de cou à une poitrine flasque et mafflue. Ses bras, courts, se terminaient par des mains carrées aux ongles noirs qui ressemblaient à ces battoirs à linge que les lavandières utilisent au lavoir pour chasser la crasse des draps. Un casque à mèche laissait passer une touffe de cheveux grisâtres et, à la voir, on eût pu douter qu'elle fût un jour une jeune fille en fleur tant elle exhalait un parfum de graisse rance que d'aucuns eussent qualifiée de vieux suif.

« Je… je…, balbutia Julien en faisant un pas en arrière, sentant les regards torves et avinés qui convergeaient vers lui.

– Alors ! Tu ?… tu quoi ? Tu veux quoi ? Boire un coup, pitchou ?

– Je… je cherche l'avenue de la Gare, dit-il d'une seule traite.

– C'est pas ici !…

– Tu t'es trompé de quartier, petit ! ajouta un des accoudés de la mominette. Mais si tu paies une tournée, on te mettra sur le chemin… Pas vrai, les autres ? fit-il d'un air rigolard.

– Merci… j'ai pas d'argent, répliqua Julien en reculant jusqu'à toucher la porte.

– Ça fait rien, on va te montrer quand même… Té, regarde… »

Il lui indiqua à travers un dédale de rues les raccourcis qui menaient à l'avenue de la Gare. Et les pavés résonnaient sous les pas des sabots de Julien, sonores d'une sécheresse prolongée que deux ou trois bonnes pluies auraient suffi à effacer, gonflant à satiété, d'une eau glauque, irisée de mousse jaunâtre, les caniveaux assoiffés. Les saisons sèches étaient certes l'idéal pour les vignes ici, accordant ce que le bon Dieu voulait donner comme degrés au raisin, mais elles crevassaient aussi la terre jusqu'à la rendre poudreuse et instable, propice aux ravinements intempestifs des averses d'orages qui, passé le 15 août, ravageaient la région en grossissant les ruisseaux intermittents pour les transformer en oueds en folie.

Dans la rue Trivalle, Julien aperçut un jeune ouvrier tonnelier qui jouait de la doloire et de la plane devant sa boutique, faisant voler allégrement des copeaux de bois frais dans le raclement plaintif du tranchant de métal sur la planche dressée. Il le héla pour se faire confirmer son chemin. L'homme était bavard, le visage doux, déjà orné d'une barbe de patriarche rousse qui respirait le bonheur de travailler, de bien faire ce qu'il avait appris, lui conférant une bonhomie naturelle.

« Tu tournes à droite et puis tout de suite à gauche et tu tomberas dessus… Tu peux pas te tromper… »

Au carrefour, une cloche sonna, lugubre, ponctuant le passage lent d'une carriole noire, drapée de larmes d'argent et suivie d'une maigre procession qui accompagnait un humble vers sa dernière demeure, dans cette glèbe ocre de la terre occitane, seulement enrichie du travail millénaire des hommes qui, depuis l'époque romaine, s'étaient succédé ici pour ciseler un paysage de vignes en cyprès, qui n'avait que peu évolué par-delà les siècles écoulés. Julien se signa rapidement, comme le curé lui avait appris à le faire à Loupia, manière de conjurer le mauvais œil, disaient les commères. Le corbillard passé, il déboucha enfin sur une voie plus large, l'avenue de la Gare. L'estaminet du père Fabre se situait à mi-avenue entre un taillandier et une mercerie. Il offrait de prime abord une terrasse en terre battue, ombragée à foison par des platanes aux feuilles charnues, débordant largement sur la contre-allée. Quelques tables de marbre rose, cerclées d'un bandage de zinc brillant entretenu à l'huile de coude et assorties de chaises en bois et fer marron décoloré, complétaient le mobilier du cafetier, en faisant une étape obligée sur la route du chemin de fer. La double porte vitrée, jaune et vert, à la peinture un peu écaillée sous le soleil généreux de l'Aude, offrait une de ces béquilles patinées par le temps, sur laquelle la main de l'inconnu trouvait naturellement sa place. Les carreaux de la porte étaient propres, discrètement voilés d'une tenture beige tricotée au crochet les soirs d'hiver qui étalait de savants motifs floraux exotiques en un barrage virtuel aux mouches voraces.

Julien hésita un instant, impressionné par l'accueil rugueux du cabaret précédent. Mais cette maison-là lui avait été recommandée par maître Costesèque et la confiance dans son ancien patron changeait tout. L'ouverture de la porte agita une petite clochette accrochée au plafond. Elle tinta d'un son frêle et cristallin, faisant lever aussitôt la tête des joueurs de cartes qui se tenaient au fond de la salle, dans une fraîche pénombre. Un sexagénaire jovial et rougeaud, au crâne largement dégarni qui tapait le carton, le héla alors :

« Qu'est-ce qu'il y a pour ton service, petit ?

– C'est maître Costesèque, de Loupia, qui m'envoie », fit Julien d'une voix timide.

Tout au long du chemin, il avait eu le temps de réfléchir. Il pouvait bien mentir sur son âge, se vieillir un peu pour transformer sa fugue en voyage, mais qu'avait-il à espérer d'un tel subterfuge. Il n'avait pas de papiers et si s'attribuer deux ou trois ans de plus était dans le domaine du possible, cela n'empêcherait pas la maréchaussée d'être soupçonneuse à son égard si on l'arrêtait. Alors Julien raconta son histoire, d'une traite, dans un silence attentif.

« Tu dois être fatigué de cette longue route, lui dit gentiment le père Fabre en lui mettant la main sur l'épaule.

– Surtout qu'il l'a faite à pied, le pauvre, ajouta un des joueurs de cartes assis sur une chaise en bois sombre.

– Eh ! Le chemin de fer, il est pas encore fait… Ils nous le promettent pour dans quatre ou cinq ans, au mieux, répliqua un autre.

– Tu sais bien qu'avec les crues de l'Aude, ils l'ont pas facile. Il faut qu'ils remblaient un peu partout dans la vallée pour surélever la voie.

– C'est pas demain qu'il arrivera à Quillan et dans le haut pays, alors ! Pourtant, depuis qu'on l'attend, ce progrès…

– Viens manger un morceau, petit, coupa le père Fabre en entraînant Julien derrière le rideau de perles en verre bleu, symbolique barrage pour les mouches, qui marquait la séparation entre le café et une arrière-salle encombrée de bouteilles vides. Attention à la trappe, ajouta-t-il en lui montrant un trou sombre qui s'ouvrait en quelques marches sous leurs pas comme un ventre affamé.

– Ça mène où ?

– À la cave, pardi ! »

Une odeur de vinasse émanait de l'ouverture béante en une puanteur aigre. Le vin vieux de l'an passé avait achevé de tourner avec les orages de l'été et les vendanges proches n'avaient pas encore amené ce parfum de raisin chaud et fleuri qui enivrait les têtes bien avant les estomacs. L'endroit était peu plaisant : un soupirail étroit au ras de la chaussée y dégueulait une vague clarté qui laissait deviner un sol en terre battue. Julien contourna le piège et à la suite du père Fabre arriva dans l'arrière-cuisine du bistrot. Niché dans une fenêtre obstruée par d'épais barreaux de fer, un évier de pierre grise pourvu d'une large double paillasse usée constituait avec quatre ou cinq chaises dispersées autour d'une table de bois bancale un mobilier rudimentaire. Dans un coin de la pièce, un poêle en fonte, rond, de marque Godin, trônait, immense. Trois garde-manger grillagés, suspendus au plafond par un système complexe de cordes et de poulies, protégeaient les denrées fraîches de la voracité estivale des mouches bleues qui voletaient dans un vrombissement d'ailes tournoyantes.

Le père Fabre descendit l'une des cages grillagées et en extirpa un jambon enveloppé d'un torchon jaunâtre. Le « cambajou » était si creusé des tranches taillées que, dans son profil de mandoline, l'os apparaissait largement, cicatrice à travers la viande. Il ne payait pas de mine mais la graisse rance qui l'enveloppait, préservant mal le maigre de la sécheresse de l'été, n'effrayait pas un estomac affamé. Tenu d'une main sûre, le couteau, au manche orné d'une virole de cuivre jaune, crissa dans le lent déchirement de la croûte épaisse du pain qui, en une plainte feutrée, laissa échapper une myriade de miettes brunes qui se mélangèrent d'un soupçon de farine blanche quand la lame parvint sur les scarifications supérieures.

« Mange, petit », dit doucement le père Fabre en se tournant pour tirer un verre de rouge d'un barricot recouvert d'un sac en toile de jute.

Julien s'empara du pain avec l'avidité de la faim qui lui tordait l'estomac. Il mastiquait goulûment, à pleine bouche, alternant pain et jambon. Le cambajou avait un goût de fumée prononcé, témoignage assuré d'un passage trop long dans l'âtre en hiver. Mais que lui importait ce parfum de suie, ses dents ne pensaient qu'à déchirer la mie tendre pour calmer les crampes qui l'avaient assailli tout l'après-midi. Fabre le regardait avec bonhomie et indulgence, l'air satisfait d'aider un pauvre bougre à assouvir ce désir naturel qui, pendant longtemps, avait obsédé l'humanité : manger jour après jour. Heureusement, cette France du second Empire avait définitivement exorcisé, par la réussite économique que l'on connaissait désormais, les vieux maux des siècles passés. Quand il fut bien rassasié jusqu'à la dernière miette, Julien vida d'un seul trait le verre de rouge tout mousseux et juste sorti du tonneau que le père Fabre avait poussé devant lui. Il leva le gobelet en deux temps, pour bien le laper jusqu'à la dernière goutte avant de s'essuyer comme d'habitude les lèvres d'un revers de manche.

« Viens maintenant... Je vais te montrer où dormir », ajouta le cafetier en lui mettant la main sur l'épaule.

La pendule sonna six heures et demie dans la salle sombre du bistrot juste trouée du vrombissement d'une mouche bleue qui virevoltait à la recherche de la sortie et des clameurs ponctuelles des joueurs de cartes. L'aubergiste le conduisit derrière la maison, à une annexe qui tenait plus de l'appentis confortable que de la chambre d'hôtel. Là, plusieurs lits et paillasses, certains superposés, offraient, en un dortoir propre, un gîte acceptable aux voyageurs de passage peu exigeants sur le confort de l'étape. Sur une table de bois, devant la lucarne, un broc et sa vasque de faïence blanc et rose mettaient à la disposition des harassés de la route un peu d'eau pour une toilette sommaire. Julien était las, non des kilomètres parcourus, mais des épreuves vécues depuis l'aube de ce petit matin où il avait dû fuir la forge et sa maison.

Le soleil commençait à passer enfin par-delà les collines couvertes de vignes fauves. La nuit était loin d'être là mais pourtant il s'endormit comme une masse, ayant juste ôté sa veste et ses sabots avant de s'allonger, les muscles tétanisés, recru d'épreuves et de fatigue. Il eut le temps de s'entendre ronfler un coup ou deux, plaisir réel d'un corps épuisé, avant de sombrer dans une quiétude plus profonde, déconnecté du réel où les rêves avaient perdu leur sens.

II

Une si longue route

DANS LA FRAÎCHEUR TENDRE du petit matin, un coq chanta bruyamment au-dehors. Il lança son cri de victoire à la face de la basse-cour pour rappeler qu'il était le maître des lieux. Carcassonne, en ce XIXe siècle avancé, était encore une ville à la campagne, mêlant parcelles cultivées, potagers et poulaillers en un lacis de ruelles enchevêtrées qui de coins en recoins, en une négligence bon enfant, avait le parfum d'une Méditerranée proche. Julien s'étira sur sa paillasse. La couverture de bure sombre avait glissé, mais en cette tiédeur automnale, le frais du petit matin ne l'avait pas saisi. Il y avait même longtemps qu'il n'avait pas aussi bien dormi. À voir le soleil déjà haut dans le ciel par le bout de fenestrou sale, les couches autour de lui devaient être vides depuis belle lurette, délaissées dès la pointe de l'aube par le peuple laborieux des petites gens qui prenaient ordinairement pension chez le père Fabre.

Il savoura cet instant de paresse avec gourmandise : les coups de pied au cul de son père ne l'avaient pas habitué au charme délicat des grasses matinées somptueuses que les héritiers de la bourgeoisie impériale et conquérante cultivaient avec application, imitant cette noblesse dont ils prenaient désormais la place comme classe dirigeante. Il s'étira longuement tel un jeune chat avant de bondir hors de l'appentis pour apparaître les yeux encore rougis de sommeil dans la salle du café où les habitués achevaient de casser la croûte. Le père Fabre était en train de balayer la salle commune. Il aspergeait le sol de temps à autre, à l'aide d'un entonnoir zingué, en arabesques créatives, histoire de mieux fixer la poussière que, d'un coup de balai de bruyère, il s'efforçait ensuite de chasser dehors.

« Ah, tu t'es levé ! fit-il en le voyant apparaître, hirsute.

– J'ai tardé. Il y a un moment que le coq a chanté, n'est-ce pas ? demanda Julien en essayant de remettre un peu d'ordre dans ses vêtements chiffonnés par la nuit.

– Allez, viens déjeuner plutôt », répliqua le père Fabre, de son affectueuse rudesse coutumière.

Julien s'assit dans un raclement de chaise. Fabre poussa devant lui une cafetière en tôle émaillée, pleine de café chaud, et une jatte de lait tiède. Il en tenait toujours une petite quantité sur un potager actif où la braise était savamment entretenue par un assemblage de charbon et de vieux ceps de vigne noueux comme des oliviers. Il avança vers lui une tourte de pain bis à la croûte scarifiée de larges zébrures. Le café sentait la noisette et son odeur, mélangée à celle du lait frais, comme sortie du pis des vaches, excitait les papilles en tordant l'estomac.

Dehors la rue s'animait lentement du va-et-vient habituel du matin dans le bruissement des platanes au vent tiède de septembre. Les charrettes allaient et venaient sur l'esplanade de la gare dans le trottinement des sabots des bêtes, ponctué des injonctions patoises des conducteurs en sarrau noir qui, la casquette sur la tête, s'interpellaient bruyamment en une bonhomie toute méridionale. Le pain trempé dans le café au lait était délicieux. Cela le changeait agréablement de la soupe claire qui constituait, en un maigre brouet, le menu des jours ordinaires de la maison du père. La pendule lyre, qui trônait à droite, sonna dix heures dans un silence de cathédrale. Repu, Julien repoussa le bol de grès, étouffant un borborygme. Il entendait par la trappe le père Fabre qui trafiquait dans la cave, en bas, remuant des bouteilles dans le tintement du verre entrechoqué.

« Je peux vous aider ? lança-t-il par le trou béant.

– Attrape le panier si tu veux… Ça m'évitera de remonter !

– Qu'est-ce que j'en fais ?

– Sors les bouteilles et renvoie-le-moi... »

Une quinzaine de fioles, lourdes d'un verre sombre, au goulot épais, surgirent d'un panier d'osier tressé main qu'un gitan de passage avait laissé un soir d'hiver en échange d'un repas chaud. La cave sentait toujours la vinasse mais, au bout d'un moment, l'odorat s'accoutumait à la puanteur aigre. Par le trou sombre, Julien voyait la flamme de la bougie danser dans le souffle du soupirail à demi ouvert. Quand il remonta à la surface, le père Fabre avait le bourgeron constellé de toiles d'araignées, des mains de charbonnier, et la poussière s'était mélangée à la sueur de son visage rougeaud.

« Je fais pas le ménage tous les jours, même si je descends souvent l'escalier ! Tu as l'air courageux... Si tu cherches du travail, je peux t'employer, tu sais...

– Merci, père Fabre, mais j'ai envie d'aller à Paris, enfin, d'être loin de mon père...

– Tu peux rester autant que tu veux et c'est pas seulement parce que tu es commis chez Costesèque. Moi aussi, j'ai été un peu comme toi, sur les routes du pays, dans ma jeunesse... La galère, je connais... »

Né, à la fin des guerres napoléoniennes, des amours éphémères, au retour au pays, d'un grognard de l'Empire et d'une modeste servante d'auberge, Fabre, de son prénom Lucien, en hommage à un frère de Bonaparte, avait connu une enfance douloureuse entre un père fervent partisan de la taloche et une mère effacée, incapable de s'interposer face à son mari brutal. Fugues, corrections et bastonnades avaient marqué sa jeunesse et l'avaient conduit en son temps sur les chemins de la prédélinquance dont seule sa bonne étoile, sans doute, lui avait épargné la sanction. Le demi-solde, mal réhabitué à la paix de la Restauration, avait fini par ouvrir un cabaret douteux dans la cité de Trencavel avant de sombrer dans l'alcoolisme des habitués des comptoirs qui trinquent lourdement de la chopine. Un soir de cuite un peu plus prononcée, il avait raté les marches de l'escalier de la cave et s'était fracassé le crâne quelques mètres plus bas dans le bruit mat des os éclatés contre un mur blanchi à la chaux.

Délivrée de ce fardeau, sa mère, souillon de naissance, n'avait su profiter de la liberté de son veuvage. Après quelques amants de passage, elle avait été emportée par le choléra, le laissant, à l'âge de seize ans à peine, à la charge d'un oncle atrabilaire et radin qui l'avait humilié jusqu'à sa majorité en le faisant travailler pour un bien dont il confisquait le profit. Fabre avait ainsi appris pêle-mêle la cruauté de la vie, l'exploitation humaine, le regard haineux des autres. Devenu adulte et majeur, il avait chassé l'oncle qui avait eu l'outrecuidance de lui demander un remerciement. Seul, responsable d'un commerce cahotant au fil des saisons et des récoltes, il avait capitalisé les malheurs de sa jeunesse pour en faire le socle solide de la réussite de sa vie d'homme.

« Je veux pas vous encombrer. Je partirai demain matin à la fraîche.

– Alors, monte par les Cévennes. C'est plus court que par Toulouse et puis, dans les campagnes, tu trouveras toujours à t'employer pour payer ton voyage. Je te donnerai quelques adresses vers la Galaube et la Montagne Noire. Ensuite, tu pourras faire étape vers Castres ou Albi avant de rejoindre Gramat et la route de Brive. Tu seras pas le seul à « voyager la France »... En cette saison, y a tous les maçons de la Creuse et les gars du Limousin qui redescendent au pays retrouver leur promise...

– Je me débrouillerai bien et puis, j'ai mon petit pécule...

– Ne le montre pas trop... Il y a assez de bandits comme ça sur les routes, conseilla l'aubergiste. De toute façon, je te donnerai de quoi faire un bout de route mais en attendant si tu veux te rendre utile, va me rincer ces bouteilles à la fontaine d'un coup d'écouvillon. Le marchand de vins doit passer ce matin me livrer et il faut que je lui rende son verre en retour... »

Julien occupa sa journée à seconder de son mieux le père Fabre. Il avait à cœur de lui offrir un peu de son aide, un peu de la force de ses bras en modeste compensation du gîte et du couvert que celui-ci avait mis spontanément à sa disposition. En fin d'après-midi, alors qu'il préparait son balluchon dans l'appentis-dortoir, l'aubergiste, entre deux tournées, vint lui porter une tourte de pain noir et un gros saucisson sec à souhait enveloppé d'un torchon blanc taillé dans un drap usagé.

« Ça te tiendra bien quelques lieues, le temps de faire étape où tes pas te porteront. Demain, tu commences une longue route ! Couche-toi tôt, petit, pour bien reposer tes jambes… »

Après un sommeil de plomb, Julien s'était levé juste avant le chant du coq. La nuit entretenait encore son empreinte noire et inquiétante sur le royaume des vivants. Il s'était glissé, le balluchon sur l'épaule, telle une ombre, vers la salle de café où la chandelle brûlait déjà. La pendule sonna six heures et demie quand il poussa la porte vitrée jaune et vert. Au son de la clochette, le père Fabre leva la tête. Julien entra, la casquette à la main, le corps encore raidi de l'engourdissement de la nuit. Vêtu de son sarrau bleu des jours ordinaires, le foulard noué autour du cou, ce qui faisait ressortir sa tête au crâne dégarni, il lui désigna simplement du doigt une table de marbre rose. L'instant d'après, il posa devant lui une assiette de soupe épaisse bientôt suivie de deux œufs au plat arrosés d'une large rasade de vinaigre parfumé de soleil pour les rendre plus digestes.

« Mange ! avait-il laissé tomber en s'essuyant les mains à un torchon grisâtre qui pendait, suspendu à un clou, près de la pierre d'évier. Un sac vide, ça tient pas debout !... »

Julien avait dévoré le tout à belles dents, croquant de droite et de gauche avec de grands « tarnas » de pain, ce casse-croûte matinal qui lui ouvrait l'estomac et les routes de la liberté. Dans une heure ou deux arriveraient les habitués du mazagran, bientôt suivis de ceux de la chopine matinale. Ils s'agglutineraient alors au zinc, telles des mouches bourdonnantes, dans le feulement feutré des premières pipes qui s'allument. Alors la fumée du gris planerait en nappes matinales pour former un brouillard épais, organisé en strates superposées comme dans un mille-feuille, simplement dérangées dans leur ordonnancement par l'ouverture de la porte, laissant passer, avec la silhouette d'un nouvel arrivant, un souffle d'air frais qui allégerait momentanément l'atmosphère. Dehors, le jour commençait à poindre et le ciel s'éclaircissait peu à peu de la noirceur de la nuit tandis que les bruits de la ville s'amplifiaient du travail recommencé des hommes laborieux.

Il s'était élancé, fébrile, après une chaleureuse et virile poignée de main au père Fabre dans la fraîcheur du petit matin, le balluchon sur l'épaule au bout de ce bâton ferré que son logeur lui avait offert pour le voyage. Par la porte des Jacobins, il avait gagné le bourg, là où la ville se dissout dans la campagne en un hortillonnage consciencieux qui respire la sueur des hommes et la fierté du travail accompli. La route des Cévennes, en terre battue, aspirait ses pas dans toute leur vaillance juvénile. Julien chantait pour se donner du cœur à l'ouvrage quand un roulier menant un attelage à double train de traits surgit dans un nuage de poussière, à gauche d'un chemin de traverse.

« Holà, mon gars, tu vas où comme ça ? fit-il en l'apercevant.

– À Paris, monsieur…

– T'es pas encore rendu, alors, petit…

– Et vous ?

– Je vais livrer ces barriques à Rodez, à l'hôtel des Voyageurs. C'est ton chemin ?

– Ça peut y mener…

– Alors monte, petit. La route est longue. Tu me tiendras bien compagnie jusqu'au soir et je te prendrai rien en échange de ta conversation.

– C'est le bon Dieu qui vous envoie. Je n'étais pas encore fourbu mais ça va bien m'économiser », dit-il en agrippant le montant en bois du véhicule hippomobile.

Maintenant la charrette montait à lents tours de roue, multipliant les cahots sur la route blanche et poudreuse qui zigzaguait des collines aux crêtes de la Montagne Noire. Deux ornières profondes traçaient le chemin. Les gens d'ici répétaient à foison que cette piste datait d'Anne de Bretagne sans savoir si elle l'avait jamais parcourue. Bientôt, il allait franchir les monts des Cévennes qui marquaient le sud du Languedoc, les frontières naturelles de sa terre de naissance. La route montait maintenant en lacets durs et serrés comme l'arrachement qu'il éprouvait à quitter sa terre natale. Julien se laissait bercer par les cahots qui le bringuebalaient de droite et de gauche sur le mauvais banc de planches disjointes de la charrette. Et son esprit vagabondait de la forge de maître Costesèque à la maison de son père. Les ouvriers ne gagnaient bien souvent que deux francs par jour et lui, Julien, Rastignac de cette terre complantée de ceps à perte de vue, il espérait mieux, là-bas, dans quelques jours, dans cette capitale mystérieuse et bruyante de vie, cette ville que des compagnons de fortune, sur le chemin du tour de France, lui avaient tantôt vantée, tantôt décriée.

Le travail, Julien en connaissait depuis son jeune âge la réalité : les enfants des pauvres ne vivaient pas leur saison d'innocence et, à partir de l'âge de huit ans, tous, fils des gueux de la terre, devaient leur part d'ouvrage même si, comme le disait le bon sens populaire, en leur pressant le nez, il en fût sorti du lait. Depuis une vingtaine d'années, grâce à la révolution de 48, la durée légale était officiellement fixée à douze heures par jour, mais chez tous les patrons, on embauchait bien avant l'aurore. C'était le cas notamment des charrons où les roues devaient être prêtes dès les huit heures du matin pour les clients, ce qui impliquait naturellement de se lever parfois à trois heures dans la nuit pour allumer le feu, préparé la veille. « Faire cinq-huit » d'avril à septembre, cinq heures du matin-huit heures du soir, était le lot quotidien de beaucoup, la règle usuelle de nombre d'ateliers et ce pour un salaire qui, selon les villes, allait du simple au triple. Ainsi, Toulouse était-elle réputée pour ses maigres rémunérations au regard de Bordeaux ou de Nantes.

Tout cela, Julien le savait pertinemment pour l'avoir entendu dire et répéter à l'auberge, de la bouche des Compagnons du Devoir qui sur le chemin du tour de France allaient de ville en ville, suivant dans leur périple le tracé des aiguilles d'une montre à travers l'Hexagone. Lui aussi était maintenant sur le chemin du départ. Il répondait peut-être ainsi à l'appel profond de la tradition qui faisait encore de l'ouvrier un itinérant et un homme libre, dangereux pour le pouvoir établi, différent des apathiques soumis à l'autorité des contremaîtres des fabriques.

« Tu n'es pas compagnon..., l'avait mis en garde le père Fabre. Pour toi, point de mère ou de Cayenne... Tu seras seul sur le trimard, seul face à l'adversité du monde, face aux patrons malhonnêtes, aux ouvriers jaloux et aux aubergistes voleurs…, avait-il ajouté. Tu veux vraiment toujours partir ?

– Oui, père Fabre, et malgré toute la gentillesse de votre accueil que je n'oublierai jamais et que je vous rendrai un jour… », s'était-il entendu lui dire d'une voix qui du fond de la gorge se voulait assurée.

Julien ne regrettait pas son départ. Le ballant de la charrette du roulier berçait ses souvenirs comme on tamise l'Histoire, pour n'en garder que le meilleur. Les paysages se succédaient dans l'accentuation naturelle du relief à l'approche des contreforts du Massif central. Il laissa le voiturier à l'entrée de Rodez et trouva abri dans la grange d'une ferme où, en échange d'un tas de bois à fendre, on lui donna une assiette de soupe épaisse mitonnée de pain noir. Il avala le tout de l'appétit de ses dix-huit ans, goulûment, comme il aspirait à cette vie qui s'ouvrait devant lui en une aventure imprévue quelques jours auparavant. Il cura l'assiette en faisant chabrol d'une lampée de piquette aigre qui sentait le fond de la barrique rallongée d'un peu d'eau en attendant la livraison du vin nouveau. Le propriétaire devait être aisé car il n'y avait pas moins de trois valets à racler l'assiette d'une mauvaise cuillère de métal blanc dans le silence pesant d'une pénombre profonde médiocrement trouée par la lueur faiblarde d'une chandelle de suif puante. Quand la patronne eut le dos tourné, l'homme leur paya un coup de gnôle infâme. Il profita du geste hospitalier pour se servir largement lui-même d'une fiole ventrue avant de faire claquer sa langue et d'ajouter en amateur convaincu :

« Ça ramone, hein, les gars ! »

Julien s'endormit ce soir-là d'un seul trait, tout habillé, lourd de fatigue, éreinté. La paille fraîche avait gardé le parfum sucré de l'été défunt. Ces odeurs capiteuses l'entêtaient. Elles respiraient encore le bourdonnement des insectes et le chant discret des grillons. Incontestablement le foin d'ici avait une odeur différente de celui de Loupia : il était plus rêche, plus fort, plus tonique… Il sentait déjà la montagne et les hautes terres du Massif central toutes proches, le labeur rude et la fierté du travail accompli qui découle de la sueur versée. Chez lui, là-bas dans le Sud, c'était différent : le foin était imbibé du marin et gardait ce goût de sel qui plaisait tant à la dent gourmande des bêtes. À côté de lui, les valets dormaient, écroulés dans des châlits sommaires, formant des box en planches grossièrement cloisonnés. L'obscurité bruissait des ronflements sonores. Un chien hurla au loin, lugubre, tandis que la lune, fugitive, passa derrière un nuage.

Le matin le surprit en la candeur d'un réveil tardif. Il cilla des yeux dans une incrédulité de novice, regardant le soleil déjà haut avant de prendre conscience que les huit heures avaient déjà sonné. Julien s'en voulut un peu puis, le balluchon sur l'épaule, il se lança à corps perdu sur la route qui menait à Brive. De la géographie de la France, il n'avait qu'une vague connaissance, juste des réminiscences rapiécées des bribes des histoires entendues, n'ayant pas fréquenté l'école assez longtemps ou plutôt l'ayant fait de manière épisodique, dans sa prime jeunesse, pour bénéficier des leçons de ses bons maîtres. Il ne savait presque rien de l'architecture des transports modernes que les chemins de fer, telle une toile, avaient tissée depuis une vingtaine d'années dans les campagnes profondes. Il ignorait l'état d'avancement de la création de ces voies nouvelles dont les chantiers déchiraient le paysage millénaire en de longues balafres où des milliers d'hommes s'activaient à des travaux titanesques. Il avait dans l'idée de gagner Limoges puis Châteauroux, mais un roulier jovial et ventru, au rire clair et méditerranéen, rencontré au hasard d'une halte sous un chêne doré frémissant au vent d'automne, lui avait enseigné le chemin le meilleur, c'est-à-dire pas le plus direct mais le moins fatigant.

« Passe par Nevers, tu éviteras le Limousin… Les forêts y sont trop profondes et les loups encore nombreux. Là-bas, tu pourras prendre le coche d'eau. Il te mènera tout droit à Paris et ça te fera éviter cette rude contrée surtout en cette saison où les jours sont plus courts et les nuits sont déjà fraîches.

– Comment arriver à Nevers ? avait demandé Julien.

– Prends le train à Capdenac pour Vichy… Là, tu descends et tu suis le cours de l'Allier. La route longe le fleuve sur la rive droite et tu tomberas sur Moulins et puis Nevers. Tu peux pas te tromper.

– Mais ça va me coûter le peu que j'ai…

– Non… N'hésite pas à descendre dans les gares. La ligne vient juste d'ouvrir et ils embauchent de la main-d'œuvre pour faire le ballast. Si t'as pas peur de remuer de la pierraille, tu trouveras à t'y employer et ça te paiera le voyage sans peine.

– Vous croyez ? fit Julien, un peu incrédule.

– Peut-être même que tu rentreras avec un petit pécule bien utile pour qui va là-haut où tout est cher. Et puis, Capdenac, c'est presque sur ta route, t'auras même pas à faire un détour. »

Il arriva à Capdenac vers les trois heures de l'après-midi, les cheveux poudrés de poussière, les pieds brûlants et le ventre creux. Une vieille, toute vêtue de noir, l'air méfiant et le regard sec, lui vendit cher un morceau de pain dur qu'il grignota sur le chemin de la gare. Un coup de sifflet déchira l'air encore tiède : une locomotive 030 Bourbonnais manœuvrait lentement au milieu du lacis des aiguillages qui nouaient les voies en une géométrie subtile. Julien la regarda avec toute la curiosité d'une nouveauté. Même si la première machine de la Compagnie des chemins de fer du Midi était arrivée en décembre 1856 à Carcassonne, il n'avait jamais vu de train de sa vie, n'ayant pratiquement pas dépassé l'univers des collines de Loupia. Il observa longuement le monstre bruyant qui éructait une fumée bleutée dans ses va-et-vient. Une vingtaine de wagons, mêlant plates-formes, tombereaux et couverts, attendait l'accrochage sur une voie parallèle. L'un d'entre eux s'ornait d'une guérite, protubérance vitrée qui permettait de surveiller l'ensemble du train et d'éviter la montée des voyageurs clandestins.

À l'ombre d'un frêne à l'épaisse ramure qui s'élançait dans le ciel comme une prière, le dos calé au talus, Julien ne perdit pas une miette du ballet mécanique. Il n'y avait pas moyen de se glisser vers les convois sans être vu. Les allers et retours incessants d'une main-d'œuvre nombreuse déchargeant tels des automates les marchandises en vrac que les attelages de voituriers venaient chercher dans la cour dissuadaient toute tentative d'intrusion. Julien eut vite fait de comprendre qu'il lui faudrait prendre un billet, le payer de sa poche, s'il voulait prendre le train pour gagner Nevers. Ignorant des prix, il s'adressa à un manœuvre qui se contenta de lui indiquer le guichet d'un signe de la main.

Là, derrière un bureau grillagé de laiton, un employé, les avant-bras recouverts de manchettes noires, ajusta son lorgnon pour débiter d'une voix monocorde les renseignements de l'indicateur Chaix. La main dans la poche de son pantalon, Julien triturait les quelques pièces de monnaie qui constituaient sa fortune. Julien comprit très vite : même en troisième classe, c'est-à-dire moitié moins cher que ce que coûtaient les premières, le prix du billet dépassait allègrement les vingt-six francs cinquante qu'il possédait. Levant le nez de son épais registre, indéchiffrable pour un néophyte, l'employé ajouta alors, narquois et glacé devant ses hésitations :

« Si tu cherches du travail, on embauche à la journée... »

Après avoir passé une nuit inconfortable dans un appentis en bord de voie qui sentait la pomme de terre pourrie, les vêtements encore tout imprégnés de cette odeur fade et écœurante, Julien se retrouva le lendemain matin à porter des madriers dont les arêtes vives lui sciaient l'épaule. Sans le savoir, il avait rejoint le petit peuple des « serfs de la voie ». La soupe était claire, le travail harassant mais il n'osait se plaindre, trop content de gagner ce qui lui permettrait de continuer. Le soir, il s'effondrait, le corps brisé de fatigue, tétanisé de crampes brûlantes, sombrant dans un sommeil lourd pour se réveiller le matin à l'aube, douloureux et endolori, battu comme plâtre. La cantine était médiocre, tenue par une femme acariâtre qui mesurait chichement les rations. Quant à prendre un supplément, cela aurait amputé d'autant les quelques sous que nécessitait son voyage.

Il resta à Capdenac presque trois semaines, préférant le soir dormir inconfortablement dans des wagons de marchandises aux quatre vents, enveloppé dans son manteau, plutôt que dans l'appentis puant qui avait abrité sa première nuit. Pendant la quinzaine qu'il passa à amasser un peu d'argent, il réussit à se faire prendre en grippe par le contremaître, qui ne manquait pas de le rabrouer et de lui confier les tâches les plus dures, dans l'indifférence des autres manœuvres, tous paysans fraîchement déracinés, qui n'avaient pas encore acquis la solidarité d'une culture ouvrière. Sa connaissance géographique de la France ferroviaire était des plus sommaires mais les renseignements qu'il glana au cours de ces quelques jours auprès des roulants venus faire la manœuvre en gare de Capdenac lui laissèrent entrevoir que son voyage ne serait pas aussi simple que le roulier méditerranéen le lui avait laissé croire d'un ton hâbleur.

Il ne suffisait pas, pour arriver facilement à Nevers, de monter dans un train après avoir gagné un peu d'argent et de marcher. Accumulant les renseignements par bribes de la bouche des chauffeurs, il apprit qu'il aurait à effectuer plusieurs changements, à affronter des villes inconnues dont certaines étaient plus grandes que Carcassonne. Ainsi, à Figeac, dans la cité de Champollion, il fallait prendre le bon train, celui qui, par Jallès, filait sur Aurillac pour pénétrer dans les monts du Cantal... Ce périple lui paraissait parfois bien téméraire, mais une force intérieure toujours renouvelée le poussait de l'avant.

Tous les soirs, Julien comptait et recomptait les pièces de monnaie de la paie du jour, les tournant dans ses doigts aux ongles noirs avant de les cacher dans sa ceinture de flanelle pour les soustraire à la cupidité de ses compagnons de galère. Beaucoup avaient l'air louche, la main molle et leur sourire inquiétant laissait deviner que l'honnêteté n'était pas le trait dominant de leur caractère. À Loupia, avec Ernest ou Camillou, il avait appris à faire un feu, à mesurer, rien qu'à la couleur des braises, la température du métal brûlant. On ne l'avait pas préparé à affronter ce monde-là. La dureté de l'existence, dans sa jeunesse audoise, il la percevait dans les taloches du père, pas dans la méfiance que les compagnons de travail inspirent. Bien sûr, il y avait des errants qui passaient au village périodiquement. On regardait ces vagabonds avec suspicion, attentif à leurs rapines. Mais ils disparaissaient comme ils étaient venus, un beau matin, sans crier gare, et on les oubliait alors dans la quiétude retrouvée des jours simples. Les gens d'ici devaient aussi se méfier de lui. Aujourd'hui, il était comme eux, passe-muraille d'un pays inconnu, vivant chichement au jour le jour, le ventre à peine rempli d'une soupe claire.

Ayant fait état de son métier de forgeron à la cantine, un mécanicien bonasse, à la moustache en broussaille et aux cheveux roussis de la trop fréquente proximité des chaudières, par une sympathie ferroviaire, poussa la complaisance jusqu'à lui tracer sur une vieille carte arrachée à un annuaire l'itinéraire à emprunter, d'un crayon rouge, gras, au trait épais.

« Ne t'arrête pas à Aurillac ou à Clermont… Y a rien de bon dans ces grandes villes pour les jeunes comme toi… Tu perdrais ton âme à fréquenter la racaille qui tourne autour des dépôts. Il y a là une faune dont il faut te garder…

– Y a du chantier sur la voie pour travailler ? avait demandé Julien.

– Oui, la semaine dernière, ils embauchaient vers Massiac pour dégager quelques éboulements qui s'étaient produits. En plus, là-bas, tu peux « cahuter ». À côté de la halte il y a un abri en planches qui est resté du temps où ils ont fait la ligne. Ça t'évitera d'aller à l'auberge. »

Il lui indiqua les bons coins, là où manger à bon compte, le conseilla de l'air paternel de celui qui fait souvent la ligne. Julien le remercia chaleureusement et le lendemain, sous l'œil indifférent du chef de gare, il embarqua dans un wagon de troisième classe ouvert à tous les vents. C'était le 2 octobre 1869, date pour lui mémorable, et qu'il découvrit au calendrier perpétuel qui ornait le dessus du guichet. Jusqu'à Aurillac, le voyage fut plaisant : tantôt la voie unique suivait le tracé sinueux de la vallée encaissée, longeant un ruisseau aux fils d'argent qui courait entre les hêtres dorés, tantôt elle coupait par des replats à travers les terres pour mieux s'élancer à l'assaut d'une pente qui ne faiblissait jamais, le conduisant toujours plus loin vers les hautes terres d'Auvergne. Et Julien, les yeux écarquillés, découvrait avec bonheur cette France inconnue dans la lumière fraîche du petit matin d'octobre.

Économe de ses sous, par nécessité, il profita de la halte d'Aurillac, où la locomotive faisait eau et charbon, pour acheter une grosse tourte de pain noir et un morceau de fromage veiné de bleu qu'une épicière grassouillette lui présenta comme étant de la fourme. Pousser la porte du buffet de la gare, où les voyageurs bien mis déjeunaient en attendant que le train redémarre, n'était pas dans ses moyens. Passé Aurillac, le caractère montagnard du pays s'affirma davantage. Il luttait contre le froid vif, en remontant la vallée de la Cère, se chantant des ritournelles de son enfance pour se réchauffer le cœur. Ses plus grandes appréhensions étaient dans le franchissement des tunnels. Il y plongeait comme dans un four sombre au milieu du vacarme infernal de la motrice en plein effort qui répandait dans l'obscurité ses escarbilles en une pluie d'étoiles. Alors, Julien se bouchait les oreilles et fermait les yeux.

Les monts du Cantal dominaient l'immense planèze de Saint-Flour aux calmes horizons. Mais pour Julien, qui ignorait ces noms, ce n'était que des contrées sauvages et des terres inconnues. Il avait juste retenu le nom de Massiac comme l'endroit indiqué par le cheminot où il pourrait trouver du travail, histoire de couper son voyage. Hélas, quand il y parvint, le chantier était achevé depuis deux jours, et dans son wagon à tous les vents, il n'eut d'autre solution que de poursuivre plus loin vers le nord, vers Issoire, la porte du haut pays. Sortie des gorges de l'Allagon, la voie ferrée suivait une petite rivière qui serpentait mollement. Son voisin, installé tout aussi inconfortablement que lui sur le banc en bois, mais plus bavard que les autres, la lui désigna comme l'Allier. Julien se souvenait vaguement d'avoir appris à l'école primaire qu'elle se jetait dans la Loire, à moins que ce ne fût le contraire peut-être.

Il était frigorifié dans son manteau de bure. Il trompait sa faim en la mastication lente et méthodique d'une croûte du pain qu'il économisait, la frottant au fromage odorant pour lui donner néanmoins un peu plus de goût. Lors de la halte d'Issoire, il se résolut à éviter Clermont-Ferrand, la grande ville des hautes terres d'Auvergne, et à poursuivre à pied son chemin pour soulager sa bourse en baisse, faute de travail. Il pouvait continuer en train par Riom jusqu'à Saint-Germain-des-Fossés, au nord de Vichy, ou bien, comme beaucoup, suivre à pied les bords de l'Allier qui serpentait mollement dans la Limagne bourbonnaise. Au-delà bien sûr, le train poursuivait sa route vers Moulins et Nevers mais le modeste pécule qu'il avait accumulé à Capdenac lui interdisait d'aller plus loin par ce moyen sans mettre en péril son capital, à moins de trouver quelque emploi sur son chemin.

Les Martres-de-Veyres étaient la dernière station avant la grande ville, lui avait affirmé un employé. C'était donc là qu'il fallait descendre pour suivre le cours de cette rivière jusqu'à Nevers, où les deux fleuves se mêlent enfin en une artère navigable.

Les jours suivants, il marcha beaucoup, cherchant par des chemins de traverse à raccourcir les étapes, dormant parfois à l'aveuglette, enveloppé de son manteau de drap sombre, dans l'encoignure d'un pan de mur. Il traversa quelques bois lugubres, des taillis sombres, entendant souvent hurler au loin des chiens qu'il prit parfois pour des loups dans sa frayeur juvénile. Cela lui glaçait le sang et, l'échine parcourue de frissons, pleine de tremblements, le poing serré sur le gourdin, il se hâtait alors à grandes enjambées. Plus il allait, plus il était sale et hâve. Il finissait par ressembler à ces trimardeurs qui traînaient leurs os au fil des saisons sur les mauvais chemins d'une France d'alors profondément rurale. Et l'adolescent de Loupia, au fil des étapes, s'estompait derrière la silhouette louche d'un vagabond routier.

Parfois le découragement le gagnait, le submergeait un instant quand il contemplait ses pieds meurtris des kilomètres parcourus à arpenter les mauvaises routes et mesurait le chemin qu'il lui restait à faire pour atteindre son but. Le soir, quand il s'arrêtait dans les fermes pour demander l'autorisation de dormir dans l'étable ou dans la grange, il sentait bien qu'on le regardait avec la suspicion naturelle de celui que l'on prend pour un maraudeur avant qu'il eût ouvert sa bourse et montré qu'il pouvait payer sa soupe. Parfois un paysan plus compréhensif lui donnait un bol de lait chaud de la traite du soir et engageait avec lui la conversation, s'étonnant dans un patois qu'il comprenait à peine de son accent chantant et de le voir voyager ainsi, seul, hors des groupes de jeunes qui parcouraient le pays pour faire campagne, à la saison.

« Tu m'as l'air vaillant, petit ! T'es bien bâti ! Pourquoi tu restes pas ici ? Pour sûr, tu trouverais à t'employer ! Ils cherchent toujours des bras au château... Faut dire qu'ils ont tellement de terres et que beaucoup d'ici partent à la manufacture...

– Je veux plus prendre des coups de pied au cul comme un valet.

– Ah ! bien sûr, ils paient pas beaucoup, ces messieurs de la ville mais, ici, on dépense peu, sauf pour la chopine... Si t'es économe, tu pourrais au bout de quelques années acheter un peu de bien et t'établir. La terre est bonne par ici... »

Mais l'acquisition de quelques arpents d'une terre plus froide que celle de son Aude natale, ce qui, pour ceux d'ici, était encore un rêve ancestral assurant la liberté qui permettait d'échapper à la rapacité des gros propriétaires, n'était pas dans l'univers onirique qui le faisait avancer jour après jour vers la capitale.

« Je ne suis pas paysan, je suis forgeron », répétait Julien fièrement.

Il le regardait, ce misérable paysan de l'Allier, cassé en deux par le travail de la glèbe, les mains déformées de rhumatismes. Quelques années plus tard, il aurait pu servir de modèle à Émile Guillaumin. Il faisait partie des dépendants, de la race des métayers, de la foule de ces journaliers exploités, guère plus heureux que la masse des domestiques, toujours soumis à « nostre mestre » autant que leurs femmes l'étaient au prêtre, tuteurs spirituels d'un monde où l'obéissance était la règle. À chaque pas qu'il avait fait, Julien avait senti la liberté lui pousser et il n'avait pas fait un si long chemin pour capituler ainsi parce qu'il avait le ventre creux.

À Nevers, à l'orée du val du Germiny, il prit le coche d'eau qui longeait le Sancerrois, où les vendanges étaient terminées depuis une huitaine, abandonnant les modestes coteaux aux grives et aux merles gloutons. C'était un gros bac, bâti à l'ancienne de poutres grossières et médiocrement équarries, mal pontées, où le seul abri était une modeste cabanette de planches disjointes, située à l'arrière, près de la rame qui servait de gouvernail. Il transportait indistinctement hommes, bêtes, grains et matériaux en un méli-mélo populaire, bon enfant et bon marché qui en faisait le moyen de transport préférentiel des petites gens. Tiré par deux robustes chevaux que l'on changeait tous les vingt ou trente kilomètres et dont le pas résonnait sur le chemin de halage, le coche offrait au voyageur le charme des déplacements à l'ancienne, loin de l'agitation ferroviaire qui avait gagné tout le pays.

Julien passait des heures à se remplir les yeux du paysage calme qui défilait au pas lourd des chevaux. Il s'émerveillait de leur puissance à faire avancer le lourd engin. Chez lui, songeait-il, les bêtes étaient vraiment plus petites, plus râblées mais aussi plus agiles quand il s'agissait de retourner les mottes ouvertes par la charrue sur les pentes raides du Razès, là où la terre est si rouge qu'on la dirait imprégnée du sang des hommes. Le coche d'eau suivit le canal latéral à la Loire, poursuivi par celui de Briare et celui du Loing avant de rejoindre le cours de la Seine qui, de Saint-Mammès aux portes de Paris, oscillait mollement de gauche à droite, cherchant son lit dans la cuvette du Bassin parisien.

La plaine s'étendait à perte de vue, coupée çà et là de quelques bois résiduels qui ornaient les promontoires des croupes molles. Elle s'abaissait imperceptiblement de méandre en méandre. Julien, depuis la veille, se rendait compte qu'il approchait du but, même si la campagne restait immuable et si les villages, contenus dans leurs espaces traditionnels, « mitaient » à peine le paysage. Paris n'avait pas encore commencé à conquérir son bassin, colonisant tout juste les parties basses des onze communes qui, des Batignolles à Grenelle, avaient été annexées en 1860. Mais sur le fleuve, la circulation s'était intensifiée de la multitude des barges et des chalands, transportant les matériaux nécessaires à une ville en pleine mutation haussmannienne. L'air transportait parfois une odeur sournoise de fumée inexplicable. Loupia lui semblait très loin en ces instants. Où était donc le parfum des cyprès ondulant sous la caresse du cers ? Où était la saveur exotique du marin ?

Mais ces bouffées de nostalgie ne se mêlaient chez lui d'aucun regret et s'évaporaient d'elles-mêmes aux sautes du vent matinal pour le laisser debout, sur le pont du coche, face à un destin désormais tracé, dans la brise frissonnante d'un automne bien entamé.

Le coche d'eau le déposa à Charenton, non loin de la confluence de la Marne où le batelier devait débarquer le bois qu'il charriait sur le pont depuis Nevers pour prendre un peu plus loin, à Bercy, des barriques vides qu'il ramènerait ensuite au retour vers le haut pays. L'homme n'était guère causant. Il fumait inlassablement une pipe d'écume remplie d'un tabac âcre et dur. Il dirigea d'une main expérimentée l'accostage puis, d'un vague geste de la main, il lui montra le fleuve, lui expliquant en deux mots qu'il n'avait qu'à le suivre pour atteindre Paris. Là, à la hauteur des fortifications, on le renseignerait bien...

Et Julien se retrouva seul sur le quai mal pavé, accoutré de ses vêtements usagés, au milieu d'une foule bigarrée de commis patibulaires, accourus au déchargement. Ils étaient si pressés que plusieurs le bousculèrent en lui reprochant vertement dans un patois inconnu d'être au milieu du passage. Il se sentait très étranger à ce monde cosmopolite et, son maigre balluchon sur l'épaule, il prit le chemin empierré qui longeait le fleuve et supportait le trafic dense de la multitude des charrettes en tout genre. Quelques kilomètres plus loin, il aperçut les hautes murailles et, franchissant la porte de Bercy, se retrouva dans le ventre grouillant d'un monde inconnu.

Il connaissait l'adresse par cœur. Il dut demander son chemin à plusieurs reprises, se perdit plusieurs fois, tournant et retournant dans l'alternance des grandes rues et des venelles mal famées. Il faillit se faire écraser par des fiacres bruyants, menés par des cochers pressés, quand, finalement, épuisé, les pieds brûlants, après plusieurs heures de pérégrinations, mélangeant l'émerveillement et l'inquiétude, un passant lui indiqua l'endroit d'un repère simple : à côté d'une blanchisserie fraîchement ouverte, il trouverait le bougnat. Après plusieurs détours, Julien finit par découvrir le lieu. La boutique faisait l'angle, au coin de la rue des Amandiers et des Cendriers, non loin du Père-Lachaise, dans ce Ménilmontant, l'un des « villages de Paris » annexés à la capitale une petite dizaine d'années auparavant. Le quartier offrait au passant l'image caractéristique de ces faubourgs populaires où le confort le plus simple n'existait pas. Les maisons étaient basses, le plus souvent à un étage, construites de bric et de broc, en matériaux de mauvaise qualité, mêlant la planche mal dégrossie et un crépi sableux qui s'effritait par plaques aux intempéries. La belle meulière y était rare et très tôt l'insalubrité ambiante avait été ici le décor quotidien de ce peuple de petites gens dont beaucoup logeaient encore dans les caves et les greniers.

Avec sa devanture vitrée, enchâssée dans des croisées de bois panneauté, ripolinée en vert et jaune, elle était bien propre et pimpante au regard des autres qui alignaient leur morne façade à la queue leu leu, suant la lèpre, la misère et la crasse. Il poussa la porte pour se renseigner dans le tintement cristallin d'une clochette qui pendait à un fil de fer torsadé. De la repasseuse, habillée d'une robe bleu roi, il ne vit d'abord, dans la pièce embuée, qu'une silhouette cassée en deux derrière une longue table encombrée de linge, puis un large décolleté carré. Il offrait impudiquement la rondeur palpitante et charnue de deux seins blancs qui tressautaient à sortir du corsage au rythme endiablé du fer rempli de braises et lancé en un ballet mystérieux, évitant les plis du lourd drap de fil. Manches retroussées, énergique, elle n'avait guère plus de vingt ans. Elle leva de grands yeux noirs vers Julien qui, d'un seul coup, se sentit rougir jusqu'à la pointe des oreilles, coupable de la perception furtive de cette féminité troublante. Du foulard qui lui couvrait la tête émergeaient les boucles châtain clair d'une lourde chevelure. Un petit nez retroussé, encadré de quelques taches de rousseur, lui avait laissé un parfum d'enfance.

« Tu cherches quoi ? demanda-t-elle.

– Je… Je…

– Tu as perdu ta langue, fit-elle, moqueuse de son trouble.

– Je cherche M. Champeix.

– Ah ! le bougnat. C'est à côté », répliqua-t-elle en se penchant pour continuer son travail tandis que Julien battait en retraite, peu habitué à la fréquentation des filles de la ville.

La porte suivante était occupée par l'entrée sombre d'un hôtel passablement décrépi. Un panneau de bois décoloré, jadis peint en rouge, affichait les tarifs. Julien ne comprit pas tout de suite pourquoi on y louait des chambres à l'heure. Il demeurait au milieu de la rue, le balluchon sur l'épaule, observateur campagnard et méfiant d'une vie inconnue. L'entrée d'une fille au rire triste tenue à la taille par un homme égrillard l'éclaira sur l'activité qui se déroulait au bout du couloir blafard. C'était un de ces hôtels de passe où les ouvrières venaient banalement se prostituer pour gagner quelques francs à la fin de la journée. Juste à côté était le bougnat dont maître Costesèque lui avait donné l'adresse. Le magasin ne payait pas de mine. La porte, bancale et délavée, était simplement surmontée d'une planche mal rabotée où une main malhabile avait écrit, en un geste incertain, « Bois et Charbon ». L'écriture à demi effacée témoignait à coup sûr de l'âge mûr du propriétaire et de l'ancienneté de son activité.

Julien poussa la porte branlante : un couinement lugubre l'introduisit dans une petite pièce. La poussière noire et grasse de l'anthracite brut imprégnait tout le décor. Dans une demi-pénombre dispensée par une fenêtre sale, il distingua d'abord un monceau de sacs de charbon vides, tous bien pliés, un barricot de vin en perce surmonté d'un verre renversé et, dans un coin, un bureau dos-d'âne derrière lequel émergeait un crâne dégarni qui se redressa à son arrivée.

Léopold Champeix avait la cinquantaine bien entamée des bons vivants. Le teint était rougeaud, les lèvres charnues et un triple menton servait de transition à un cou épais. Debout, il était plutôt court sur pattes mais doté d'un torse puissant. L'homme avait dû être fort au temps de sa jeunesse mais sa robuste carrure s'était hélas empâtée depuis, chopine après chopine, et un ventre flasque qui sentait la mauvaise graisse le ceinturait désormais. Veuf de longue date et n'ayant pas eu d'enfant, la bonne chère restait son plaisir essentiel. Il avait rangé sa libido au magasin des accessoires et, une fois ou deux par an, quelque ouvrière du bordel voisin suffisait à le satisfaire.

Derrière son bureau, on eût dit un de ces gros matous, hirsutes et mal léchés, mais dont l'œil restait vif en affaires. Né dans une modeste famille auvergnate, vers la planèze de Saint-Flour, il était monté à Paris au milieu des années 1830 pour seconder un cousin. Il avait vite compris qu'en ces années de révolution industrielle naissante où la prospérité économique ouvrait des perspectives, on pouvait faire fortune à bon compte et suivre le mot de Guizot : « Enrichissez-vous. » Ainsi, jour après jour, économe de tout, sauf du travail, il avait fait sa pelote comme il disait lui-même. Bien qu'il eût acquis au milieu du siècle une certaine aisance financière par rapport à sa condition d'origine, il n'avait rien changé de son mode de vie et de son train-train. Été comme hiver, il portait toujours le même habit usagé et n'offrait à ses clients qu'un verre de vin avec parcimonie et une fois le marché conclu.

« C'est pour quoi ? fit Champeix, massif, derrière son bureau en levant la tête.

– Je viens de la part de maître Costesèque, annonça Julien en s'accoutumant à la pénombre de la boutique.

– Qui… vous avez dit ?

– Maître Costesèque, de Loupia.

– Loupia ? répéta Champeix, interrogateur.

– Oui, Loupia dans l'Aude…

– Ah ! oui, celui qui me fait livrer le vin…

– C'est ça, monsieur… »

Champeix, par habitude d'économie surtout, profitait de l'approche des vendanges, à la fin août, pour se fournir à bon compte et à prix réduit en vin de la récolte précédente. Il savait que les vignerons avaient besoin à ce moment-là de faire de la place dans les chais et qu'ils écoulaient à rabais une production par trop abondante, malgré une consommation massique de deux litres par jour pour le quotidien du travailleur. Champeix justifiait ses commandes tardives d'un sentencieux « Il faut que le vin fasse ses preuves » qu'il lançait à ses clients lorsqu'ils s'étonnaient qu'il eût encore du vin de l'an passé alors que le nouveau coulait déjà dans les gosiers. Hélas, le transport estival d'un breuvage à faible teneur en alcool, mal vieilli dans des barriques souvent usées et dont les douelles gardaient un peu trop la mémoire d'années médiocres, finissait souvent de transformer le breuvage lourd en une piquette aigre propre à déclencher des ulcères d'estomac. Mais Champeix n'en avait cure. Lui, il buvait du bourgogne, du bon, et le reste suffisait bien pour les clients.

« D'ailleurs, j'ai une lettre de recommandation, ajouta Julien.

– Montre ta lettre, petit… »

Julien sortit de son balluchon un papier épais, plié en trois, dont les bords latéraux étaient simplement rabattus à se toucher. Dans la précipitation de son départ inopiné, maître Costesèque ne l'avait pas cacheté à la cire comme il le faisait d'habitude pour ses courriers aux fournisseurs, restant fidèle à l'usage du temps ancien où l'enveloppe n'existait pas. Julien connaissait le pli par cœur. Cette lettre d'introduction, depuis plusieurs semaines, il avait eu tout le loisir de l'apprendre, la lisant et la relisant à chaque étape, tant elle était un viatique et un trésor à ses yeux. Elle commençait par « Cher ami » et se terminait par « Bien à vous », suivi du paraphe plein d'arabesques de son patron. Champeix ajusta ses lorgnons et parcourut la missive, l'air chafouin, avant de relever la tête et de lui lancer en plissant les yeux :

« Qu'est-ce que tu sais faire ?

– Je suis forgeron, monsieur…

– Ah ! forgeron…, fit Champeix en réfléchissant.

– Oui, monsieur, chez moi, dans l'Aude, avec la vigne, y a pas mal de travail, vous savez.

– Pourquoi t'es parti alors ?

– Mon père…, murmura Julien.

– Enfin, ça ne me regarde pas… T'es majeur !

– Oui, oui, dit Julien en rougissant de son mensonge.

– T'as rien volé en chemin ? T'as pas les cognes aux fesses ?

– Non, monsieur… Mais j'ai besoin de travailler parce que le voyage m'a coûté. Le train, c'est cher !

– T'avais qu'à marcher à pied, petit ! Le progrès, c'est bien joli mais quand on a pas de sous, faut faire comme avant ! Les anciens, ça les a jamais tués d'user leurs souliers… Aujourd'hui, tout le monde veut voyager facile…

– J'ai marché de Vichy à Nevers, monsieur…

– Ouais… Pour le boulot, je peux te recommander aux usines Duchaussoix. Je connais le chef comptable. Je leur livre un muid de vin chaque quinzaine pour ceux qui veulent cantiner sur place. Je te ferai un mot. Après, pour ce qui est du logis, si t'es pas difficile, j'ai un galetas que je loue à la semaine à côté de l'hôtel borgne. C'est pas luxueux, bien sûr… mais si t'embauches à l'usine, tu seras pas loin ! Ah, au fait, vous serez deux, là-haut, alors tâchez de pas vous battre… Pas de querelle d'ivrognes, hein !

– Je bois pas, monsieur.

– Je le vois », dit Champeix en le regardant.

Trente-cinq années de métier lui avaient appris à jauger les hommes infailliblement comme les curés sondent les cœurs et les âmes. À la maigreur osseuse du visage, au jaunissement précoce du teint, à la rougeur fleurie du nez, ou aux poches qui gonflaient leurs yeux, il savait reconnaître celui dont l'estomac faisait quotidiennement fonction d'alambic, éclusant canon après canon, la piquette douteuse et bon marché dont s'abreuvaient alors les classes laborieuses au point de devenir parfois, quand les esprits étaient trop échauffés, des classes dangereuses. Il savait distinguer le buveur de petit blanc du consommateur d'absinthe, identifier l'habitué du gros rouge. Champeix savait que l'usage immodéré du litron, compagnon quotidien des travailleurs, ne fortifiait pas le sang, contrairement à ce que claironnaient les usagers du comptoir, les soirs de cuite. Cela ne l'empêchait pas pour autant d'en faire lui-même un commerce ponctuel. Il ne se posait pas la question, se contentant simplement de ne pas en consommer plus lui-même que ce que le commerce nécessitait lors de la conclusion d'une affaire.

« Allez, tope là ! Je vais te montrer tes appartements… »

Champeix n'avait pas menti. Dans l'immeuble de la blanchisserie, un petit couloir desservait un logis habité au premier par une modeste famille, flanquée d'une marmaille de six enfants braillards en trop bas âge encore pour travailler et ramener quelques sous. Là, dans un recoin du palier, une échelle de meunier donnait accès, par une large trappe rectangulaire, à une pièce située sous les toits. On s'y tenait péniblement debout, dans la lumière fade et chiche diffusée par un fenestrou sinistre. L'humidité, fruit de la condensation de la blanchisserie d'en bas, imprégnait tout d'une moiteur glacée qui ruisselait sur les murs lépreux en manque d'une couche de chaux neuve.

« Je ne te prendrai que quelques francs par mois... Mais si tu nous donnes la main le matin pour charger la charrette de sacs de charbon, tu les gagneras aisément. Ça te va, petit ? fit-il d'un air roué.

– Faudra bien, monsieur..., répondit Julien, lucide sur l'état de sa condition.

– À la bonne heure... Installe-toi, et quand tu seras prêt, descends à la boutique. Je te donnerai ton billet d'embauche.

– Merci bien, monsieur. »

Champeix parti, Julien contempla le décor que la lumière grise offrait à ses yeux : ce qui servait de lit n'était qu'une paillasse de mauvaise toile, agrémentée d'une grossière couverture, un grabat juste bon à tomber d'épuisement après une de ces journées de travail harassantes, labeur ordinaire de la classe ouvrière. Il posa le balluchon qui contenait ses hardes. Ses semaines de vagabondage l'avaient rendu méconnaissable : la barbe lui mangeait le visage et la faim lui avait creusé les joues. Ses yeux étaient devenus plus vifs, plus mobiles et attentifs aux détails de la vie. Il avait perdu son air de chien battu, mais il restait malingre, affiné par l'amaigrissement d'une alimentation aléatoire et carencée. Malgré sa fatigue, il se sentait plein d'une ardeur nouvelle, tels ces bâtisseurs de cathédrales, prêt à affronter toutes les difficultés que cette ville monstrueuse et inquiétante pouvait receler. L'adolescent s'était estompé devant le jeune adulte. Il était devenu compagnon de l'espérance et des jours nouveaux.

III

La fabrique Duchaussoix

Julien se sentit arrivé à destination, mais aussi bien sale. Sur une table, faite de planches grossières assemblées de mauvais clous, patinées par l'usage et la crasse des occupants successifs, une cuvette blanchâtre et sans âge offrait une hygiène des plus sommaires. La faïence avait changé de couleur, elle s'était moirée des arabesques sombres de l'oxyde de fer qui avait viré. Le broc qui lui tenait compagnie était ébréché et son anse avait disparu depuis longtemps. La médiocre luminosité dans laquelle baignait la pièce ne permettait pas de voir la pellicule grisâtre qui stagnait sur l'eau, s'accrochant au bord du récipient. Mais cette vétusté sordide ne frappait pas Julien, endurci depuis toujours à la précarité des logis du monde ouvrier. Il n'y faisait pas attention, car ces conditions d'existence étaient son lot quotidien depuis sa plus tendre enfance. Il n'avait jamais connu que la sueur aigre qui perle au front sous l'effort, imprègne les aisselles en laissant des auréoles à l'emmanchure des vêtements. Un chiffon de couleur indéfinissable pendait à côté, simplement suspendu à un clou, à même le mur, triste et douteux. Julien en trempa un des coins, se passa un peu d'eau autour de ses yeux chassieux, tout « laganhous » comme on disait chez lui, là-bas où le vent apporte certains jours dans le soleil radieux l'odeur de la mer. Il tenta de remettre un peu d'ordre dans ses boucles brunes, les peignant du râteau de ses doigts, afin d'être plus présentable.

Il hésitait à mettre le jeu de vêtements de rechange qu'il avait transporté tout au long de cette si longue route dans son balluchon pour aller à l'embauche de l'usine. Il fallait certes faire bonne impression, faire moins bouseux, mais le prendrait-on s'il était mieux vêtu ? Cela ne risquait-il pas d'être un handicap, de susciter la méfiance des patrons pour qui postulait à un emploi d'ouvrier. Et puis, chez lui, on ne mettait pas les habits du dimanche pour aller au travail. Aussi se contenta-t-il de secouer tant bien que mal la poussière de la route, brossant ses nippes du revers de la main. Plus tard, il aurait, pour sûr, à faire un brin de lessive. Un bout de miroir à demi cassé, coincé dans l'angle du mur, sur une pierre plus saillante que les autres, lui renvoya une image qu'il jugea plus satisfaisante. Il était prêt. Il dévala l'échelle de meunier, manqua de s'étaler en ratant la dernière marche, laissant échapper un « macarel » sonore qui résonna dans le couloir étroit. Il avait hâte maintenant de trouver du travail, de gagner enfin la tête haute de quoi manger et payer son tôlier, faute de quoi, il serait réduit à la mendicité de la foule des trimardeurs et des « apaches » qui grouillaient autour des fortifications.

« Ça y est, tu es bien installé ? » fit Champeix en le voyant paraître à la porte de l'antre sombre de son commerce qu'il occupait, telle une araignée sa toile, à attendre les clients à longueur de journée.

Le jour déclinait sérieusement et l'après-midi était déjà finissant. Le casse-croûte matinal, avalé à Charenton, était très loin dans l'estomac. Il avait bien grignoté un reste de croûton sur le coup de midi quand il cherchait son chemin dans le dédale des rues inconnues, mais Julien sentait maintenant des crampes lui tordre les boyaux. Il n'en laissait rien paraître néanmoins, ne voulant pas retarder d'une seconde l'entrée dans ce monde qui lui permettrait d'accéder à la liberté.

« Tiens, voilà ta recommandation pour la maison Duchaussoix. Tu vois, M. Champeix tient ses promesses, fit-il d'une voix doucereuse. Vous êtes nombreux à arriver de province pour chercher du travail ces temps-ci. Vas-y de suite, petit. Ce n'est pas bien loin pour qui a de bonnes jambes. Je vais t'expliquer par où couper pour gagner du temps… Mais surtout, tâche de ne pas te perdre au retour quand la nuit sera tombée. Les rues sont souvent sombres, peu et mal fréquentées, propices aux tire-bourses… »

À droite, puis à gauche, tout droit… encore à gauche ! Grâce aux indications de Champeix, en marchant d'un bon pas, Julien mit une vingtaine de minutes à peine pour parvenir, le cœur battant, à l'entrée de l'usine Duchaussoix. Comme tant d'autres, elle avait poussé aux limites de Charonne, dans la première moitié du XIXe siècle. La vague d'industrialisation avait alors submergé ce paisible quartier champêtre, peuplé jusque-là de vignerons et de petits propriétaires terriens. Et les entreprises souvent insalubres de l'époque avaient transformé en un peuple d'ouvriers faits pour « travailler, obéir et courber l'échine », selon l'esprit du patronat, la foule des migrants qui accouraient de toutes les provinces de France, attirés par le mirage de la ville. Ainsi, en une trentaine d'années, le bonheur tranquille d'un ancien village s'était transmué en activités fébriles d'une banlieue populeuse garrottée par la misère.

L'usine ressemblait à un ventre énorme : le matin, elle engloutissait les masses laborieuses mal réveillées, dès potron-minet, pour les recracher le soir, treize ou quatorze heures plus tard, épuisées et titubantes, les yeux rougis de fatigue, à demi hébétées du tintamarre assourdissant des marteaux-pilons, du fracas des presses de l'estampage et du grincement aigu des tours lancinants qui vrillaient l'oreille dans un déchirement de métal. Mais comme rien ne s'arrêtait vraiment, les flux montants et descendants ne se croisaient jamais sauf devant les machines bruyantes, dans le geste simple et banal qui consistait à passer l'outil au compagnon qui prenait votre place. Dans la rue mal pavée, vide à cette heure des meutes ouvrières, une vingtaine de cafés marquaient de leurs enseignes colorées les étapes obligées des uns et des autres, du matin et du soir : pause casse-croûte, pause rouge, dose d'oubli…

Julien contempla le gigantesque porche de briques noircies de fumée. Tel un arc de triomphe de l'ère industrielle nouvelle, il s'ornait en majuscules d'une inscription qui se voulait dominatrice : « Fabrique Duchaussoix. » Par-delà deux petits pavillons vitrés qui marquaient l'entrée dans ce monde de peine et de labeur, on accédait à une vaste cour intérieure, prélude aux ateliers qui s'étalaient par-derrière en un dédale confus de toitures en zigzag et de cheminées fumantes. Dans sa poche, Julien tenait fermement serré dans sa main le papier plié en quatre que le bougnat lui avait procuré : sa recommandation d'embauche, sésame d'une vie nouvelle qui l'éloignerait définitivement du soleil de Loupia et de sa misère d'enfance. Il poussa la porte du pavillon de droite avec la fierté de la réussite assurée, juste le temps de s'entendre dire : « Voyez le chef du personnel… Deuxième bureau à droite. »

Le cœur battant, il poussa la porte vitrée ornée de carreaux de couleur. En cet instant, il était plein d'une certitude lumineuse : il voulait bien subir l'ire d'un contremaître tracassier, s'entendre peut-être crier dans les oreilles qu'il avait mal fait son travail, et même se laisser traiter de jean-foutre s'il manquait d'ardeur en fin de journée, mais il ne voulait pas revenir à Loupia. Ce n'est pas le labeur qui lui répugnait et il ne rechignait point devant les tâches pénibles mais il ne pouvait désormais supporter que sa dignité soit atteinte. Certes, il regrettait la rugueuse protection d'Ernest, la bonté de maître Costesèque, la solidarité des compagnons, mais les coups du père les soirs de cuite, par-delà les meurtrissures du corps, lui avaient blessé l'âme par leur caractère dégradant. Les quelques semaines de vagabondage qui avaient ponctué sa montée vers la capitale lui avaient donné à jamais le goût de la liberté et de l'indépendance. Désormais, il entendait mener une vie de travailleur et d'homme libre.

Il pénétra dans un monde feutré et silencieux. Derrière le comptoir de bois verni s'activaient les silhouettes sombres de deux gratte-papier vêtus de redingotes noires usées, qui se croyaient importants parce qu'ils étaient justement derrière cette banque qui servait de frontière au pouvoir, à proximité du sanctuaire de la caisse dont le nom s'étalait en laiton au-dessus d'un petit guichet grillagé. Assis à un bureau, au fond de la pièce, un homme mûr, l'air sévère, noircissait inlassablement des pages d'additions sans poésie. Julien s'était à peine présenté en tendant le papier de Champeix qu'il essuya un regard froid et hautain des deux bureaucrates avant de s'entendre dire :

« Demain matin, six heures, avec la première équipe… À l'atelier d'estampage ! »

Le chef du personnel n'avait pas levé les yeux sur lui. On n'allait pas le déranger pour ça. Julien ne demanda même pas combien il serait payé de l'heure, ce qu'on attendait de lui… Il sentait bien que sa question en ce lieu eût été saugrenue. Étourdi par l'agitation urbaine, recru de fatigue et d'espoir, la tête dans les nuages, en sortant de l'usine par le grand porche en briques, il manqua de peu de se faire écraser par un fiacre qui passait au galop. Le cocher, juché sur sa banquette de moleskine, le houspilla vertement, le menaçant de son fouet de postillon.

Il n'osa demander son chemin aux rares passants de peur qu'on ne le prenne pour un « apache » dans l'entrelacs mal famé des rues tout aussi mal pavées qui desservaient des taudis de planches défraîchies, chapeautés de toits bâtis de bric et de broc. Toutes les rues se ressemblaient dans ce XXe populeux. Enfin, il aperçut le lumignon rouge d'un bordel. Une fille grasse, au visage vérolé, triste et fatiguée après une journée à l'usine, qui complétait son turbin quotidien en faisant le pied de grue, attendait un éventuel client dans une artère devenue à cette heure un inquiétant coupe-gorge. Il était arrivé. Il s'apprêtait à regagner son galetas, le ventre creux, quand on le héla d'une porte toute proche :

« Hé, petit ! Si tu as faim, y a une assiette de soupe pour toi… »

Il reconnut la voix de Léopold Champeix qui se peignait les cheveux hirsutes des doigts de la main en l'appelant. Julien ne se le fit pas dire deux fois et entra aussitôt dans la boutique, plus sombre en cette heure où le bougnat dînait, assis devant son bureau. La lampe à pétrole donnait un aspect dantesque aux sacs de charbon vides. Le barricot projetait son ombre sur le mur terne.

« J'ai pensé que tu n'aurais pas mangé à cette heure… et il me reste un peu de soupe au fond du bouteillon. Alors, profites-en ! Tu me tiendras compagnie, ainsi. Alors ils t'ont pris ?

– Oui, monsieur… grâce à vous… merci !

– Oh, ne me remercie pas ! Tu n'es pas le premier que je leur envoie ! Hum, je parie qu'ils t'ont affecté à l'estampage.

– Comment le savez-vous ?

– C'est le plus dur chez Duchaussoix. C'est là que commencent tous les nouveaux arrivants, histoire de briser les fortes têtes et les velléités de révolte... Mais, mange d'abord ta soupe. Déjà qu'elle est tout juste chaude... Tu auras tout le temps de réfléchir ensuite, ajouta le père Champeix en le voyant un tantinet inquiet. »

Dans le silence, on entendait simplement le va-et-vient de la cuillère de fer-blanc sur la faïence ébréchée d'une assiette usée, scarifiée de mille coups de couteau. Champeix le regardait aspirer bruyamment le liquide épais qui gouttait de temps à autre à son menton.

« Finis tout. Racle bien le fond, c'est là que c'est le plus nourrissant...

– Merci encore, monsieur, répondit Julien après s'être essuyé les lèvres d'un revers de manche.

– Allez, va dormir maintenant. Tu auras besoin de tes forces pour demain et sois à l'heure surtout... Sinon, ils te mettraient à l'amende !

– Oh, j'ai l'habitude de me lever tôt ! À la forge, c'était toujours moi qui démarrais le feu... »

Julien regagna sa soupente dans le noir faute d'avoir une chandelle. Il progressait à tâtons dans cet univers où il n'avait pas encore ses repères. Il se déshabilla sommairement, gardant sur lui l'essentiel de ses vêtements pour lutter contre le froid et l'humidité qui baignaient la pièce. La nuit était tombée depuis un long moment et Julien, prêt à s'endormir après cette riche journée, quand la porte s'ouvrit en émettant un couinement plaintif.

« Bonsoir, fit-il en se retournant sous sa couverture marron.

– Salut..., répondit une voix dans l'obscurité. C'est toi le nouvel occupant ?

– Ben oui, fit Julien.

– Tu viens d'où ?

– J'arrive du Razès.

– Et c'est où, ça ?

– À la limite de l'Aude et de l'Ariège...

– Je connais pas !

– Vers les Pyrénées...

– Oh ! c'est loin alors... Bon, je me couche, on parlera demain ; ce soir, j'en peux plus, je suis crevé ! Le contremaître, il peut pas me sentir... Alors il m'a encore changé de poste... Il m'en a donné un plus pénible, tu comprends. »

Julien le regarda, pensif et un peu interloqué, lui qui n'avait connu que l'ambiance rude mais somme toute chaleureuse de la forge de maître Costesèque, avant de répondre à la silhouette qu'il distinguait à peine :

« Moi, je commence demain...

– Alors, dors bien !

– Je m'appelle Julien… Julien Bénazet.

– Moi, c'est Joseph Moreau… Bonsoir. »

Le chant d'un coq, claustré au fond d'un jardin voisin dans un petit enclos de lattes de bois entrecroisées telle une religieuse dans son carmel, les réveilla bien avant que le jour ne soit levé. Paris était encore un gros village et l'activité agricole n'avait pas disparu de la capitale, surtout dans les périphéries fraîchement annexées et encore très partiellement urbanisées. Un peu d'eau froide passée sur le visage, pour chasser la nuit, avec le creux de la main, le bourgeron enfilé et bien serré à la taille d'une ceinture fatiguée et râpée, la musette en bandoulière, il était prêt. Prêt à affronter sa première journée de travail aux usines Duchaussoix. Dans les rues, par petits groupes, le peuple des travailleurs mal réveillés se hâtait vers le labeur. De temps à autre, au passage, les uns ou les autres s'arrêtaient dans les nombreux estaminets qui débitaient à profusion un vin rouge épais et des casse-croûte simplement enveloppés dans le papier jaunâtre du *Petit Journal*. Ceux qui savaient lire le déchiffreraient tout à l'heure péniblement en mastiquant avec lenteur et application ce pain gris et fade, couleur du ciel, couleur de la vie, histoire de faire durer le plaisir de se mettre quelque chose sous les dents que beaucoup avaient déjà gâtées.

L'air froid imprégnait leurs vêtements tout raidis de l'humidité de la nuit. En cette heure matinale, les conversations étaient faites de monosyllabes échangés à voix basse, sur le ton de la confidence. La fumée de quelques pipes de tabac âcre planait par nappes, emportée au gré des sautes du vent. La séparation des sexes était naturelle : les ouvrières, par deux ou trois, blafardes silhouettes sans apprêt, se pressaient elles aussi, mais de leur côté, se tenant souvent par le bras, la robe balayant le sol, les cheveux serrés dans des casques à mèches de toile bleue nouée derrière la nuque, ce qui leur faisait paraître le front immense, soulignant ainsi leurs visages fatigués, marqués de rides. Passé le porche de l'usine, médiocrement éclairé d'un bec de gaz, Joseph se sépara de Julien d'une tape sur l'épaule.

« À ce soir ! Je t'attendrai ici », fit-il simplement.

L'usine métallurgique Duchaussoix avait poussé dans les premières années de la révolution industrielle, quand le banquier Ernest Duchaussoix, dont la famille s'était enrichie dans le commerce triangulaire au siècle précédent, avait racheté cette modeste forge qui employait quelques ouvriers pour une bouchée de pain. Sentant le vent du modernisme ambiant, il n'avait pas hésité à investir, misant à fond sur l'industrie. Après une trentaine d'années, la forge primitive s'était agrandie et l'essentiel de ses activités consistait dans la transformation de lingots d'acier en produits finis directement commercialisables. Ici, on fabriquait des fers à cheval, des ressorts, des bandages de toutes sortes mais aussi des boulons, des tire-fond et même des cylindres de broyeurs que les vendangeurs à la page utilisaient pour fouler le raisin. Peu à peu équipée de trois fours-réverbères, de deux petits trains de laminage, de deux marteaux à cingler et d'une presse, elle s'étendait dès lors sur près de trois mille mètres carrés et employait quelque trois cents personnes.

La fabrique Duchaussoix recevait sa matière première, des lingots d'acier, de Lorraine, par le chemin de fer. Faute d'un raccordement direct à la gare, ils transitaient par une noria de charrettes tirées par des mulets qui laissaient de cyniques outrages dans la poussière des rues mal pavées. Née en 1832, dans une banlieue campagnarde, l'usine s'était trouvée peu à peu agglomérée à la ville en une mêlée chaotique de bâtiments disparates et désordonnés qui tremblaient jusque dans leurs fondations construites à la va-vite sous les coups de la presse qui matriçait les pièces. L'énergie était fournie par des machines à vapeur, elles-mêmes alimentées en charbon par une succession d'attelages qui amenaient en sacs le précieux combustible.

Passé la cour encombrée de charrettes, de mulets, de sacs de charbon, certains vides, d'autres pleins, de pièces prêtes à l'expédition, entassées là, pêle-mêle, dans un désordre apparent qui aurait pu passer pour de la négligence aux yeux d'un néophyte, Julien entra dans un grand atelier, médiocrement éclairé d'une verrière sale, où l'on finissait de procéder à l'ébarbage de ressorts fraîchement trempés qui, une fois terminés, équiperaient ces voitures et ces wagons dont la France industrieuse avait un besoin sans cesse croissant. Les ouvriers passaient les pièces presque finies aux meuleuses afin de leur ôter les excroissances non désirées. Les machines, dans des jets spasmodiques d'étincelles qui traversaient la pièce tels des feux d'artifice, tournaient dans un vrombissement d'insectes, alimentées par un enchevêtrement de courroies en tout genre qui s'entrecroisaient d'axes en poulies. Là, un grand type maigre lui indiqua l'atelier d'estampage. Il lui fallut parcourir un vrai dédale pour y parvenir, traverser des locaux vides, d'autres surpeuplés sous l'air souvent désabusé de la masse abrutie des travailleurs rendus amorphes par le bruit, la fumée, la poussière qui, impalpable, imprégnait tout d'un brouillard opaque.

Dans l'atelier d'estampage, on ne s'entendait même pas parler tant le fracas du métal écrasé était assourdissant. Il déchirait les tympans et il fallait hurler à l'oreille de son voisin pour se faire comprendre. Aussi, dans une telle ambiance, s'exprimait-on par gestes, selon des mimiques ritualisées qui constituaient un langage hermétique pour tout nouvel arrivant. « Au wagonnet !… », finit-il par comprendre, après avoir fait répéter plusieurs fois le contremaître qui dirigeait la manœuvre.

Affecté au transport des pièces tout juste extraites de la matrice, il fallait les faire passer à l'atelier suivant, les reins toujours en extension, à pousser sur les rails le lourd véhicule, avant de le décharger pour repartir en sens inverse. Au bout d'une heure, sa colonne vertébrale n'était plus qu'une douleur continue. Julien n'avait pas une minute pour se reposer. D'autres wagonnets attendaient. Pas question de créer des embouteillages, il fallait conserver la fluidité de la circulation, ne pas faire de bouchon dans le circuit de la production sous peine d'une rafale de quolibets de ceux qui comme lui poussaient, à quelques mètres derrière, d'autres wagonnets. La forge de maître Costesèque était bien loin !…

Une courte pause de cinq minutes, à neuf heures, le temps de boire un coup de rouge, de pisser et déjà il fallait se remettre à l'ouvrage, pousser comme une bête ce wagonnet qui devenait son ennemi tant il était plein, ce wagonnet qui avançait péniblement dans le couinement de l'essieu surchargé. Malgré sa jeunesse et ses forces intactes, à ce rythme-là, quand la pause repas arriva vers midi, Julien avait déjà les traits marqués par la fatigue. La poussière noire lui dessinait des cernes sous les yeux. En quelques heures, il était devenu « un damné de la terre, un forçat du genre humain ».

Ernest Duchaussoix, le patron fondateur de la fabrique qui portait son nom, avait installé la cantine dans la partie la plus ancienne de l'usine, celle qu'il avait bien voulu céder aux ouvriers après les dures grèves qui, cinq ans auparavant, avaient perturbé la production pendant plus de deux semaines. C'était la partie la plus vétuste et seuls deux drapeaux tricolores, fichés de part et d'autre d'un écusson, venaient égayer les murs lépreux qui n'avaient pas reçu une couche de chaux depuis des lustres. Mais Ernest Duchaussoix trouvait que c'était bien suffisant pour eux. « Ils ont de la chance… Je suis bien bon avec eux… », disait-il très naturellement à ses interlocuteurs quand on l'interrogeait sur la question ouvrière, bien calé dans le fauteuil capitonné de son salon confortable orné de lourdes tentures dont seul le tic-tac d'une pendule de marbre venait troubler la quiétude. « D'autres patrons ne mettent rien à leur disposition », ajoutait-il pour affirmer son intérêt pour la chose sociale.

La cantine était vaste. Une partie de la salle formait loggia et surplombait le morne alignement des tréteaux et des plateaux de bois qui servaient de table sommaire autour desquels s'organisait la géométrie parallèle des bancs. On l'appelait le balcon, car, comme à l'Opéra où aucun d'ici n'avait jamais été et n'irait jamais, on y dominait le reste de la salle. C'était l'endroit le plus prisé parce qu'on y était le moins serré, parce qu'on y avait une vue dégagée, permettant d'observer les autres, le spectacle de la vie quotidienne, le pauvre troupeau qui avalait le plus souvent, en silence, sa pitance en mastiquant mécaniquement ce pain qui restait la base de l'alimentation des classes populaires. Vingt par côté, quarante par rang sur quatre rangs, on faisait chez Duchaussoix la pause de midi en deux bordées.

Sur les planches mal jointées, chacun posait sa chopine ou son litron, sa timbale et sa gamelle, ouvrait son couteau et « cantinait » avec ce qu'il avait apporté en s'interpellant parfois d'une table à l'autre d'une plaisanterie qui déchaînait des rires gras. Le temps de fumer une pipe, de satisfaire à la feuillée sordide un besoin urgent, et il fallait reprendre déjà, sans interruption jusqu'au soir. Et demain, ça serait pareil, encore et encore, jour après jour, dans la monotonie harassante qui ne permet pas de souffler car un jour sans travail est un jour sans pain.

L'usine ne s'arrêtait jamais et, quand la cloche de fin du jour tinta dans le vacarme, Julien eut du mal à croire que c'était enfin terminé pour aujourd'hui. Il y avait quatorze heures qu'il était là. Il ne réalisa vraiment que quand celui qui le remplaçait l'écarta pour prendre sa place et pousser le wagonnet à son tour. Il était brisé, titubant quelque peu quand il retrouva Joseph, qui l'attendait sous le porche de briques noires. Avant de rentrer dans leur galetas, ils avalèrent une assiette de soupe fade à la popote malodorante qui, en face de l'usine, débitait à toute heure un peu de réconfort aux hommes et aux femmes épuisés.

Ce soir-là, étant rentré plus tôt, sur le bat-flanc de la soupente, son voisin lui conta son histoire, manière de satisfaire sa curiosité une bonne fois pour toutes. Né en novembre, Joseph avait juste trois ans de plus que lui. Il avait eu la chance de tirer le bon numéro et, en vertu de la nouvelle loi Niel de 1868, il ne ferait donc que six mois de service militaire, n'étant pas assez fortuné pour se payer un remplaçant. Peu séduit par cette perspective, il avait retardé le plus possible cette échéance et choisi une incorporation en octobre 1870, au dernier moment. Trois ans de différence entre eux, ce n'était pas beaucoup, surtout à l'âge qui était le leur. Mais aux yeux de Julien, il faisait plus que figure de grand, il était déjà homme. D'ailleurs, il se rasait une fois par semaine et son torse arborait une toison sombre et mâle. Les rides précoces qui sculptaient son visage quand le soir tombait, sur dix heures de labeur et souvent plus, accentuaient la différence. Comme la plupart des travailleurs d'alors, Joseph n'était pas né ici. Il était monté à Paris, suivant sa mère à l'aube de ses neuf ans pour fuir la misère de sa campagne creusoise. Natif du pays des mille sources, là où l'ajonc dispute à l'homme la maîtrise de la nature, la faim les avait jetés sur la route un printemps, destin banal d'une humanité pitoyable de pauvres bougres, métayers soumis aux maîtres et qui cherchaient à attraper perpétuellement le bout de l'an, à faire la soudure entre deux récoltes en priant Dieu et en invoquant quelquefois le diable d'écarter le malheur de leur chemin.

Hélas, par un automne flamboyant où les feuilles de châtaigniers dorés étaient emportées au vent mauvais, treize ans auparavant, ce malheur avait fondu sur eux. Un vilain coup de pied de cheval lui avait enlevé le père, après une courte agonie, au seuil de son adolescence. Faute d'hommes, jugés désormais incapables de tenir la ferme des Escures, ils avaient été chassés de cette métairie qu'ils occupaient par tacite renouvellement du bail, tous les trois ans, à la Saint-Michel. Sans argent, sans toit, sans famille, ayant vite épuisé un hiver durant la solidarité villageoise, limitée par nécessité au nombre de bouches à nourrir, Joseph et sa mère avaient pris le chemin de la capitale, dernier espoir de gagner leur vie, loin de cette campagne désormais maudite, où la modernisation ôtait au salariat agricole sa raison d'être et son pain quotidien. Main dans la main, ils avaient pris la route, croisant les maçons de la Creuse et les gars du Boischaut rentrant passer l'hiver chez eux. Sitôt arrivée, sitôt placée comme laveuse en bord de Seine, la santé de sa mère déjà fragile n'avait pas résisté longtemps au glacial vent coulis du bateau-lavoir. Une mauvaise phtisie, ce mal du siècle, l'avait emportée un an plus tard, discrètement, vers la fosse commune du cimetière des indigents, laissant Joseph, à dix ans tout juste, se construire seul sur le pavé d'une capitale en pleine ébullition.

Joseph lui raconta ses errances, ses faims, ses chapardages aussi pour survivre, bref, tout ce quotidien d'enfant des rues habitué à la fréquentation de la zone et qui, comme tant d'autres, tirait la bourse du passant quand il ne vivait pas de mendicité.

« Comment tu es devenu ouvrier ?

– J'ai eu de la chance dans mon malheur, fit Joseph en plissant les yeux. Un prêtre à qui je racontais mes boniments pour l'apitoyer et lui extorquer quelques sous au passage a eu pitié de moi. Je ne voulais pas aller dans un orphelinat, être enfermé. Mais il a su me convaincre de le suivre et m'a donné les rudiments d'instruction nécessaires à une embauche meilleure. Il m'a gardé un temps avec lui à la cure. J'ai appris à lire et à écrire, à compter aussi, même à réciter le latin sans le comprendre. Quand je suis devenu trop grand pour faire l'enfant de chœur et servir la messe, il m'a adressé à Champeix, notre tôlier. Il le connaissait pour l'entendre en confession, m'a-t-il dit, et le savait honnête sous sa rude carapace d'Auvergnat. J'étais déjà costaud. C'était il y a dix ans tout juste et je suis toujours là, à travailler à la fabrique Duchaussoix.

– Tu n'as pas eu envie d'aller ailleurs ?

– Ailleurs ? Et pourquoi diable ?

– Mieux gagner sa vie…

– Mon pauvre Julien, tu as beaucoup à apprendre. Ici, c'est partout la même paie, le même aboutissement d'une journée qui n'en finit pas… Et plus elle dure, plus tu as de chance de te faire mal aux machines si tu fais pas attention où tu mets les doigts. Et pour les femmes c'est encore pire… Avec les courroies tendues entre les poulies par la force motrice, malheur à celles dont le chignon se défait ou qui ont un instant d'inattention. J'en ai vu plus d'une de ces pauvres filles, ainsi happées, périr tragiquement, un membre arraché.

– Je suis pas idiot. Je sais que le travail est dur.

– Oh ! on nous a bien reconnu le droit de grève, on nous laisse faire des coopératives depuis deux ans mais le livret ouvrier reste obligatoire… Et où veux-tu aller quand, dans les campagnes avec le progrès et les machines, y a plus de place pour nous les pauvres ? À la Société de secours mutuel, il y en a qui rêvent à la journée de douze heures, comme en 48 ! Tu te rends compte ? Douze heures ! On les aura jamais ces douze heures.

– Comment tu sais tout ça ?

– Avec quelques autres, on a réussi à former un début de syndicat...

– Mais c'est pas interdit ?

– Si, mais chut ! On tolère les coalitions et on le crie pas sur la place publique. Et toi, comment tu es arrivé ici ?

– Moi, fit Julien, émerveillé de cette conscience politique qu'il découvrait au contact de la ville, j'en avais marre de travailler à la forge avec mon père...

– Tu t'entendais pas avec lui ? Tu as fait une fugue ? demanda Joseph.

– Non, c'est pas ça...

– Alors, tu t'es sauvé, petit garnement ! fit Joseph en rigolant. Ah, j'irai pas te dénoncer, va...

– J'ai juste pris la route, répondit Julien, peu désireux encore, à ce stade de leur intimité, de tout lui dire.

– On est tous pareils... Tiens, regarde Marie, elle vient de Lorraine...

– Marie ?

– Marie, la repasseuse, en bas dans la boutique...

– Elle est jolie, oui… Sa peau a l'air toute fraîche…

– Elle et moi, on va danser ensemble, le dimanche, sur les bords de Marne.

– Tu es avec elle ?

– Oh, on s'est pas encore promis… Mais enfin, c'est peut-être pas si loin.

– Tu as de la chance…

– Tu as jamais connu de filles ? Enfin, je parle pas de celles qui montent, comme à l'hôtel à côté, je parle de celles à qui on peut voler des baisers et qui rougissent…

– Non, jamais.

– Bah ! Ça vient tout seul ces choses-là, fit Joseph avec pudeur. Allez, assez causé. Faut dormir, maintenant. »

L'aube, fragile et incertaine, réveilla Julien dans sa pâleur terne. Il cilla des yeux, s'étira comme un jeune chat sous la couverture grossière. Joseph était déjà tout habillé, occupé à préparer sa musette avec l'économie de gestes de ceux qui savent que la journée sera longue. Julien connaissait le prix du silence matinal des travailleurs qui s'endorment le soir venu, les muscles tétanisés par l'effort accompli. À son tour, il se leva, les reins encore meurtris de la lourdeur des charges qu'il avait manipulées la veille.

« Dépêche-toi... On va être en retard, laissa tomber Joseph.

– On prend qu'à huit heures, aujourd'hui, non ?

– C'est pas parce que l'horaire est décalé qu'il faut lambiner. Le contremaître, il t'attend toujours à la porte... Et gare à la retenue sur la paie qui te tombe dessus si t'es en faute ! T'as pas intérêt à te plaindre... Y en a des centaines comme toi ou moi qui cherchent du travail dans cette ville. »

Dehors, sur le pas de la porte, dans la fraîcheur ouatée du petit matin, Léopold Champeix fumait sa longue pipe d'écume. L'homme dormait peu, se levait tôt, était perpétuellement aux aguets sous ses dehors d'éternel endormi. Il les regarda sortir de cet air absent qu'il affectait, comme s'il se désintéressait des choses de la vie alors qu'il s'efforçait au contraire d'en saisir les miettes les plus ténues pour en reconstituer la vérité humaine dans toute la complexité d'une mystérieuse alchimie qui tenait d'un kaléidoscope étrange. Ils finissaient de passer devant lui en pressant le pas quand il les héla d'une voix tout enrouée par le tabac âcre.

« Hé, petit ! Au fait... Ce soir, faudra que tu écrives chez toi !... Même si tu es majeur, comme tu dis, faut donner des nouvelles à ton père... », fit-il, les yeux à demi plissés par la malice goguenarde de celui qui connaît l'art du mensonge.

Puis il tourna la tête, perdu dans cet ailleurs lointain qui confinait à l'ignorance du monde. Le temps de prendre un casse-croûte dans un estaminet tout proche et, vingt minutes plus tard, Julien franchissait à nouveau le porche de briques sombres de la fabrique Duchaussoix pour une nouvelle journée de labeur. Et Joseph, au moment d'entrer dans l'usine, lui glissa un « travaille bien » avec toute la complicité de ceux qui partagent le même destin de peine. Bruits assourdissants, tintamarres tonitruants qui éclatent les tympans dans le fracas de la tôle écrasée sous la presse, tel était l'univers qui les attendait jusqu'au soir.

Le soleil avait disparu depuis longtemps quand la fabrique Duchaussoix les rejeta, titubantes silhouettes qui ressemblaient plus à des zombies qu'à des hommes, brisés et usés, les yeux rougis et cernés de fatigue, recrus d'épreuves. Sur le chemin du retour, ils étaient silencieux, la tête résonnant encore du vacarme des machines. Ils s'arrêtèrent juste pour manger un morceau chez la mère Poisson, qui tenait cantine au coin de la rue et accueillait la faune pittoresque et bigarrée des artisans de la révolution industrielle, ces prolétaires nouveaux qui, pour beaucoup, avaient fui la campagne et le travail de la terre, en espérant trouver le bonheur dans une ville-mirage où ils n'avaient fait bien souvent que changer de misère. Malgré l'heure tardive d'une soirée bien entamée, Champeix était toujours là devant sa porte, comme s'il attendait leur retour.

« Hé petit, n'oublie pas la lettre !...

– J'ai rien pour écrire, monsieur...

– Je vais te prêter ce qu'il faut. »

Une fois dans la soupente, à la lumière falote d'une chandelle de suif qui empestait l'air, Julien entreprit de rédiger cette lettre comme Champeix le lui avait conseillé. Il n'était pas familier de ce genre d'exercice, sa fréquentation de l'école s'étant limitée au minimum, et la plume que l'Auvergnat lui avait prêtée était maladroite entre ses mains calleuses. Ses doigts étaient gauches et le télégraphe, bien qu'ouvert au public depuis dix-huit ans déjà, n'était pas assez répandu pour que la classe ouvrière l'utilise à son aise. Et puis, le bureau de poste de Loupia n'en était pas encore équipé. La ligne s'arrêtait pour l'instant à Limoux, ne desservant que les localités proches de la sous-préfecture.

Julien ne savait comment commencer. À qui l'adresser tout d'abord : son père ne savait ni lire ni écrire, Ernest aurait bien aimé savoir mais n'avait jamais eu le temps d'apprendre et Camillou s'entendait mieux à piquer un fer qu'à déchiffrer l'alphabet. Ils faisaient partie de ces générations du monde ouvrier que l'on trouvait alors naturel de maintenir dans l'ignorance, car leurs vies étaient à l'identique de celles des brassiers qui travaillaient dans les vignes, un destin tracé d'avance où ce genre de connaissances n'a guère d'utilité. Pire même, certains gros propriétaires considéraient que pour les pauvres l'étude était à proscrire car, par la révélation de leur misère, elle pouvait être source de révolte, donc de contestation de leur naturelle suprématie. Seul maître Costesèque, né dans le milieu des artisans qui constituait à Loupia la strate supérieure du prolétariat rural, avait appris à lire, à écrire et à compter surtout, savoir aussi important que les précédents pour qui tient boutique et fait commerce. Julien lui-même n'avait suivi les cours de l'instituteur que par intermittence, quand il y avait assez d'argent à la maison pour payer le mois, quand son père n'avait pas tout bu. Mais son intelligence vive et affûtée avait pallié les carences de ce suivi aléatoire. « Il apprend vite, le bougre ! » disait de lui avec bienveillance le régent à sa mère Marguerite, histoire de l'encourager à le laisser aller à l'école autant qu'à lui faire oublier par quelque compliment l'essoufflement fatal qui l'accablait.

Mais comment commencer ? Que mettre ? Monsieur ? Maître ? Et que lui dire ? La peur des gendarmes l'habitait encore, même s'il avait conscience que l'anonymat de cette grande ville le protégeait plus sûrement qu'une cache secrète dans un taillis profond. Finalement, il se décida pour « Monsieur ».

C'était sobre, respectueux, comme la relation qu'il avait entretenue avec son patron. Et les voisines qui regardaient parfois les plis par transparence pour satisfaire leur curiosité de commères insatiables auraient ainsi plus de mal à identifier l'origine de ce courrier parisien que s'il lui avait donné du « Maître Costesèque » comme on l'appelait ordinairement à Loupia.

La plume accrochait le papier et il devait souvent s'y reprendre à plusieurs fois pour tracer les lettres. Ces difficultés techniques accaparaient toute son attention après quoi il demeurait de longs instants à réfléchir sur ce qui était important à dire. Les idées se bousculaient dans sa tête. Mais la pudeur naturelle des pauvres lui censurait l'émotion. Il fallait aller à l'essentiel, sans faire un roman de cette vie nouvelle maintenant loin de son Razès natal. « Faites des phrases courtes », disait le maître d'école quand il leur donnait à faire une narration dont le sujet tournait inévitablement sur les beautés de l'automne, les travaux des champs, le respect des parents ou l'amour de la patrie. « Des phrases courtes… » Son français était tellement balbutiant, souvent traduit et mâtiné du patois de tous les jours qu'il eût été bien en peine de se lancer dans de longues périodes. « Je vais bien. » « Je mange bien. » « J'ai trouvé du travail à la fabrique » – il se garda d'en donner le nom – « Saluez le père pour moi. »

« Je lui enverrai un peu d'argent si je peux. » Sa lettre était fort laconique au final. Surtout, il ne voulait pas donner son adresse. Toujours la crainte des cognes.

« Donne mon nom, lui avait suggéré Joseph. S'ils viennent me voir, je leur dirai que tu es rentré chez toi. Ils chercheront pas plus loin ! Sont trop fainéants pour ça... », avait ajouté l'ouvrier qui ne portait pas dans le fond de son cœur la maréchaussée pour des raisons qu'il gardait secrètes.

Julien s'appliqua le mieux qu'il put et s'il était satisfait à la fin de son travail, de fines gouttes de sueur rendaient son front tout moite. La chandelle empestait l'air glacé de la pièce. Julien étouffa un bâillement sonore. Allongé sur sa couche, Joseph était en train de se curer méticuleusement ses ongles noircis de la pointe de ce couteau qui ne quittait jamais le fond de sa poche, servant tout aussi bien à manger qu'à faire le coup de poing dans ces bagarres de rues qui n'étaient pas rares dans le monde ouvrier, surtout les soirs de paie et de mauvais vin.

« J'ai le sommeil plus lourd depuis que j'ai commencé à l'usine... Réveille-moi bien demain.

– Mais demain c'est dimanche, Julien ! On travaille pas... », fit Joseph en riant.

Julien resta interloqué par cette évidence première et simple qui, dans la succession des heures de labeur, avait disparu de sa mémoire. Ils avaient un jour pour tout oublier, un jour pour vivre et exister un peu, un jour pour conjuguer leurs rêves au présent, un jour pour être autre chose que les esclaves des machines modernes. C'était le jour du Seigneur ! Et il y avait ainsi un certain paradoxe pour ce peuple de besogneux, pour ces classes dangereuses, passablement déchristianisées et « rouges », que de devoir l'unique jour de liberté, respecté du patronat, à cette Église à laquelle ils ne croyaient plus depuis longtemps parce qu'elle était du côté des puissants et des riches, parfaite illustration de l'alliance du sabre et du goupillon. Ce jour béni, ils n'en retrouvaient pas pour autant le chemin de l'autel, surtout les hommes, qui travaillaient souvent en plus, histoire d'améliorer le quotidien des jours ordinaires par quelques heures supplémentaires appréciées quand ils avaient charge de famille nombreuse.

« Et qu'est-ce que tu fais le dimanche, ici, Joseph ? demanda Julien naïvement, lui qui avait souvent maudit ces jours chômés qui le laissaient face au père et à ses beuveries.

– Le dimanche ? Eh bien je sors… J'emmène Marie sur les bords de Marne… On va danser, cueillir des jonquilles, pêcher l'ablette, s'il fait beau…

– C'est pour ça que tu te nettoies les ongles ?

– Ben oui, Marie, c'est une dame… Elle est propre. Faut pas qu'elle ait honte de celui qui la sort, tu comprends ? »

Julien opina du chef, perplexe, se demandant intérieurement ce qu'il allait bien pouvoir faire ce jour-là, lui qui n'était pas d'ici, lui qui n'avait personne à promener, pas de fleurs à cueillir et qui, de toute façon, ne savait pas danser.

« Tu peux venir avec nous, si tu veux…, ajouta Joseph en voyant son air dubitatif. Demain matin, tu vois, c'est pas la peine de se lever tôt… À moins que tu veuilles aller à la messe comme les bourgeois d'ici ?….

– J'y ai pas été souvent depuis que ma mère est morte… Mais toi, t'étais bien enfant de chœur ?

– Oh ! tu sais, si mon curé était un brave homme, si je sais ce que je lui dois, je crois bien que j'ai perdu la foi en rentrant à l'usine. Que veux-tu, on ne peut pas croire en ceux contre lesquels on se bat tous les jours. Tu verras dans quelque temps, quand tu auras perdu ton vernis de paysan fraîchement arrivé…

– Mais je suis pas paysan, je suis forgeron…, dit Julien.

– C'est pareil, tu viens de la terre, de ceux qui vivent en courbant l'échine au rythme des saisons et qui regardent le ciel comme le baromètre de leur peine. Nous ici, les ouvriers, qu'il pleuve, qu'il vente ou qu'il neige, le turbin est toujours le même, jour après jour, dans l'écrasement qui te brise les épaules et diminue en toi ce qu'il y a d'humanité. »

Julien le regarda, admiratif de tant de conscience politique, lui qui, sous le soleil généreux du Razès, quand le cers animait les verts cyprès, n'avait pas été éduqué au principe de la lutte des classes dans cette forge de maître Costesèque où le travail, la fatigue et l'effort se partageaient simplement sans faire naître d'opposition frontale entre ceux qui commandent et ceux qui exécutent. Il avait beaucoup à apprendre de cette ville et il le mesurait chaque jour davantage : d'abord, elle était d'une immensité qui le surprenait perpétuellement et il s'y serait perdu de nombreuses fois si Joseph n'avait pas été là pour le remettre dans le droit chemin, au milieu du lacis des rues tortueuses qui s'enchevêtraient d'impasses en venelles en un écheveau complexe et inquiétant. Il n'y croisait presque jamais les mêmes personnes, contrairement à la fontaine de Loupia, alimentée par la chanson du Blau qui coulait entre les pierres moussues, et où les commères, qui passaient à intervalles réguliers, s'interpellaient en des échanges verbaux parfois vifs mais toujours pittoresques. Au bout d'une semaine, il peinait encore dans la géographie élémentaire de ce quartier qui tenait par endroits de la cour des miracles et où la notion de danger était présente à chaque coin de rue. Les bourgeois ne s'y risquaient pas, trop craintifs pour leur bourse et leur vie. Ils n'avaient peut-être pas tort.

« Allez... Tu as fini d'écrire ? Alors inutile de gaspiller davantage de chandelle ! Dormons maintenant si on veut profiter pleinement de demain. On partira à neuf heures... », fit Joseph en soufflant la flamme de la bougie qui expira en une volute de fumée puante.

Ils avaient laissé passer le chant du coq depuis longtemps quand Julien se réveilla. Le soleil tentait de percer les nuages du petit matin gris, jetant une clarté médiocre par le « fenestrou » de la soupente selon le mot du Midi. D'habitude, en cette heure tardive, ils étaient déjà au travail depuis longtemps. Et Julien trouvait délicieux de prendre le temps d'ouvrir les yeux, de s'étirer comme un jeune chat, de respirer l'air glacé de la pièce sans avoir à sauter hors du grabat pour faire une toilette sommaire selon le rituel quotidien. Aujourd'hui, le temps lui appartenait un peu. Joseph traînait en caleçon dans la pièce. Un réchaud à pétrole rond, en cuivre jaune, muni d'une poignée de bois verni était posé sur la table bancale. Il supportait de guingois la casserole sans âge qui servait à faire chauffer un peu d'eau pour la toilette, deux fois par semaine. Joseph tenait avec dextérité dans sa main droite, large et calleuse, un petit rasoir de type « coupe-chou » au manche de corne noire. Il passait et repassait la lame, par alternance, de chaque côté sur une bande de cuir dur pour en affiner le tranchant déjà acéré avant de se « racler la couenne » comme il disait. Le geste était vif, source d'un frottement musical grave. Il avait décroché le bout de miroir à demi cassé de l'angle du mur pour le coincer contre la cuvette de faïence blanchâtre, le calant sur un de ces mauvais clous qui dépassaient des planches disjointes et mal équarries.

Timidement l'eau émettait un gargouillis chantant qui allait crescendo dans la casserole. Jugeant l'eau assez chaude, Joseph coiffa la flamme du réchaud d'un petit capuchon de cuivre pour l'éteindre par étouffement. Inutile de consommer davantage de « lampant ». Il coûtait assez cher comme ça. D'un coin de serviette trempé dans l'eau chaude, il humecta soigneusement la barbe de trois jours qui lui couvrait les joues. Il la frotta d'une pierre de savon informe, la frictionna ensuite d'un blaireau à moitié déplumé afin de faire naître cette consistance mousseuse qui assouplissait le poil et le rendait plus facile à couper. Julien le regardait faire. S'il s'était mis lui aussi à ce rite d'homme, il n'avait pas encore son habileté et son expérience. Sa main tremblait, ce qui se traduisait par des écorchures, surtout sur les boutons qui lui parsemaient encore le visage, souvenir d'une adolescence qui s'éloignait.

« Alors, tu te lèves ? » fit Joseph en lui jetant un bref coup d'œil.

Il se sentait épié pendant qu'il tirait sur la peau de la joue pour la tendre au maximum et effacer ainsi les plis qui commençaient à se former avec les rides accumulées au fil des jours de peine. Julien sauta hors de son grabat, tourna dans la petite pièce comme un ours en cage avant de sortir finalement le linge propre qu'il avait transporté dans son balluchon depuis Loupia. Le matin, il n'était guère loquace. Il affectait souvent un air de chien battu, il avait toujours du mal à se mettre en train, vieux souvenir du temps où il dérouillait le soir de quelques bonnes tannées quand son père rentrait de chez la mère Cassou, titubant, ivre mort, menaçant tout le monde du tisonnier avant de s'écrouler tout habillé sur son lit. Sa toilette terminée, Joseph s'était préparé calmement tandis que Julien traînait. Il ajusta une casquette propre, vérifia son image dans le miroir cassé avant de lui lancer :

« Dépêche-toi, Marie nous attend.

– J'arrive », fit Julien en rentrant les grands pans de sa chemise dans son pantalon.

Dehors, dans la rue, ce dimanche matin offrait un calme inhabituel, loin de l'agitation du quotidien. Marie les attendait en effet dans la boutique où elle finissait de plier un jabot de dentelle tuilé qu'elle avait repassé hier soir. Employée de confiance, elle avait la clé du magasin qu'elle fermait bien souvent seule le soir avant de porter la caisse de la journée à sa propriétaire qui tenait mercerie à quelques rues de là. La boutique où Marie travaillait était à l'inverse de l'univers où Julien évoluait désormais. Ici, tout sentait bon la lessive fraîche et respirait la propreté. Les murs étaient couverts d'étagères où s'empilaient d'un côté le linge plat, draps, nappes, serviettes, torchons, mouchoirs et de l'autre le linge de corps suspendu à des cintres, qui supportaient ainsi chemises, cache-cœurs, caracos, jupes, jupons, gilets, pantalons ou manteaux et même parfois une crinoline bourgeoise. Ainsi, l'univers de Marie, par les taffetas, lainages, soies, crêpes, tulles et mousselines à la saison, constituait un panachage chatoyant et coloré qui contrastait singulièrement avec le caractère populaire des commerces environnants.

Sur l'étagère, au-dessus du potager, les fers étaient tous bien rangés du plus grand au plus petit, la poignée à la verticale, pointant leur museau triangulaire vers le plafond. Le feu était éteint depuis la veille au soir et l'air habituellement surchauffé de la pièce avait refroidi, nappant de condensation les vitres de la boutique en une fine buée. Marie avait mis sa robe du dimanche, un vêtement jaune canari à corsage haut boutonné qui contrastait avec les décolletés généreux qu'elle arborait d'habitude au travail, chaleur des fers oblige. Elle s'était faite belle à la manière des filles saines du peuple, en coiffant soigneusement la masse abondante de sa chevelure châtain qu'elle avait arrimée en un savant chignon. Elle avait la peau assez jeune pour se dispenser de la cacher sous la poudre de riz.

« Tu travailles encore ? fit Joseph en entrant.

– Peut-être qu'un jour, comme ça, je serai patronne...

– Patronne ! Patronne ! C'est pour les bourgeois...

– Tu m'embrasses pas ? fit-elle.

– Si... Tiens, je te présente : il s'appelle Julien et il vient du Sud, de l'Aude, là où il y a du bon vin.

– On se connaît. Il m'a demandé son chemin il y a deux jours en arrivant...

– Il loge avec moi, chez Champeix, et il a commencé à l'usine avant-hier.

– Il a l'air bien jeune...

– J'ai dix-huit ans, fit Julien.

– Alors, on y va ? demanda Joseph.

– Tu m'emmènes où ?

– À Charenton, tu veux ? Ça changera un peu. Un gars m'a parlé d'une guinguette où on mange pas cher... »

Elle ferma soigneusement les volets en bois articulé qui couvraient les baies vitrées du magasin. Il y avait tant de garnements prêts à envoyer une pierre dans la devanture et à se sauver en courant. Par les petites rues, par le maquis des jardins qui étaient encore légion dans ce Paris mal sorti de sa ruralité dès qu'on s'éloignait du centre, ils gagnèrent les fortifications.

Joseph et Marie marchaient d'un bon pas, bras dessus, bras dessous. Elle chantonnait une rengaine à la mode. De taille pourtant moyenne, Marie paraissait plus grande aujourd'hui avec ses bottines lacées à talons. Une charrette qui s'apprêtait à les dépasser accepta de les embarquer tous les trois à son bord, aubaine qu'ils se gardèrent bien de refuser quoiqu'ils fussent, comme tous les gens du peuple d'alors, habitués à de longs déplacements à pied. Le pâle soleil de novembre jouait à cache-cache dans le ciel à travers les nuages gris. La charrette portait deux futailles vides vers ces entrepôts qui avaient poussé à la confluence pour alimenter le ventre de la capitale. Elle exhalait une forte odeur de vinasse aigre que le vent emportait par tourbillons, dans ses sautes d'humeur. Ils se casèrent tant bien que mal à bord de l'attelage. Marie sur les genoux de Joseph et Julien, à moitié assis sur une barrique, agrippé à la ridelle. Et, dans les claquements des sabots du cheval, ils chantaient leur liberté, la liberté des instants vécus à pleines dents, avec tout l'entrain de ceux qui connaissent le prix des minutes et des heures arrachées à l'abrutissement, de ceux qui n'ont que le rire pour oublier la monotonie du temps ordinaire. Ce dimanche, ils avaient un jour devant eux, un jour pour être, un jour pour vivre, un jour pour aimer…

IV

Les chemins d'espérance

APRÈS AVOIR ÉTÉ BRINGUEBALÉS comme de vulgaires paquets sur le pavage inégal du chemin, la charrette les déposa enfin au carrefour du chêne. Il y avait longtemps qu'aucun arbre n'y étalait plus ses branches mais on le nommait toujours ainsi parce que cette croisée avait jadis été ombragée d'un beau sujet dont seule la mémoire avait perpétué le souvenir lointain. Ils n'eurent qu'à continuer à pied, toujours bras dessus, bras dessous, sur quelques centaines de mètres pour parvenir enfin à leur destination.

La guinguette était plaisante : elle offrait aux regards, en entrant, le volume d'une salle rectangulaire de belle taille, largement inondée de lumière jaillissant par les grandes baies vitrées. Un long comptoir de bois sombre, adossé à ce qui servait de réserve, occupait tout le fond de la pièce. Les hommes s'y tenaient accoudés, seuls ou en petits groupes, le verre de vin rouge ou blanc à la main, faisant claquer leur langue de satisfaction dans la fumée glauque des pipes et des cigarettes roulées. Parfois, l'un d'entre eux crachait le jus jaunâtre d'une chique longuement mastiquée dans un revers de tête pour éviter les pieds de son voisin tandis que d'autres, la narine tout ouverte, prenaient savamment, sur le dos de leur main, une prise avec un art consommé de l'équilibre au milieu d'un brouhaha qui mêlait les flonflons et les rires sonores.

À l'autre bout s'étendait une estrade étroite, coincée au fond de la pièce pour laisser le plus de place possible aux évolutions des danseurs. Deux violons et un piano en occupaient modestement le centre, menés par trois musiciens qui gagnaient ainsi quelques sous pour améliorer l'ordinaire. Entre l'estrade et le comptoir s'alignait le long des murs toute une ribambelle de chaises pliantes en bois et fer, offrant un peu de repos aux couples épuisés. Entre deux valses, elles étaient le plus souvent prises d'assaut dans le chahut bon enfant qui naissait spontanément à l'arrêt de la musique. Les murs gris-jaune s'ornaient de quelques chromos dont les sujets édifiants jetaient une tache de couleur vive.

La salle donnait sur une terrasse claire ornée d'une balustrade de bois d'où l'on dominait largement le fleuve, paisible ici. Tout un cheminement de petits escaliers faits de planches coincées entre deux piquets qui retenaient la terre du talus de la berge pour former une succession inégale de marches, serpentait entre les bosquets d'acacias et de frênes. Ainsi, on accédait progressivement à la rive, la main sur des rambardes de bois qui couraient jusqu'à un sentier en terre battue. Là, de poste en poste, il desservait les emplacements fréquentés le dimanche par les rois de la gaule et désertés les autres jours de la foule de la populace. À la saison, des touffes de jonquilles-trompettes parsemaient la pente, mélangées aux pieds de violettes sauvages qui embaumaient l'air les soirs de printemps, donnant du vague à l'âme propice à faire tourner la tête.

À l'extérieur du bâtiment, à gauche de l'entrée, sous un marronnier déjà déplumé au vent d'automne et qui dressait son épaisse ramure comme un moignon, le patron de la guinguette avait installé quelques-unes de ces tables de bistrot au-dessus de marbre rose, nervuré parfois de vert, dont le lourd piétement assurait, malgré le sol inégal, une bonne stabilité. Il les avait recouvertes de nappes de drap blanc et quelques couples, profitant d'un timide rayon de soleil qui tentait de percer entre les gros cumulus, s'étaient déjà installés pour déjeuner presque bourgeoisement. La plupart, cependant, préféraient piqueniquer à même le sol et dépliaient une couverture sur laquelle ils posaient pain, jambon, saucisson, chopine de vin apportés dans des paniers en osier ou, parfois, achetés à la boutique d'en face pour les plus imprévoyants. Celle-ci était tenue par la belle-sœur de l'aubergiste et elle profitait de sa situation privilégiée pour majorer allègrement les prix normaux de ses fournitures. Certains, quand il y avait de la place, s'installaient avec leurs achats aux tables du caboulot.

« De toute façon, ça sort pas de la famille... disait le gargotier qui vendait assez cher les assiettes de goujons frits pris au carrelet la veille au soir par les pêcheurs professionnels qui ravitaillaient les établissements comme le sien échelonnés au fil de l'eau.

– S'ils sont assez bien payés pour venir ici, boire et danser, ils peuvent bien dépenser plus s'ils veulent manger », ajoutait sa femme, une matrone au visage ingrat et flasque qui s'ornait d'un triple menton parsemé de poils follets.

Et la casquette en arrière, l'habit presque propre, l'ouvrier parisien, hier encore provincial mal dégrossi, venait oublier la dureté du temps, l'esclavage moderne de la révolution industrielle, s'encanailler parfois, rêver souvent à des lendemains qui ne chantaient jamais. Ainsi, quelques heures par semaine, il se donnait l'impression d'être un monsieur, lui qui n'était tous les jours qu'un forçat de misère. Il s'en mettait plein les yeux, plein la lampe et surtout plein le gosier, il claquait la paie de la semaine dans l'insouciance des mazurkas sous le regard des belles qui demain remettraient leur fichu sur le chemin de l'usine pour retenir la lourde masse de leurs cheveux dans des ateliers insalubres, rangeant le chapeau au placard jusqu'au dimanche suivant.

« Fais-moi danser tout de suite... fais-moi danser jusqu'à ce que la tête me tourne », lança Marie en entraînant Joseph au milieu de la salle enfumée.

Julien demeura seul sur le pas de la porte. Il ne voulait pas aller s'attabler avec les autres, accoudé au comptoir de bois verni, à vider la chopine matinale dans le cadencement des tournées qui s'enchaînent. Il était trop fier de sa première vraie paie d'ouvrier pour la dépenser bêtement à parader devant les autres. De plus, il n'était pas du camp des soiffards. L'image du père était tant imprimée en lui qu'elle formait une tache indélébile. S'il buvait un verre de vin, c'était tout naturellement, c'est-à-dire en avalant le pain à croûte dorée ou le jambon sec qui transpire le sel, ce « cambajou » comme on disait chez lui, là-bas, dans le Razès, à la limite de l'Aude et de l'Ariège, un autre monde par rapport à celui-ci, à cette vie trépidante qui naissant de la grande industrie faisait bruire les villes et endormir les campagnes. Pourtant, il était bien du pays du vignoble, là où la production devenait massique avec la spécialisation croissante des régions agricoles liée à la construction de ce chemin de fer qui rapprochait les hommes, raccourcissant la distance-temps en désenclavant les espaces ruraux.

La musique jouait sans arrêt, passant de la polka à la valse. Les danseurs semblaient infatigables. Les robes des femmes virevoltaient dans le piétinement sonore des bottines sur le parquet de bois sombre. Au comptoir, la proximité de midi accélérait la descente des chopines dans les gosiers et les serveuses ne faisaient qu'un chemin de la réserve au bar, les mains remplies de bouquets de pichets, ce qui avait pour résultat de faire monter l'ambiance comme le rouge aux joues, la chaleur aidant.

« Allez, reste pas là comme un empoté ! Viens danser, Julien…, l'apostropha Marie en l'attrapant au vol par le bras au milieu d'une sarabande folle où l'on changeait de cavalier à chaque figure.

– Mais je ne sais pas… », eut-il à peine le temps de dire avant de se sentir propulsé au milieu de la farandole.

Déjà Marie était partie vers un autre et une fille un peu grasse, à la poitrine lourde et tressautante, qui sentait un mélange d'ail et de vin rouge, le parfuma de son haleine fétide en de courtes respirations odorantes. Il parvint enfin à se dégager de la cohue et se replia prudemment vers la sortie où il retrouva Joseph qui reprenait son souffle. Soudain, près du comptoir, à deux pas de lui, des éclats de voix dominèrent la musique. Une dispute avait éclaté. Julien n'eut pas le temps d'en comprendre les causes et d'en distinguer les protagonistes. Un instant plus tard, il reçut dans les bras un type qu'il ne connaissait pas et, sans pouvoir dire ouf, un grand costaud vêtu de noir lui envoya un coup de poing en pleine figure qui les fit tomber en arrière tous les deux. Des corps chutaient et des poings volaient un peu partout. Très vite, l'altercation avait dégénéré en un pugilat quasi général, tandis que les femmes se précipitaient vers la sortie en criant. Il se relevait à peine quand un bonhomme maigre habillé en bleu et portant une chemise blanche presque propre s'effondra à ses côtés. Un autre lui sauta aussitôt sur le paletot en beuglant :

« Je vais le saigner, ce porc…

– Range ton surin, cria l'aubergiste avec autorité.

– Ah ! tu vas voir si je suis un homme…, entendit crier Julien alors que l'éclat d'une lame fendait l'air.

– Attrapez-le avant qu'il ne le pique, glapit une fille, le corsage en désordre.

– Fous le camp, Julien, lui cria Joseph en l'attrapant par le bras pour le tirer hors du champ d'affrontement. Pas la peine de prendre un mauvais coup. »

Ils se retrouvèrent dehors dans la cohue des bousculés et des débraillés qui tentaient après le combat de mettre un peu d'ordre dans leurs vêtements. Une femme assez jeune avait perdu son chapeau dans la bataille et, faute d'épingle, la masse de ses cheveux châtains tombait sur ses épaules en un négligé lascif qui adoucissait un visage veule et bovin sans lui ôter pourtant ce qu'elle devait être vraiment, une fille de petite vertu. Julien massait douloureusement sa mâchoire endolorie.

« C'est le métier qui rentre, plaisanta Joseph.

– Si je le retrouve, celui-là…, maugréa Julien.

– Bah ! Laisse tomber… Le vin les rend fous et les femmes font le reste. Faut toujours qu'ils prouvent qu'ils sont des hommes, surtout le dimanche quand ils ont touché la veille la « comptée » de la quinzaine. Alors ils ont le sang plus chaud et la connerie à fleur de peau leur sort comme des boutons.

– On a du vin aussi chez moi… et il y en a qui en consomment bien un peu trop, fit Julien en songeant à son enfance auprès de son père.

– Oui, mais ici, c'est souvent du "noah" qu'on sert. Les gars, ils aiment ça mais il est trop riche en alcool et ça leur monte au cerveau !

– Dans l'Aude, on en fait un peu partout. Y a même que ça… mais il titre seulement à huit ou neuf degrés les bonnes années. On l'appelle le "bi-petit" dans le pays, répondit Julien en se remémorant ces paysages de collines là-bas dans le Razès, toutes couvertes de vignes à perte de vue au point de former un océan de pampres et de grappes.

– Allez ! Essayons plutôt de retrouver Marie dans ce troupeau. »

Le mouvement de foule s'était calmé comme il avait éclaté, brusquement. Déjà, la musique recommençait à jouer une polka piquée qui entraînait ce peuple endimanché de petites gens vers des tourbillons plus pacifiques. Marie s'était retirée sur la terrasse en bois qui dominait le fleuve. La quiétude était revenue et l'heure avançant, les couples cherchaient maintenant un coin pour déjeuner. On se réinstallait au pied du marronnier déplumé, sur la couverture, dans le tintement des verres qui trinquent et des rires de femmes à gorge déployée, au milieu des odeurs de friture fraîche que le vent, par bouffées, emportait parfois dehors pour les dissiper d'une saute aux narines des vacanciers d'un jour. Malgré le rafraîchissement de l'air, le ventre plein, certains se laissaient aller après le déjeuner au luxe d'une sieste réparatrice. Perdre son temps à rêvasser ou à dormir, faire semblant même, contempler la course des nuages sans fin dans le ciel, n'était-ce pas un vrai bonheur pour qui toute la semaine n'est pas souvent son propre maître ?

Joseph et Marie avaient passé commande au gargotier d'une assiette de goujons frits et d'une bouteille de blanc bien frappé. À entendre Julien qui roulait les « r » comme un torrent roule ses cailloux, à écouter son accent chantant qui fleurait bon le soleil du Midi et la langueur de la vie, un type de petite taille, à la peau sombre et à l'œil noir, le visage sec en lame de couteau, comme ces gitans qui passent dans les campagnes pour vendre des vanneries, les interpella :

« Hé ! T'es d'où, toi ?

– Du Midi, de l'Aude exactement, fit Julien.

– Ah ! Alors on est presque pays… Je suis de Toulouse, enfin, à côté, entre Caussade et Montauban…

– Et pourquoi tu es là ? Si je peux te demander, bien sûr.

– Oh ! c'est pas un secret… Il n'y avait plus de travail pour moi au domaine depuis que monsieur le comte a acheté une machine à vapeur pour battre le grain au lieu de le dépiquer au fléau comme on faisait chez nous de coutume. Il a bien voulu garder mon père parce qu'il était malade… « Charité chrétienne », qu'il m'a fait même remarquer ! Mais à moi, il m'a donné congé et ordre de déguerpir de ses terres. On a été tout un groupe d'ouvriers mis à la porte. Il voulait plus nous voir marauder chez lui dès lors qu'il avait plus besoin de nous.

– T'as pas cherché du travail ailleurs dans le pays ? demanda Joseph.

– Si, mais c'est partout la même histoire ! Les machines, elles nous chassent, elles nous volent le pain qu'on gagnait honnêtement. On n'a plus qu'à partir vers la ville, vers la mine, là où il y a encore de l'embauche…

– Et vous avez pas protesté ? demanda Marie avec naïveté.

– Ça sert à rien de se révolter. Les patrons, ils sont toujours les plus forts ! C'est comme les seigneurs d'autrefois…

– En 1789, on n'a pas fait la révolution pour rien tout de même, dit Joseph.

– Tu sais, là où les ouvriers ils ont cassé les machines, on les a mis en prison, il paraît, avant de les expédier au bagne vers Rochefort ou Toulon…

– Moi aussi, je viens de la campagne, dit Joseph, comme beaucoup d'ici, comme Julien, comme Marie… Il y a des jours où je regrette un peu de l'avoir quittée, même si c'était dur. J'aurais surtout aimé avoir un bout de terre à moi, être propriétaire, vivre de mon bien au lieu de trimer sous l'œil du contremaître. Comme toi, j'ai été chassé par la misère…

– Quand on est pauvre, faut accepter sa condition… C'est notre destin.

– Moi, fit Joseph, je ne l'accepterai jamais. Le travail ne me fait pas peur mais il faut qu'il soit payé un juste prix… »

À les écouter, Julien prenait la mesure de leur conscience politique naissante. Elle était à des degrés variables le résumé de leurs peurs, de leurs craintes, de leurs révoltes et du respect qu'ils éprouvaient encore face aux puissants d'un monde en pleine mutation. À l'image du temps jadis où l'obéissance des paysans n'était bouleversée en de brèves jacqueries que par de violentes explosions de colère, la pauvreté d'une classe ouvrière qui supportait le poids de la révolution industrielle triomphante était perturbée ponctuellement par des grèves dures qui éclataient souvent pour des motifs futiles ou vexatoires, gouttes d'eau qui faisaient déborder le vase trop plein d'une misère noire en piétinant les derniers espaces de dignité qui leur restaient. Pour le reste, l'amélioration globale des conditions de travail, cette question ouvrière qui se confondait avec la question sociale dans les débats parlementaires d'un Empire libéral, beaucoup n'y faisaient que rêver, même s'ils étaient déjà bien travaillés par les idées que des penseurs comme Marx ou Proudhon insufflaient aux classes laborieuses, les transformant en classes dangereuses.

« Tu bois un verre, pays ? dit Julien.

– C'est pas de refus, fit l'autre, mais on refera pas le monde encore.

– Moi, je crois qu'il faut le refaire de plus en plus, ajouta Joseph.

– Allez, arrêtez de parler de tout ça ! » dit Marie.

Elle n'aimait pas les voir parler ainsi. Les disputes lui faisaient peur, vieille réminiscence d'une enfance pouilleuse dans sa Lorraine glacée. Elle avait trop entendu ses parents se battre, se cogner, s'étriper de mots ponctués de coups pour ne pas fuir ce genre de débats. Dans l'insouciance de ses vingt et un ans, Marie s'estimait heureuse. Elle avait un bon métier, une bonne patronne, elle avait échappé à l'usine, n'avait pas besoin de vendre son corps à la fin du mois, elle avait rencontré Joseph, un brave gars qu'elle espérait secrètement épouser un jour. Qu'est-ce que la vie pouvait lui apporter de plus, à elle, la petite repasseuse ? Elle était en bonne santé et l'avenir demain lui ouvrait toutes grandes les routes de l'espérance.

Allongés dans l'herbe qui commençait à jaunir sous l'effet des premières gelées, sur le matelas des feuilles rousses du marronnier qui dressait sa silhouette désormais décharnée dans l'azur gris, ils flemmardèrent la majeure partie de l'après-midi à contempler la course effrénée des cumulus dans un ciel de plus en plus chargé. Les doigts de Joseph jouaient dans la chevelure de Marie le peigne du bonheur qui cherche à retenir le temps qui passe. De temps à autre, la musique du beuglant leur parvenait au gré de l'ouverture des portes qui laissaient sortir parfois des clients avinés ou des couples « acoquinés ». Ces minutes avaient l'épaisseur de l'éternité. Il y avait bien longtemps que Julien n'avait pas éprouvé ce sentiment de plénitude. Il passa de longs instants à sucer un brin d'herbe, à taquiner une fourmi. Puis une cloche lointaine tinta, en un rappel à la vie.

« Joseph… faut rentrer, fit Marie. La nuit tombe vite ces jours-ci…

– Tu as peur ?

– Non, pas avec toi… Et puis, vous êtes deux en plus, ajouta-t-elle avec un sourire à l'égard de Julien qui avait redressé la tête.

– Alors allons-y ! fit Joseph. Je commence un peu à sentir le froid. »

La pluie, en une courte averse glacée, vint les surprendre sur le chemin du retour. La tête baissée, luttant contre les rafales perfides du vent, ils avançaient dans la nuit qui tombait. En cette heure tardive, il n'y avait pas de charrette qui passait et les fiacres, pressés, allaient leur chemin au grand galop. Ils n'allaient pas s'arrêter pour embarquer les pauvres comme eux. Leur mine mouillée et poussiéreuse n'engageait pas les cochers à stopper leur équipage. Avaient-ils les moyens de payer la course ? N'étaient-ils pas de ces tire-bourses ou de ces « Indiens » qui fleurissaient dans la « Zone » comme les marguerites dans les champs au printemps ? Ils passaient dans le grand fracas des roues lancées à vive allure. Les accidents avec les piétons n'étaient pas rares et malheur à celui qui ne se serrait pas assez tôt.

Dans les rues mal éclairées de leur quartier populaire, les rares passants cherchaient les trottoirs en construction. Les infrastructures urbaines avaient toujours du retard sur la croissance démographique. Ils s'arrêtèrent pour manger une assiettée de soupe chaude. L'estaminet était crasseux mais il était le seul encore ouvert. Un peu réchauffés et rassérénés après leur longue marche nocturne, ils se hâtèrent de gagner leur logis. Demain, l'usine Duchaussoix les reprendrait.

« Je vous laisse, dit Marie en déposant un léger baiser sur les lèvres de Joseph. Dépose ton habit à la boutique, je te le nettoierai dans la semaine. »

Puis elle ajouta :

« Toi aussi, Julien, je te le repasserai… Adieu ! »

Elle disparut une impasse plus loin, entre deux rues tortueuses, vers le galetas qu'elle occupait seule et qui tenait plus du placard ou du réduit que de la chambre de bonne. Le loyer était modique et elle s'en contentait. « Je n'y suis que pour dormir, j'y vis pas », disait-elle en riant à ceux qui s'étonnaient que l'on puisse habiter dans un lieu aussi étroit. À part un chien galeux et maigre au poil jaune qui pissait trois gouttes en levant la cuisse sur chaque porte, la rue était pratiquement déserte ce soir-là, ce qui contrastait avec l'animation quotidienne des allées et venues du petit peuple ordinaire de la semaine. Même Léopold Champeix, le bougnat, avait barricadé sa poussiéreuse boutique de bonne heure. Et comme il n'y avait pas de réverbère dans la rue, l'entrée de leur logis lui parut plus sinistre que jamais. On distinguait à peine la porte à la peinture écaillée et seul le lumignon rouge du bordel voisin jetait une tache plus gaie. La porte était restée ouverte mais les filles, tout comme les clients potentiels, semblaient avoir disparu. De temps à autre, on entendait simplement les braillements furieux des gosses de la famille du premier qui trouaient la nuit humide et glacée.

« À quelle heure tu commences demain ? demanda Joseph en montant l'échelle de meunier qui conduisait à la soupente.

– Je suis de la première équipe, répondit Julien en pensant au wagonnet qui l'attendait là-bas, immobile sur ses rails, réclamant sa ration de sueur, de fatigue et de peine – il savait que demain soir, ce crève bonhomme de véhicule aurait eu raison de ses reins et de sa jeunesse. Et toi ?

– Moi, Richard m'a demandé de venir plus tôt. Paraît qu'il a un travail pour moi… Qu'il me fera payer en plus, à ce qu'il a dit. Mais ce type-là, j'ai pas confiance. On le connaît trop, il est pas tendre avec les hommes qu'il a sous ses ordres…

– Qu'est-ce que tu crains ? Il est plus fort que toi ?

– Oh ! physiquement non… Je crains rien, sinon une vacherie. Ce salaud de contremaître aime vexer les hommes, il a du goût à ça. Il y prend plaisir… Mais nous, on se laisse pas faire.

– Vous l'avez jamais cravaté dans un coin bien sombre ?

– Non. Il prend ses précautions, le bougre ! Mais on lui a fait le coup de la mule…, dit Joseph.

– La mule ?

– Oui, tu connais pas ?

– Non, répondit Julien.

– On en a une, la Rosalie, celle qui porte les ressorts à la gare, qui est un peu particulière… Elle te fait une méchante ruade quand tu lui caresses les oreilles à l'envers.

– Et alors ?

– Eh bien, on a essayé de faire mettre Richard juste derrière pour qu'elle lui envoie les sabots dans le portrait et que sa mère le reconnaisse plus, fit Joseph en ricanant.

– Et que s'est-il passé ?

– On l'a raté. Il s'est écarté au dernier moment… mais il a compris ! Il voulait pas perdre la face, cependant. Alors les copains de l'atelier de trempage se sont mis en grève pour demander qu'on le déplace. Le chef du personnel, M. Angot, il rechignait mais ils lui ont fait savoir que la prochaine fois, le Richard, ils le foutraient vivant dans un four, la tête en avant à la première occasion…

Finalement, c'est lui qui a demandé son changement et c'est comme ça qu'on l'a récupéré chez nous, dans notre atelier. Depuis, nous aussi on cherche à s'en débarrasser...

– T'allumes pas la chandelle, ce soir ? demanda Julien en cherchant son grabat à tâtons avant de se déshabiller.

– Non, faut économiser un peu. Le dimanche, on claque toujours plus d'oseille, alors après, faut faire ceinture...

– On a bien été payés samedi ! Même moi, j'ai touché presque une demi-semaine !

– Et tu t'es senti riche ? soupira Joseph.

– Ben, c'est bien plus que ce que j'avais à Loupia, rétorqua Julien.

– Mais ici, mon pauvre, tout coûte beaucoup plus cher...

– Je m'en suis rendu compte, fit Julien en se souvenant du prix qu'il avait payé l'assiette de goujons frits à la guinguette.

– Tu sais, on n'est que le 9 du mois demain, poursuivit Joseph d'un air protecteur, et il te faudra tenir jusqu'au 21 pour la prochaine paie... L'hiver, comme maintenant, le prix du pain va pas en diminuant, et avec nos salaires, quand on a réglé le tôlier et les casse-croûte, on flambe pas beaucoup. C'est comme ça chaque mois, on n'arrive pas à mettre trois sous de côté ! Il faut pourtant aller au bout de l'an, continuer jusqu'à la vieillesse, jusqu'à ce que la mort nous prenne… On n'a pas le temps de rêver. Les machines n'attendent pas, c'est l'homme qui doit se conformer au métier et non pas le contraire comme autrefois…

– Faut pas se plaindre tant qu'on a du travail, fit Julien. On est pas à la rue.

– Allez, au lit maintenant », répondit Joseph en s'allongeant sur sa paillasse.

Julien ferma les yeux, remontant bien haut la couverture de bure, presque sous le menton. Le sommeil le prit très vite dans l'humidité épaisse d'une nuit sans étoiles. Bientôt les images de ses rêves s'entrelacèrent, le faisant tourbillonner en une farandole effrénée des bras de Marie à ceux d'une ouvrière inconnue, à la chevelure flamboyante et dénouée, au milieu de son atelier où le soleil rentrait désormais à flots par des verrières qui par enchantement s'étaient évanouies. Le bruit des machines s'était mué en un orchestre qui jouait des airs de valse et le décor onirique sentait bon la campagne et les fleurs. La poussière avait disparu pour laisser place à la saveur du printemps. Dans la transparence de son corps incertain, il évoluait, diaphane, éthéré en la mobilité d'un monde translucide. Plus tard, il s'évada vers le Midi, là où les cyprès frémissent au vent marin, là où les vignes en septembre dorent au soleil dans le bruissement des élytres des cigales. Il devait ronfler de bon cœur car il fallut que Joseph le secoue fortement pour le faire émerger de sa torpeur le lendemain matin.

Le ciel s'était dégagé, brillant de mille étoiles, diamants noirs d'une nuit qui ne se décidait pas à s'estomper quand Julien se dressa enfin sur son séant. Il avait encore dans le nez, du moins lui semblait-il, les saveurs de l'Aude, l'odeur du vin piqué qui coule dans les caniveaux quand on rince les barriques, en octobre, juste avant les vendanges. Mais il était pourtant à Paris... Et l'usine l'attendait, tel un ventre affamé, pour les nouvelles journées de travail qui unissaient en de sublimes contradictions l'assujettissement et la liberté nouvellement conquise. La journée fut banale, comme la suivante et celle d'après encore, simplement ponctuée des pauses casse-croûte, des allées et venues du contremaître toujours à l'affût. Partis tôt, rentrés tard, les jours se ressemblaient en leur monotonie abrutissante qui les abandonnait, pantins brisés, recrus de fatigue, mais pas de désespoir, au soleil couchant pour les faire recommencer encore à nouveau avec la certitude inébranlable que ça irait mieux demain.

Plus tard, Julien raconta son pays, ce Razès brûlé de soleil l'été, où l'air vibre sous la caresse du vent qui véhicule les parfums de la Méditerranée, des Corbières jusqu'aux contreforts des Pyrénées. Dans la grisaille froide de l'hiver parisien, le corps endolori par les longues journées de travail et la répétition du geste mécanique, Julien en venait parfois à regretter les matinées lumineuses de son Aude natale, même si l'alcoolisme du père les avait ternies de lie de vin. Julien avait besoin de parler, de se confier, et Joseph savait être ce grand frère qu'il n'avait jamais eu. Entre eux deux, soir après soir, la complicité se tissa dans ces discussions menées sur le grabat, dans la pénombre mal trouée de la chandelle que l'on économise. Joseph avait toujours quelques bonnes blagues pour le faire rire le jour où son moral était bas et Marie, dans sa boutique, savait chasser leurs soucis d'un sourire plein de candeur.

De temps à autre, Joseph l'amenait à quelques réunions de la Société de secours mutuel où les idées des uns et des autres se croisaient en un bouillonnement noir et rouge. Mais Julien restait toutefois plus circonspect que son nouvel ami, prudence paysanne plus fraîche sans doute. Joseph était plus instinctif, moins réfléchi en ce domaine, plus déterminé aussi. Julien, lui, écoutait beaucoup mais pour ne pas être dépassé, il évitait de trop s'engager avant d'avoir tout bien compris. Mûrissant vite au contact du monde de l'usine, il se méfiait désormais des discours enflammés, des périodes vitupératrices qui, telles des charges de cavalerie, laissaient les auditoires exsangues faute parfois de les avoir convaincus.

Comme pour beaucoup d'ouvriers et d'artisans, les échos de la vie politique parisienne parvenaient très assourdis aux oreilles de Julien et de Joseph, même si ces dernières années la presse était devenue plus abondante. L'un comme l'autre lisaient peu les journaux et les brûlots d'Henri Rochefort, le caustique directeur de la célèbre *Lanterne* qui fustigeait Napoléon III sous le sobriquet ironique de Badinguet, leur étaient bien étrangers. À vrai dire, pour eux, comme pour Marie et la masse du peuple, le travail était le seul véritable horizon. Si les préoccupations du quotidien, le prix du pain et du rouge, leurs soucis et leurs espérances étaient loin des convulsions politiciennes, ils n'étaient pas sourds à ceux qui savaient leur tenir le langage simple de la vérité.

Ainsi, même si, à la suite des élections de 1869, Émile Ollivier, le fils d'un proscrit du 2 décembre, avait formé un gouvernement plus libéral, que les journaux d'opposition qualifiaient déjà de « Ministère des bonnes intentions », qu'est-ce que cela pouvait signifier pour eux ! Il fallait toujours se lever bien avant l'aube pour une journée de travail interminable, dans la fureur du bruit des presses et des marteaux-pilons, dans l'asphyxie de la poussière d'anthracite, le tout pour un salaire qui restait une misère au regard du train de vie confortable que les notables enrichis de cette France haussmannienne affichaient sans vergogne. Il n'était pas près de se combler, l'abîme des fortunes qui séparait le monde des travailleurs, des forçats de la faim, de celui de la bourgeoisie capitaliste triomphante.

Parfois, l'agitation politicienne leur parvenait pourtant en des bouffées violentes, telle cette fièvre qui avait enflammé brusquement les faubourgs jusqu'à la révolution après l'assassinat du journaliste Victor Noir par Pierre Bonaparte, le cousin de l'empereur. Dans les ateliers, de rue en rue, la nouvelle avait couru telle une traînée de poudre. Ameutée par les républicains qui avaient mobilisé large, haranguée par des orateurs improvisés, la foule avait gonflé des colères mûries et longtemps ravalées d'un peuple exaspéré.

« Non contents de nous épuiser au travail, de nous affamer, maintenant, ils tuent les nôtres ! avait lancé, grimpé sur un tonneau, un jeune exalté à l'habit en désordre et au regard de braise, face à l'attroupement qui s'était créé devant chez Champeix à l'annonce de la nouvelle.

– Vengeance ! Vengeance ! avait répondu une voix dans la masse qui se pressait autour de l'orateur.

– Aux armes ! Aux armes ! » avait crié quelqu'un d'autre dans l'excitation qui montait, parcourant les rues des faubourgs en un galop furieux.

Pris dans le mouvement, Julien, Joseph et même Marie s'étaient retrouvés au milieu de cette masse populaire, ivre de colère, qui se pressait le 12 janvier 1870 au 45 rue du Marché, à Neuilly, domicile de Victor Noir, comme le lit d'une rivière envahi soudain par le flot tumultueux d'un torrent. Face à la troupe résonnait *La Marseillaise* et la terre tremblait sous les pieds de la multitude qui remplissait la chaussée débordante et houleuse. Tandis que Marie s'accrochait au bras de Joseph pour ne pas le perdre, elle serrait Julien de l'autre main, à lui faire blanchir les doigts. L'ambiance était électrique, orageuse. Le soir tombait, la police barrait la route mais n'arrêta personne. En quelques instants, ils avaient eu le sentiment d'être l'Histoire en marche. Mais le lendemain, quand la fièvre était retombée, éloignant le spectre d'une révolution, Joseph avait simplement dit à Julien :

« C'était une belle journée, n'est-ce pas ?... »

Julien n'avait pas su quoi répondre, submergé par ce vécu tonitruant qui avait explosé en une colère violente, labourant la monotonie quotidienne d'une rage dévastatrice. Il avait simplement repris le chemin de la fabrique Duchaussoix, retrouvé la sueur, la poussière et l'effort derrière le wagonnet qui pesait toujours autant sous l'œil peu amène d'un contremaître sourcilleux. Et après des semaines de vie urbaine à passer de la soupente à l'usine, partant bien souvent le matin dans la noirceur de la nuit grasse pour rentrer le soir éreinté, sans avoir eu le temps de voir la lumière du jour autrement qu'à travers la vitre sale et grise d'une verrière d'atelier, Julien avait une furieuse envie de couleur, d'herbe et de senteurs campagnardes. Ici, même le crottin des mules qui amenaient tous les jours la matière première, dans la noria des charrettes qui rentraient et sortaient, avait perdu son odeur rurale, noyé dans les brouillards glauques de l'anthracite qui empuantissait le ciel. Pourtant, par-delà les hauteurs de la capitale, il savait que, en ce début de printemps, sous la caresse d'un tendre soleil, les premiers crocus sauvages dans les bois avaient ouvert leur corolle multicolore, brisant la grisaille d'un long et morne hiver. Marie s'acharnait à en cultiver quelques-uns dans sa boutique. Dans un pot de terre cuite, vernissé en vert, derrière les vitres, entre deux piles de draps, ils venaient par leurs chatoyantes couleurs égayer la monotonie des jours qui désormais s'attardaient davantage. Les fleurs s'ouvraient et se fermaient à la lumière mais Julien et Joseph ne les voyaient que le dimanche. Le reste du temps, ils partaient toujours trop tôt pour rentrer toujours trop tard.

Julien avait pris le rythme de la vie d'ici. Il ne se plaignait pas de la longueur de la journée de travail même s'il rentrait les muscles endoloris. Désormais, il gagnait sa vie la tête haute. Il pouvait regarder les autres sans baisser les yeux et si ses habits n'avaient pas la bonne façon de ceux des bourgeois, même s'il avait les mains sales et les ongles noirs, par le sang de sa peine, sa sueur d'homme, il se sentait chaque jour plus digne que la veille. Il avait perdu depuis longtemps l'air de chien battu qu'il avait à son arrivée après ces jours et ces jours à faire la route, le ventre plus souvent creux que plein. Champeix, pourtant près de ses sous, l'avait même gratifié d'une pièce de cinq francs l'autre soir pour ces charrettes qu'il déchargeait journellement dès potron-minet avant d'aller à la fabrique Duchaussoix, dans la lueur timide de l'aube balbutiante.

« Ne me remercie pas, petit. Tu l'as bien gagné », lui avait-il murmuré en lui glissant la pièce dans la poche.

Puis il avait ajouté :

« Continue de travailler… il n'y a que ça qui sauve l'homme. Regarde ! Moi, je pourrais certes m'arrêter mais que ferais-je de mes jours ? Déjà que je dors mal la nuit », maugréa-t-il en perdant la lueur fugitive de tendresse qui avait illuminé son visage d'un regard paternel.

Au fil des petits matins laiteux, tandis que son corps était devenu plus sec et noueux, ses mains plus puissantes, ses doigts plus carrés, le parfum de campagne qu'il ne reniflait brièvement que le dimanche lui semblait plus cher et précieux dans l'univers de poussière et de bruit qu'il partageait avec Joseph. Et le matin, il jetait un regard plus appesanti, teinté d'une once de nostalgie, aux crocus de Marie, encore fermés à cette heure derrière leur vitre embuée d'une froide condensation.

Et jour après jour, semaine après semaine, une solide amitié commença d'unir les deux hommes entre lesquels Marie virevoltait le dimanche, dans les guinguettes des bords de Marne, enlaçant Joseph avec passion avant d'aller déposer un baiser tout frais sur la joue de Julien. Ces moments-là étaient les seuls instants de bonheur dans une existence triste et grise où le travail abrutissant saisissait les muscles au petit matin pour ne les relâcher que tard le soir, dans les affres de douloureuses contractures. Le printemps battait son plein désormais et les jours avaient rallongé, dispensant dès lors d'allumer la chandelle et la lampe. Le vent leur amenait parfois une bouffée de parfum d'herbes fraîches et de fleurs. Cela remplaçait agréablement l'odeur de suie grasse que la combustion de l'anthracite faisait planer en permanence dans la capitale.

Avril pointait le bout de son nez en faisant éclore jour après jour, telles des myriades de soleils, les jonquilles dans les bois. Marie, le dimanche, leur en faisait ramasser de grandes brassées qu'elle disposait artistiquement dans sa boutique. Elle avait même réussi à persuader

Champeix d'en avoir un vase à côté du barricot de rouge. Un soir, vers la fin du mois, au retour de l'usine, le bougnat attendait Julien sur le pas de sa porte en fumant tranquillement sa pipe d'écume.

« Ah ! Julien, tu as fini la journée… Tiens, tu as une lettre. Entre donc.

– Moi, une lettre ? Une lettre pour moi ?

– Oui, une lettre de chez toi. Elle vient de l'Aude, à voir le tampon. »

Champeix lui tendit un papier épais et jaunâtre, grossièrement plié en quatre aux angles pour former une enveloppe passablement irrégulière. Julien le tourna entre ses doigts sales. La lettre avait mis cinq jours pour lui parvenir. Il reconnut l'écriture de maître Costesèque quand il commandait des fers à Limoux. Son cœur se mit à battre. Il décacheta maladroitement la cire dorée qui fermait le pli. Des nouvelles du pays, c'était plutôt rare. Mais bientôt, dans le déchiffrement des mots, une chape de glace le figea :

«… J'aurais dû te répondre plus tôt mais aujourd'hui, c'est une bien mauvaise nouvelle que j'ai à t'apprendre. Ton père Jean est décédé avant-hier. Il est tombé dans la fontaine du Blau l'autre soir sans que personne s'en rende compte et quand on l'a retrouvé au petit matin, il était trop tard. Nous l'avons porté en terre le lendemain. À la forge, on s'est tous cotisés pour lui payer une messe afin qu'il ne parte pas sans rien. Même s'il était dur avec toi, c'était tout de même ton père… Pour ton petit frère Paul, on s'est arrangés, je le conduirai demain, avec les quelques affaires qu'il y avait chez vous, en Ariège, chez ton oncle Honoré, qui doit être maintenant la seule famille qui te reste… » Julien fut pris d'un tremblement nerveux. L'émotion l'étranglait. Il ne versa pas de larmes, il ne regrettait pas son père. Il n'en avait pas de bons souvenirs mais c'étaient tout de même les siens.

« Ça va, petit ? fit Champeix en voyant son trouble.

– Oui, ça va… », finit par articuler Julien.

Puis, quand la contracture de sa mâchoire se relâcha, il poursuivit :

« Mon père… mon père est mort, mort et enterré la semaine passée.

– Je comprends ta peine, répondit Champeix.

– Et de quoi est-il mort ? demanda Joseph d'une voix douce.

– Il s'est noyé dans la fontaine de chez nous, précisa Julien.

– Noyé ? Ah !…

– Il est tombé dedans. Il buvait trop… C'est pour ça d'ailleurs que je suis parti de Loupia.

– C'est le lot de beaucoup, ici. La misère est source de vice et le vice source de malheur, soupira Champeix. Que vas-tu faire maintenant ? Retourner chez toi ? »

Julien se contenta de secouer la tête. Cette éventualité ne l'effleurait même pas. Si parfois son Razès natal lui manquait, c'était pour son soleil généreux et écrasant, pour ses parfums sauvages et délicats, pour ses buissons de genévriers mêlés de chênes verts qui parsemaient les chemins tortueux des collines, pour la chanson discrète des sources qui psalmodiaient sur deux notes entre quelques pierres moussues. Le reste appartenait à un passé trop fait de coups de trique, de rebuffades, de pleurs et de cris. Faute de pouvoir l'oublier, il préférait l'enfouir au plus profond de lui-même, dans le tiroir des souvenirs à examiner plus tard quand il aurait pris assez de distance pour qu'ils fassent moins mal. Mais par contre, il se jura de revenir chercher son petit frère là-bas, dans cette Ariège qu'il ne connaissait pas, chez cet oncle Honoré qu'il n'avait jamais vu, quand il aurait assez d'argent pour entreprendre un voyage moins vagabond, plus digne que sa fuite de l'aller.

Quelques jours plus tard, les murs de Paris se couvrirent d'affiches électorales. Par décret, l'empereur convoquait les Français aux urnes le 8 mai 1870 pour un nouveau plébiscite, afin d'approuver les réformes qui avaient été accomplies ces derniers mois. Mais dans les quartiers populaires, en dehors des cénacles républicains éclairés, on restait en marge de l'événement par ignorance tout autant que par méfiance des arguments des uns et des autres.

« Voter oui, c'est voter pour la liberté », disait la bourgeoisie libérale. « Voter non, c'est voter contre l'Empire », répliquaient les républicains. Face à ce choix cornélien, Julien n'avait pas d'état d'âme. Il ne voterait pas, étant trop jeune à l'aube de ses dix-neuf ans. Seul Joseph était concerné pour la première fois de sa vie. Mais Julien, curieux de voir à quoi ressemblait l'événement dont tout le monde parlait, avait accompagné son ami au bureau de vote dans le faubourg Saint-Antoine. Derrière la table recouverte d'un long drap vert, le maire, un bourgeois bon teint, debout, était entouré de cinq assistants assis. Il présidait avec dignité la cérémonie, dominant une urne de bois fermée d'un cadenas. Assis sur une chaise à dossier rond, à sa droite, l'un des assesseurs à la cinquantaine fleurie, la plume à la main, remplissait d'une écriture méticuleuse mais aisée un grand livre, à reliure de cuir brun, en portant devant chaque nom d'électeur le signe distinctif de sa participation à ce scrutin historique.

Dans la vaste salle au plafond élevé, si barbichette et moustache portées à la mode impériale unifiaient l'assistance masculine, ouvriers et bourgeois se différenciaient par leur mise : les blouses et les foulards noués autour du cou des travailleurs s'opposaient aux habits confortables des autres comme les casquettes bleu et marron aux chapeaux noirs des gens respectables. Et si les discussions allaient bon train d'un groupe à l'autre, la distance sociale restait néanmoins perceptible, tel un fossé infranchissable séparant le monde du travail de celui des possédants. Julien observait les uns et les autres. C'était la première fois qu'il assistait à un tel spectacle. Assurément, tous n'avaient pas la même prestance dans ce décor solennel. L'aisance des bourgeois contrastait singulièrement avec la gaucherie des ouvriers qui tenaient leur casquette à la main, la triturant en tous sens, pour se donner une contenance. Même Joseph, d'ordinaire plutôt hâbleur, ne faisait pas le fier en ce lieu où l'on affectait de ne parler qu'à voix basse d'un air convenu.

« Qu'est-ce que tu attends ? lui demanda-t-il après avoir glissé son bulletin dans l'urne.

– Je m'instruis, fit Julien, qui était moins intimidé que lui et manifestait une maturité surprenante en décalage par rapport à sa condition.

– Moi, je sors, fit Joseph pour cacher qu'il était mal à l'aise au milieu de la forêt des hauts-de-forme.

– On a le temps, non… C'est dimanche !

– Justement, dépêche-toi. Il fait beau et Marie nous attend. Je préfère aller la faire tourner que de contempler ces messieurs enrubannés… »

L'annonce des résultats quelques jours plus tard ne put que lui donner raison. « J'ai retrouvé mon chiffre », s'exclamait Napoléon III, faisant allusion au plébiscite de 1851 face à la déroute du non qui n'avait recueilli qu'un million et demi de voix par rapport à la vague des sept millions de oui. L'Empire semblait durablement refondé et les républicains de tout poil en étaient profondément consternés. Certains prétendaient même qu'il faudrait dix ans pour s'en remettre…

« J'avais bien dit que ça servait à rien d'aller voter, laissa tomber Joseph à la proclamation de l'affichage des résultats devant la mairie du XIe arrondissement, face à Julien et Marie qui l'avaient accompagné. Si tu croyais que ça allait améliorer nos conditions de vie, tu te foutais le doigt dans l'œil ! T'es bien naïf, mon pauvre Julien ! Les patrons et les bourgeois, ils sont pas près de lâcher le morceau…

– Un jour, ça changera, j'en suis sûr, dit Julien. Tout le monde aura le juste prix de son travail…

– Oui, quand on aura pris le pouvoir et qu'on se le fera pas voler comme en 48… quand la propriété privée aura disparu…, fit Joseph, plus gagné que lui aux idées socialistes.

– Ce n'est pas forcément nécessaire. Ne rêvons-nous pas nous-mêmes d'être des petits propriétaires libres ? »

Joseph haussa les épaules, convaincu que son monde ne changerait pas tout seul. Pour lui, comme pour quelques autres, les chemins de l'espérance passaient par des solutions plus radicales. Assurément, Julien était trop nouveau dans le monde des prolétaires. Il pouvait encore croire que les choses évolueraient d'elles-mêmes. Lui, par expérience, savait que les rêves ne se réalisent que si l'on force le destin, que les « aujourd'hui » n'attendent pas les lendemains.

Et la semaine fut à l'unisson des autres, comme celles d'avant et celles à venir, écrasantes de labeur, de sueur et de fatigue. Mais quoi de plus naturel ? C'était là le quotidien banal des hommes de peine, de ce prolétariat soumis à la dictature de la mine et de la machine qui avait perdu l'honneur du geste artisanal pour n'être plus qu'un rouage de la production industrielle.

Le dimanche suivant, Julien, Joseph et Marie, comme bien d'autres gens de modeste origine, avaient décidé, une fois n'est pas coutume, de délaisser leurs guinguettes habituelles pour profiter du spectacle de la capitale. À grand renfort d'affiches, on avait annoncé une revue militaire au Champ-de-Mars. Aussi avaient-ils traversé la Seine pour plonger vers ces beaux quartiers qui leur étaient si peu familiers. L'air y était propre, sain, et l'on était loin des fumées qui empuantissaient leurs rues. La foule était déjà dense, encadrée par des sergents de ville qui tentaient de la canaliser. Ils avançaient bras dessus, bras dessous,

Marie au centre, entre les deux hommes, sous le chaud soleil de juin. Elle portait une robe légère de couleur crème que Julien ne lui connaissait pas. Il la soupçonnait de l'avoir empruntée discrètement à une cliente du magasin pour la lui rendre, ni vu ni connu, impeccablement repassée, le lendemain. La robe lui allait bien, mettant ses charmes en évidence.

Devant eux, un officier en uniforme chamarré de fils d'argent, qui se nouaient en de savantes arabesques formant des torsades entrelacées, était juché sur un magnifique alezan. Son sabre, pendant, lui battait les flancs comme un métronome. Bien calé sur ses étriers, il se tenait très droit et avec cette souplesse innée dans les reins qui ne s'apprend pas au manège mais qui est l'apanage de ceux qui ont du sang bleu. Il paraissait inaccessible, presque étranger au monde qu'il dominait avec condescendance. Le sous-lieutenant Arnaud de Saint-Hilaire était, comme son père, son grand-père et ses aïeux, un officier de tradition. Un léger dédain lui serrait les lèvres minces quand il contemplait la foule qui l'entourait.

Il tentait de se frayer un chemin dans la populace gouailleuse qui se pressait pour voir les manœuvres de cavalerie. « Ces manants sont indécrottables… Ils sont toujours prêts à se révolter mais ils vénèrent la force. Ils ne comprennent jamais que le bâton », pensait-il au fond de lui-même. Les mouches tourbillonnaient dans la chaleur qui grimpait. Les bourgeoises endimanchées les chassaient à grands coups d'éventail. Soudain, en un vrombissement lourd, un frelon passa. En une seconde, le cheval se cabra brutalement, manquant de désarçonner son cavalier. Piqué par l'insecte sans doute, il rua, semant la panique autour de lui.

Un homme âgé, faute de s'écarter assez vite, reçut un coup de sabot qui lui arracha la moitié de la face, faisant éclater sa tête comme une pastèque trop mûre en un geyser de sang et de matière cervicale. Éclaboussées, les femmes se mirent à hurler, ce qui ne fit qu'exciter davantage la bête affolée. Cramponné à ses rênes, le jeune officier en uniforme chamarré décolla de sa selle d'une manière qui n'avait plus rien de gracieux ni d'académique. La peur crispait son visage en un rictus hideux que l'aisance de sa classe ne parvenait pas à gommer. Il avait perdu son képi et n'était qu'en sursis, guettant l'instant suivant où il allait se précipiter inéluctablement vers le néant.

L'animal tournait en tous sens. Une sangle de selle cassa, arrachant à moitié son cavalier à sa monture. Mais dans les mouvements en désordre de l'alezan furieux, la bride du mors passa soudain à portée de main de Julien qui s'en empara au vol en une fraction de seconde, s'y suspendit de tout son poids, parvenant ainsi à maîtriser assez l'animal pour que le bel officier en descende sans trop de mal, bien que congestionné et l'uniforme en désordre après cette agitation.

« Monsieur, merci. Je suis votre obligé... Demandez-moi ce que vous voulez...

– Je n'ai rien fait, murmura Julien. Vous ne me devez rien...

– Vous êtes courageux. Dans ce cas... je suis le lieutenant de Saint-Hilaire. Voici ma carte. Permettez-moi de vous serrer la main, ajouta-t-il en ôtant son gant. Merci encore, répéta-t-il avant de s'éloigner à pied, tenant son cheval par la bride au milieu de la foule qui s'était écartée instinctivement.

– T'as pris beaucoup de risques pour un aristo ! fit Joseph. Il aurait sûrement pas fait la même chose pour toi...

– Moi, j'ai eu très peur », dit Marie en l'embrassant.

On emmena le vieillard à moitié défiguré. Il ne resta sur le sol qu'un peu de sang mélangé au crottin.

L'émotion se calma sans faire taire pour autant les commentaires. Peu à peu, la foule se referma sur eux, s'écoulant vers ce Champ-de-Mars où résonnaient cuivres et tambours d'une fanfare régimentaire. Après tout, c'était une belle journée...

V

Un automne d'illusions, un hiver de faim, un printemps de sang…

Le début juin fut merveilleux de tiédeur. Les femmes, avec les beaux jours, avaient pris cet air mutin qui soudainement les rendait plus désirables. Leurs yeux brillaient plus, leurs petits nez semblaient se retrousser davantage. Elles profitaient des premières chaleurs du printemps pour arborer des robes aux couleurs claires qui ondulaient dans le vent léger. Leurs caracos, même, devenaient plus coquins et leurs chapeaux, moins austères, affinaient l'ovale de leur visage sous le délicat maillage gris de la voilette. Quelques courtisanes aux lèvres maquillées d'un rouge voyant osaient déambuler jusqu'aux boulevards, l'œil aux aguets, prêt à débusquer ces nouveaux admirateurs devenus rapidement des clients, auxquels elles feraient croire ce qu'elles voudraient dans ce jeu subtil où l'on ne sait qui est le chasseur et le gibier mais où tout se conclut en espèces sonnantes et trébuchantes. Tous les jours, sur le chemin du travail, même dans son quartier populaire, Julien notait cette mystérieuse transformation qu'il observait pour son premier printemps en ville. C'était comme l'ouverture d'une chrysalide. Cela l'émerveillait d'autant que chez lui, à Loupia, les femmes de la terre s'habillaient de noir quelle que soit la saison, sous la répétition périodique des deuils plus ou moins proches. Il n'y avait pas, chez les filles du Razès, cette volonté de séduction. Tout au plus enlevait-on des tricots, comme un oignon qui perdrait ses pelures.

En quelques jours, l'air avait pris cette douceur câline et sucrée qui commençait à faire rosir les premiers cerisiers dans les jardins de la capitale. Sur le chemin de la maison, au retour de l'école, des garnements en sarraus noirs ou bleus se suspendaient souvent aux branches qui dépassaient des murs clôturant les cours intérieures. Se faisant mutuellement la courte échelle, ils arrachaient alors à pleines mains les grappes goûteuses mêlées de feuilles pour se goinfrer goulûment des fruits acidulés. Ils s'en remplissaient la bouche au risque de s'étouffer dans la précipitation de leurs larcins. Parfois, ils accrochaient quelques cerises à leurs oreilles et esquissaient en chantonnant un pas de danse ou de jeu sur le pavé inégal avant qu'un adulte ne sorte les chasser vertement en traitant les chenapans de tous les noms. Ils s'éparpillaient alors, telle une volée de moineaux, dans un concert de rires clairs qui résonnaient en notes aiguës, dans les venelles sombres et mal famées du quartier.

Joseph et Julien les croisaient parfois quand leurs horaires les libéraient plus tôt. Ils mêlaient alors le bruit de leurs sabots ferrés à celui de leurs galoches. Comme eux, avec un reste d'insouciance de la jeunesse, ils grappillaient parfois quelques fruits d'une main gourmande avant de se mesurer dans la compétition du « cracher » de noyaux. Avec les beaux jours, eux aussi oubliaient la dureté de leur travail et même la longueur des journées car, désormais, il faisait jour quand ils partaient et quand ils revenaient. Ils avaient ainsi l'impression de vivre vraiment, de repousser l'abrutissement aux portes de l'usine. Malgré sa fatigue, Joseph trouvait toujours le temps d'aller voir Marie, de lui voler un baiser avant qu'elle ne se défende pour la forme. Ainsi, l'allongement des jours se conjuguait-il tellement avec le bonheur qu'un soir, Joseph se hasarda à dire à son compagnon :

« Tu devrais te chercher une bonne amie, Julien.

– Pour quoi faire ?

– Ben, t'en as pas envie ? demanda Joseph, surpris de sa réponse.

– C'est pas ça ! Mais je gagne pas assez d'argent pour la faire sortir encore et puis, le peu que j'ai, je préfère le mettre de côté pour aller chercher mon frère en Ariège, un jour. »

Joseph hocha la tête, n'insista pas, respectueux de celui qui avait assez le sens de la famille pour se priver des bonheurs de l'existence. Lui, bien sûr, n'avait pas ce problème. Il n'avait pas de famille depuis longtemps et Marie était son seul horizon. Il se garda bien de revenir sur ce sujet désormais, connaissant la pudeur et la fierté de Julien qui cultivait dans le souvenir de Paul, son petit frère, un jardin secret. Ne l'avait-il pas surpris un soir à contempler en silence un vulgaire bobineau de fil vide sur lequel une main enfantine avait construit un tricotin, cette sorte de natte tressée entre quatre clous qui, comme une queue, pendait par le trou du dévidoir. Cet objet désuet n'était pas sien, assurément. Plus qu'une amulette, c'était le témoignage juvénile d'une présence qui manquait à son compagnon, bien qu'il ne lui eût jamais fait de confidence à ce sujet.

Les semaines se succédaient et la guerre avait fondu sur eux, tel un oiseau de proie. Ni Joseph, Julien, Marie, Champeix, encore moins les contremaîtres et les autres ouvriers de chez Duchaussoix, ni les filles des rues, le peuple de Paris, ni la bourgeoisie ou les notables, ni le patronat, le gouvernement et même l'empereur, personne ne l'avait vue venir. L'été commençait à peine. C'était un été chaud qui dorait les blés sous la caresse du soleil. Rien n'avait laissé prévoir l'engrenage des événements. Le 30 juin 1870, Émile Ollivier, le nouveau chef du gouvernement, n'avait-il pas déclaré « qu'à aucune époque, la paix n'avait été mieux assurée qu'aujourd'hui » ? Pourtant, le 3 juillet, la nouvelle d'un possible prince allemand sur le trône d'Espagne se répandit comme une traînée de poudre et enflamma l'opinion publique d'un Paris chauvin. L'honneur n'admettait pas que l'on hésite. Même les classes populaires frémissaient des rumeurs les plus folles. Dans sa précipitation à remplir son devoir, le gouvernement se laissa emporter par la passion et la bêtise. On mobilisa à la hâte dans le plus grand désordre. Personne n'avait compris les manœuvres provocatrices de Bismarck et en quelques jours, le 19 juillet, la France se retrouva en guerre contre la Prusse sans avoir eu le temps de se préparer. Les officiers n'avaient même pas de carte. À un contre deux, la lutte était inégale mais l'enthousiasme tel que les premières défaites provoquèrent la stupeur.

Ni Joseph ni Julien n'étaient vraiment concernés par cet emballement de l'Histoire. Pourtant, Marie était inquiète de ces bruits de bottes. Une inquiétude innée de femme et de mère.

« Tu vas quand même pas partir ? fit-elle suppliante, en apprenant que le gouvernement allait décréter la levée en masse.

– Mais non, dit Joseph, j'ai jamais été conscrit et je suis même pas réserviste.

– Et toi non plus, Julien ?....

– Tu sais bien que j'ai pas l'âge...

– C'est pas une raison pour pas défendre son pays, fit Joseph.

– Et vous vous croyez forts parce qu'on vous met un uniforme sur le dos ? Vous êtes tous les mêmes..., lança-t-elle.

– C'est eux qui nous ont provoqués, ajouta Julien.

– Vous croyez que ceux d'en face sont différents de vous ?

– Quand il faut faire son devoir, on sait être là, répondit Julien.

– Moi, je vais vous dire... Les guerres, ça ne laisse que des veuves et des orphelins, de toute façon, dit Marie.

– En tout cas, c'est pas l'affaire des femmes », conclut Joseph sans parvenir à apaiser ses angoisses.

Ils suivaient l'excitation générale de cette fin juillet à travers les journaux que des gavroches souvent dépenaillés vendaient à la croisée des rues et qu'ils achetaient au sortir de l'usine. Mais bientôt, parmi les ouvriers, d'aucuns disaient déjà que la guerre ne pouvait rien apporter et certains, même, à l'instar des républicains, se félicitèrent des premiers revers des armées impériales. Les blanquistes avaient bien tenté un soulèvement à la mi-août, profitant des premières difficultés, mais

Paris était resté calme, même dans ses quartiers les plus populaires. Pourtant, à la nouvelle de la défaite de Sedan et de la capture de l'empereur par les Prussiens, la rue était à nouveau entrée dans l'Histoire. Julien, Marie et même Champeix, comme tant d'autres, s'étaient laissé porter par la vague populaire qui avait submergé la capitale. Joseph, enrôlé dans la Garde nationale depuis peu, avait suivi le mouvement ce dimanche-là, le 4 septembre 1870, mais sans arme, car c'était son jour de repos. Il était ainsi au milieu de cette masse qui ondulait sur les trottoirs, parmi ses nouveaux camarades, comme lui en uniforme bleu. Le peuple était descendu massivement vers les boulevards. La foule manifestait sa colère place de la Concorde, en des cris qui jaillissaient des milliers de poitrines : « À bas l'Empire… » « Vive la République ! » répondait-on en écho dans cette populace bigarrée qui marcha bientôt vers le Palais-Bourbon, siège du corps législatif.

Quelques jeunes audacieux se juchèrent vite sur les statues des Grands Hommes qui s'étendaient devant les grilles, prises d'assaut. L'allégresse se lisait sur les visages. Julien était de ceux-là, poussé par Marie qui l'avait aidé à prendre pied sur le socle de pierre. Champeix arborait un large sourire, abandonnant sa méfiance coutumière. La foule était dense mais restait bon enfant. Il faisait beau et les arbres commençaient à peine à se parer de quelques tons de jaune. « Il y avait des fusils et des guirlandes », devait dire plus tard Jules Ferry en évoquant ce jour où, en une révolution tranquille, l'Empire avait basculé dans la République. Les ouvriers, en gilet ou en blouse, la chemise ouverte ou nouée d'un foulard, côtoyaient les petits-bourgeois en habit ou en cravate. Les casquettes se mêlaient de chapeaux et l'on distinguait même dans cette forêt humaine les hauts-de-forme des chefs de l'opposition parlementaire.

« Alors, qu'est-ce que tu vois ? demanda Champeix, qui se sentait noyé dans le flot.

– Ben, y a du monde... beaucoup de monde, répondit Julien en ne sachant où donner de la tête.

– On s'en doute ! Mais qu'est-ce qu'ils veulent faire ? insista Champeix.

– Ça bouge vers les grilles, tout près ! Ça y est, ils rentrent dans le Palais-Bourbon.

– Alors, allons-y aussi, fit Marie.

– Attendez, laissez-moi descendre ! Je viens avec vous ! » cria Julien avant de sauter.

Il ne voulait pas rater cet événement : entrer dans un tel lieu, lui, l'apprenti forgeron de maître Costesèque, devenu depuis quelques mois ouvrier aux usines Duchaussoix. Marie jouait des coudes pour avancer à quelques mètres de lui. Sa robe du dimanche soigneusement repassée et empesée la gênait pour gravir les marches de l'illustre assemblée au frontispice duquel flottaient les trois couleurs. Pris par le mouvement de la foule, ils se retrouvèrent tous les trois propulsés dans les premiers rangs, écrasés presque dans l'allégresse des cris et des chants patriotiques. Une clameur s'éleva quand les portes cédèrent sous la pression populaire, leur livrant l'accès à l'intérieur de l'édifice.

Jamais Julien n'avait rien vu d'aussi beau que ces traverses de bancs où le bois, les tissus précieux et les dorures se mêlaient en une harmonie inimaginable. Il en restait sans voix, mais transpirait abondamment d'une sueur qui lui imprégnait toute sa chemise. Assis avec Marie au troisième rang à droite sur un siège recouvert de velours, le spectacle qu'il découvrait dépassait tout ce qu'il connaissait. Il n'avait même plus conscience d'être un acteur de l'Histoire et les yeux lui brûlaient à force de les écarquiller pour vouloir les remplir de ces instants inoubliables. Il regardait fébrilement autour de lui la foule composite qui s'entassait dans les tribunes. Un orateur barbu, les cheveux en bataille, le col cravaté d'un nœud à lavallière quelque peu malmené, monta à la tribune pour prendre la parole.

« C'est le député de Belleville », assura Champeix en reconnaissant Gambetta.

Julien acquiesça dans son ignorance. Il ne comprit pas tout ce qui se disait tant l'assemblée était agitée. La foule acclama longuement l'orateur et les mots de « République », et il s'ensuivit un mouvement général vers l'Hôtel de Ville où, dans la cohue, Julien perdit Marie et Champeix. Il rentra très tard ce soir-là, l'esprit enfiévré de ce qu'il avait vécu, cherchant son chemin à la nuit tombée dans des quartiers qu'il ne connaissait pas et où les passants le renseignaient du bout des lèvres. Que Loupia lui semblait loin en ces instants ! Qu'aurait dit Ernest en le voyant ainsi en ce jour où, sans l'avoir voulu, il avait participé à ce présent qui avait la dimension de l'espérance ? Ainsi, à son corps défendant, faisait-il partie de ce Paris qui, une fois de plus, avait dicté sa loi à la province.

La proclamation de la République n'éloigna pas pour autant les dangers de la guerre. L'ennemi était aux portes de la capitale et la Garde nationale, saisie d'une fièvre patriotique, brûlait d'en découdre.

« Il nous faut des armes, assurait Joseph, le soir en rentrant.

– Le gouvernement en a promis, répétait Champeix.

– Il faut les prendre là où elles sont… », répondait Joseph.

Autour d'eux, l'énergie se mobilisait avec ardeur, tant parmi les ouvriers que parmi les boutiquiers, mais beaucoup d'entre eux se méfiaient de la volonté des chefs militaires. Protégé par son enceinte et ses seize forts, Paris résistait, comme le nouveau gouvernement républicain l'exigeait, tandis que les Prussiens campaient à Versailles. Le siège avait commencé le 19 septembre. Il était rapidement devenu atroce. Les classes populaires souffraient particulièrement et la misère leur mettait les nerfs à fleur de peau, propice à tout mouvement révolutionnaire. Les premiers jours, Julien continua son travail comme de coutume, mais très vite, faute de matières premières et de main-d'œuvre, l'usine Duchaussoix tourna au ralenti avant de s'arrêter pour de bon. Comme tant d'autres, Joseph avait été mobilisé dans la Garde nationale. On lui avait donné un vieux fusil qui se chargeait par la gueule et menaçait d'exploser chaque fois qu'il tirait un coup. L'arme avait dû faire les guerres napoléoniennes et la baïonnette qui le surmontait en était la partie la plus efficace. Deux fois par jour, on leur faisait faire un peu d'exercice en ordre serré, histoire de les réchauffer un peu face à l'air glacé qui avait envahi les rues d'une capitale où les habitants se terraient désormais. Au début, les stocks de nourriture étaient abondants mais le rationnement fut organisé trop tard. Le pain vit sa qualité s'altérer au point de n'être plus que gluant et noir. Encore fallait-il faire la queue devant les boutiques pour pouvoir espérer en avoir quelques centaines de grammes.

Joseph montait la garde avec d'autres volontaires, porte de Bagnolet. Trois soldats réguliers en pantalons garance, vareuse bleue barrée d'un baudrier de cuir noir qui supportait leur sabre-baïonnette, le képi rouge légèrement incliné sur la tête, se mêlaient à eux en une fraternité d'armes qui unissait désormais dans la souffrance les gens du peuple. Tous les soirs, Julien venait lui porter un bouteillon de soupe chaude que Marie lui avait préparé avec ce qu'elle avait pu trouver. Il le partageait avec le chef de poste qui, en échange, lui prêtait le journal. À Julien, Joseph donnait sa maigre solde de garde national, un franc cinquante par jour, juste de quoi survivre. Parfois, Champeix accompagnait Julien, apportant avec lui une ou deux bûches de bois plus sec aux hommes qui battaient la semelle dans le froid. Le feu brûlait doucement dans le brasero de tôle noire en émettant de discrètes volutes de fumée qui se dissipaient aussitôt dans la nuit sombre. Les petites flammes dansaient la gigue en dévorant à grand-peine le maigre combustible tant le bois était vert.

« Quand est-ce que vous allez sortir ? demandait Julien chaque jour.

– On n'en sait rien, répondait invariablement Joseph. On attend les ordres du gouvernement.

– Faut briser l'encerclement, lançait Champeix. C'est le seul moyen d'aller au ravitaillement. »

Même lui, qui avait des réserves gérées avec parcimonie depuis le début, avait vu son entrepôt se vider et ses stocks s'épuiser. Il n'avait plus de charbon. Depuis plusieurs semaines déjà, l'anthracite avait disparu de la capitale et les bougnats étaient réduits au chômage. Leurs charrettes ne parcouraient plus les rues faute d'avoir quelque chose à livrer. L'armée prussienne enserrait la ville en un étau si étroit que tout ravitaillement en était rendu impossible. Le mercure était tellement bas qu'il avait presque disparu du baromètre de Torricelli. On crevait de froid mais aussi de faim et les corps se contractaient de crampes et de spasmes qui tiraient les traits en rendant les visages hâves et gris.

« Vous savez bien que les sorties d'octobre ont échoué ! Même que ça a été un vrai désastre, répondait Joseph.

– C'était normal. Les marins et l'armée ne pouvaient pas y arriver. C'est à vous d'y aller, à vous la Garde nationale. Vous êtes les plus nombreux », disait Champeix en faisant allusion aux trois cent mille volontaires qui gardaient Paris.

Avec novembre étaient arrivés les premiers frimas et le rationnement de la viande. Désormais on grelottait dans les appartements bourgeois de l'Ouest comme dans les soupentes populaires de l'Est. Le froid était plus égalitaire que la faim. Le marché noir avait fait son apparition et ceux qui avaient de l'argent achetaient à prix d'or ce qui était introuvable. Les boucheries municipales, ouvertes pour le peuple, étaient, elles, prises d'assaut. Faute de clientèle, Marie ne travaillait plus guère. Julien était au chômage technique depuis que l'usine s'était arrêtée. L'argent était rare. Ils ne subsistaient que grâce à la solde de Joseph. Ils avaient, l'un comme l'autre, le temps de faire la queue devant les boutiques.

Après un Noël lugubre, janvier avait mal commencé. Les sorties « torrentielles » pour forcer le blocus et se porter à la rencontre des armées envoyées en secours avaient échoué. Celle de Buzenval, le 20 janvier, comme les précédentes, avait fait près de cinq mille morts malgré l'héroïsme de quarante mille gardes nationaux. Pire, au début du mois passé, le 5 exactement, la capitale avait été bombardée par les Prussiens. Certes, les pièces étaient trop peu puissantes et n'avaient atteint que la rive gauche de la Seine, faisant néanmoins une centaine de morts et près de deux cent cinquante blessés, dont la plupart n'allaient pas tarder à succomber. Aussi ce Paris républicain s'interrogeait-il sur la confiance à donner à ce gouvernement de Défense nationale présidé par le général Trochu, et qui s'était installé à l'Hôtel de Ville au lendemain de la débâcle de l'Empire, dans l'allégresse de la proclamation de la République, le 4 septembre. Depuis trois jours, la neige était tombée, ajoutant au froid une sensation d'humidité. Les femmes s'enveloppaient dans de grands châles, serrant leur chevelure sous des fichus épais. Aux portes de Paris, les jours se ressemblaient dans la faim et le froid.

Autour du feu, la neige avait fondu en un cercle qui rapprochait les hommes de garde. Même la neige avait changé. La neige des gosses rieurs de jadis était devenue la neige des maudits et des affamés. Elle était tombée à nouveau la veille. Une neige fine au début, virevoltant en mille abeilles, puis devenue au fil des heures épaisse et collante, une neige qui engluait tout d'un manteau uniforme. Et cette neige-là était le linceul blanc du peuple de Paris, blanc de la couleur du deuil des monarques et maintenant blanc des larmes des petites gens qui, le ventre vide, en étaient réduits aux expédients les plus atroces. La farine ressemblait à du plâtre, ce qu'elle était souvent quand elle ne se coupait pas de sciure de bois. Sa consistance ne pouvait pallier les affres de la faim et le prix du pain atteignait des sommets à provoquer des émeutes. Il y avait longtemps que les boucheries ne vendaient plus de bœuf. Après vingt semaines de siège, ce mot-là était même incongru, presque indécent, pour des estomacs martyrisés. On avait dû abattre des animaux du Jardin des

Plantes et les chiens et les chats, qui faisaient l'objet de véritables battues, se terraient pour échapper aux couteaux des bouchers. Ceux qui chérissaient leurs compagnons à quatre pattes devaient à coup sûr déployer des trésors d'humanité et d'amour pour ne pas céder à la tentation d'occire Médor ou Minette afin de faire taire un peu leur faim. Le rat se vendait deux sous l'unité, suspendu par la queue à l'étal des boucheries, dérisoire rôti qui faisait néanmoins saliver les papilles d'un peuple à bout de nerfs. Seule la gnôle, la plus mauvaise bien sûr, était facile à trouver mais ce n'était qu'un infâme tord-boyaux qui fragilisait autant les intestins que les esprits échauffés.

Julien se levait de bonne heure par la force de l'habitude. Dans la marmite que lui préparait désormais Marie, il n'y avait plus de soupe. Il avait porté tout ce qui restait à Joseph, frigorifié, pour l'aider à passer la nuit. Il mastiqua donc une croûte de pain moisi en guise de petit déjeuner avant de descendre de sa soupente pour aller à l'illusoire ravitaillement. Dehors, devant sa porte, Champeix balayait la neige. Il semblait d'excellente humeur et, fait exceptionnel, sifflotait même avec entrain.

« Qu'est-ce qui vous arrive, père Champeix ? lui demanda-t-il. Vous êtes bien joyeux, ce matin.

– Viens voir, petit… J'ai quelque chose à te montrer, répondit l'autre avec un sourire énigmatique.

– Où m'amenez-vous ? demanda Julien.

– Suis-moi… », chuchota-t-il.

Champeix l'entraîna à l'arrière de la boutique par une petite porte qu'il n'avait jamais poussée, dans une courette sombre et grise. Au fond de celle-ci se dressait un appentis de planches disjointes où Champeix entassait pêle-mêle tout ce qui ne servait plus mais que l'on ne jetait pas parce que ça pourrait encore servir, bien que ce fût le plus souvent cassé ou usé jusqu'à la corde. Il y avait là un amoncellement hétéroclite d'outils, de planches, de chaises aux pieds brisés, de tonneaux qui avaient perdu leurs cerceaux de fer au point que les douelles se démembraient, de sacs crevés, de bouteilles vides, de pots de salé fendus ou brisés. C'était naturellement le royaume des chats, des souris, des araignées, des mille-pattes.

« Regarde ! fit-il en montrant le plafond, tout fier de sa découverte. Il faut que tu m'aides à le décrocher. Il est trop haut pour moi, même avec une chaise. Toi qui es leste, tu peux monter sur l'échelle…

– Qu'est-ce que c'est ? demanda Julien.

– Attends-toi à une surprise ! Quand je pense que je l'avais oublié ! Tu te rends compte. C'est vrai qu'il y a plusieurs années qu'il est pendu là… »

Dans l'obscurité, Julien écarquilla les yeux et distingua une masse sombre enveloppée d'un linge noir de poussière. L'objet, en forme de lyre, devait bien peser une dizaine de kilos. Juché sur un escabeau branlant, au milieu des toiles d'araignées qui lui barbouillaient le visage en de savantes arabesques, Julien le décrocha de la poutre où il pendait, comprenant à cet instant le bonheur qui illuminait le visage de Champeix : c'était un jambon, un vrai jambon, sûrement très vieux, à voir la graisse qui avait donné tout son rance. Déballée fébrilement, la viande se révéla si dure et si sèche qu'il était impossible de la mordre sans risquer de s'édenter.

« Il y a quatre ans qu'il est là. Je l'y avais entreposé parce qu'il était trop salé et immangeable, juste bon à appâter les pièges à rats. Depuis, je l'avais oublié, ajouta-t-il, comme pour se faire pardonner.

– Portons-le à la boutique. On y verra plus clair pour le tailler », conseilla Julien.

Le trésor posé à même le bureau dos-d'âne, Champeix alla quérir un grand coutelas qu'il affûta avec soin sur une pierre au grain fin. De temps à autre, il en vérifiait le tranchant d'un pouce expert. Il fallait que le couteau coupât comme un rasoir pour avoir la chance de trancher quelques morceaux dans cette masse dure. Le crissement du métal sur la pierre le faisait saliver par avance. Il y avait belle lurette qu'il avait perdu le goût des cochonnailles et Champeix lui-même, autrefois si fort et si enveloppé, avait singulièrement maigri avec le régime que le siège imposait. Sa chair, désormais plus flasque, s'était plissée telle la peau d'un abricot sec. Entre ses lèvres coulaient des mots incompréhensibles qui ponctuaient de temps à autre un sourire de concupiscence.

« Tiens-le-moi bien, petit ! Faut pas que la lame glisse…

– Allez-y doucement, père Champeix. Faut qu'elle ait bien le temps de mordre. Il a l'air si dur…

– On le mettra à tremper ensuite. D'abord, ça le dessalera un peu et puis il retrouvera quelque souplesse. C'est comme ça que ma grand-mère faisait en Auvergne quand celui qui pendait dans la cheminée était trop fait.

– Nous, on n'avait pas le temps de le laisser vieillir, confia Julien en pensant à la pauvreté qu'il avait connue dans son Razès natal.

– Inutile de crier sur les toits l'annonce de ma trouvaille ! Je peux avoir confiance en toi ?

– Même pas à Joseph et Marie ? demanda Julien.

– Tu leur en donneras un peu, soit, mais ne leur dis pas que ça vient de chez moi », fit Champeix qui en ces temps de disette mesurait chichement sa confiance alimentaire.

Le couteau mordait à grand-peine dans la chair noire qui avait plus l'aspect d'un vieux cuir que d'une salaison appétissante. À force de patiner, faute de pouvoir en prélever une tranche normale, même épaisse, Champeix s'était résolu à tailler des sortes de rectangles de la largeur d'un doigt, comme des touches de piano. Il mettait toute la puissance de ce qui lui restait de muscles dans son geste et cet effort presque surhumain lui perlait le front d'une sueur qui coulait à grosses gouttes le long des ailes de son nez jusqu'à la commissure des lèvres.

« Putain de cambajou ! murmura Julien qui avait bien du mal à tenir le jambon.

– On y arrive… Regarde, petit, dit Champeix tout heureux de pouvoir détacher quelques brisures de la masse noircie. Goûte-moi ça ! Hum… Ça fait du bien de se mettre un peu de viande sous la dent…

– Pourquoi dites-vous qu'il faut pas le dire ? demanda Julien.

– À cause de Duval. Il est bien trop excité, ces temps-ci, même s'il a pas toujours tort de se révolter, surtout après ce désastreux armistice. »

Duval était le locataire du premier étage, juste en dessous de la soupente où logeaient Julien et Joseph. Petit, barbu à la mode du temps mais surtout mal attifé et les cheveux en désordre, Julien le voyait tous les jours car son activité quotidienne était assez aléatoire, trop fluctuante pour entretenir aisément sa marmaille de six galopins braillards. Aussi était-il disponible pour militer assidûment au sein du comité d'arrondissement. Il trouvait là une occupation bien adaptée à son désœuvrement naturel et à son peu d'intérêt à poursuivre un travail régulier que son caractère irascible et bagarreur lui faisait souvent quitter sur un coup de tête. C'était un Rouge pur sang, fort en gueule, à l'image de beaucoup de petites gens du quartier. Il s'était indigné à juste titre de la capitulation de Bazaine, à Metz, en octobre, au début du siège, et il était toujours au premier rang des manifestations populaires d'un Paris soupe-au-lait.

Imprégné des idées des clubs, il propageait à qui voulait l'entendre les slogans que l'on y colportait, tels « La patrie est en danger », « Il nous faut un gouvernement communal ». Nourri de culture révolutionnaire qui trouvait ses sources dans la Commune de 1792, les élections du 8 février 1871, en plein siège, ne furent pas pour le calmer. La nouvelle assemblée, forte de quatre cents monarchistes, ne venait-elle pas de supprimer la modique solde de 1,50 franc aux gardes nationaux grâce à laquelle de nombreuses familles populaires survivaient. La nomination de « Thiers Ier, roi des capitulards », comme il disait, acheva, aux yeux de beaucoup, de marquer le divorce irrémédiable entre Paris et la province. Mais l'indignation fut à son comble le 10 mars quand on apprit que le moratoire sur les loyers des échéances impayées était suspendu désormais.

« Nous savons bien que depuis juillet, on vous a pas payés, dit Joseph au bougnat.

– Vous allez pas nous mettre dehors, père Champeix, murmura Julien.

– Qu'est-ce que ça me donnerait de plus de vous chasser ? C'est pas les quelques francs que vous me devez qui m'enrichiront davantage. Vous êtes des honnêtes gens et je vous ferai bien encore crédit quelque temps…

– On n'est pas vos ennemis, monsieur Champeix, même si vous êtes le propriétaire, fit Joseph.

– Oh ! je sais bien que vous n'êtes pas de ces communards comme Duval qui me prend pour un Crésus, un richard qui se goberge sur le dos des prolétaires, répondit le bougnat qui n'ignorait pas que sa corporation était rendue responsable du manque de chauffage de l'hiver.

– Nous ne sommes que des ouvriers, pas des révolutionnaires, assura Julien.

– Oui, nos intérêts sont les mêmes… Nous sommes tous des vassaux de la misère ! Mais allez faire comprendre ça à cet exalté.

– C'est vrai qu'il serait prêt à dénoncer père et mère à la Sûreté générale, reconnut Joseph.

– Heureusement que tu es dans la Garde nationale, toi. Ça nous protège des tracasseries de tes semblables et ça empêche le pillage auquel ils se livrent parfois. Tu vois, Julien, ça t'évite d'être accusé d'être « un franc fileur » et moi, d'être considéré comme un exploiteur et un jean-foutre de réactionnaire.

– À ses yeux, tout le monde est suspect, dit Julien.

– Surtout les curés qu'il considère comme une race ignoble, tirant prestige de leur robe et leur autorité sur la pauvre cervelle des bonnes femmes, comme il se plaît à le dire.

– Pour lui, en effet, le bon Dieu a fait son temps, répondit Joseph en rigolant, lui qui affichait un penchant complice pour cette déchristianisation qui gagnait de plus en plus la classe ouvrière. Ce qu'il faut, c'est plus de liberté, plus de démocratie, c'est pour ça qu'il faut se battre contre ce gouvernement. C'est la République qu'on veut.

– Mais vous l'avez !

– On a celle que les monarchistes ont acceptée du bout des lèvres, c'est tout. On veut la vraie, celle de 48... dit Joseph, qui était plus sensible à ces idées-là.

– Moi, je vous dis que tout ça finira mal, ajouta pensivement Julien. On n'a rien à gagner de ce climat d'excitation qui se développe. Dans les révolutions, c'est toujours le peuple qui paie les pots cassés. Moi, ce que je veux, c'est du travail... »

L'exécution sommaire de deux généraux, venus récupérer des canons à Montmartre afin de désarmer la tumultueuse Garde nationale le 18 mars, déclencha le lent chemin vers la guerre civile, pour un peuple qui avait les nerfs à bout, exaspéré par les privations d'un long siège. En quelques jours, après les vexations d'une assemblée monarchiste et l'échec des tentatives de conciliation, les élections municipales firent entrer Paris en rébellion contre le gouvernement de Thiers à Versailles. La Commune voulait avoir le droit de se gouverner elle-même et l'ombre de Robespierre planait dans l'espérance de ces nouveaux sans-culottes. Une anarchie sympathique et inefficace, faite d'indocilité, se développa rapidement dans le sillage de l'exercice d'une démocratie directe qui séparait Église et État et remplaçait « monsieur » par l'appellation de « citoyen ». Mais début avril, on se battait déjà au mont Valérien… Un mois plus tard, Paris était investi par la porte de Saint-Cloud et l'on tirait au canon à bout portant dans les rues de la capitale. Tous savaient que la lutte serait sans merci…

Comme beaucoup de Parisiens, même dans les quartiers populaires, Joseph et ses proches étaient partagés sur le drame qui se nouait et dont ils étaient les acteurs et les témoins. Joseph, le plus engagé de tous en tant que garde national, faisait régulièrement le coup de feu sur l'une des cinq cents ou six cents barricades qui spontanément avaient fleuri dans les rues. Parfois, il demeurait deux ou trois jours sans rentrer pour revenir enfin, l'air sombre, un peu hagard, ivre de fatigue et noir de poudre. La fumée des incendies que les communards allumaient pour retarder la progression des versaillais lui brûlait les yeux. Certaines nuits, il cauchemardait sur sa paillasse en gémissant. Julien voyait alors ses mains se tordre, ses bras s'agiter en gestes désordonnés. Sans doute voulait-il chasser des souvenirs qui le rongeaient, ces remords qui le torturaient d'avoir dû donner la mort, lui qui aimait tant la vie. Champeix, lui, était invisible. À l'instar d'une majorité de citadins, il s'était barricadé à double tour chez lui, n'ouvrant à personne, se murant entre crainte et indifférence. Son comportement était celui de beaucoup et cette attitude allait croissant avec la férocité de la répression. Dès le début, Marie, généreuse et enjouée par nature, avait spontanément rejoint les rangs des ambulancières. Elle préparait de la charpie, allait même chercher les blessés sous la mitraille pour les évacuer, faisant souvent preuve d'un admirable courage comme bien d'autres femmes du peuple.

« Sois prudente, Marie ! Tu t'exposes trop ! Ils ne feront pas la différence avec les combattants, lui reprochait Julien en la voyant échapper de justesse aux salves de balles.

– C'est le rôle des femmes que de soigner les hommes », répondait-elle fièrement en attachant ses cheveux d'un fichu rouge.

Quant à Julien, s'il jouait les estafettes au début, allant même jusqu'à porter des munitions aux avant-postes, dans la férocité des uns et des autres, dans leur acharnement à vaincre ou à périr, il était rapidement devenu étranger à ces combats qui lui répugnaient au fond de lui-même et dont il ne comprenait pas la justification politique ou idéologique. Ceux d'en face auraient pu être ses frères, ses cousins, ses voisins, confessait-il à Joseph le soir, ébranlé par les scènes d'horreur que ses yeux avaient vues. Peut-être parlent-ils le même patois que nous, ajoutait Julien pour convaincre son ami de prendre un peu plus de recul par rapport au massacre qui s'annonçait effroyable et sanguinaire.

Le 25 mai, alors que les versaillais occupaient déjà les IIIe et IVe arrondissements, après plus de soixante-cinq jours de rébellion et que l'issue ne faisait plus de doute depuis la chute de la moitié de la capitale, ce soir-là, Marie ne rentra pas. Julien s'en soucia un peu mais, vu la pagaille qui régnait, il demeura calme jusqu'à ce que Joseph, revenu tard dans la nuit d'un combat terrible et perdu, ne vienne aggraver ses inquiétudes.

« Il lui est arrivé malheur, je te dis, il me faut la retrouver, vivante ou morte… »

Errant au milieu des incendies qui illuminaient Paris comme en plein jour, rendant l'air irrespirable de fumée et de poussière, ils repartirent dans le chaos d'une ville en train de tomber. Ils allaient de barricade en point de résistance, réveillant les guetteurs qui somnolaient parfois, épuisés, les mains crispées sur leurs fusils, mais leur question « Avez-vous vu une jeune femme ?… » obtenait toujours des réponses évasives ou négatives. Parfois, on se souvenait bien d'avoir cru l'apercevoir mais le témoin assurait qu'elle était repartie avec un blessé vers un poste de secours, peut-être d'ailleurs ne s'agissait-il pas d'elle. On n'était sûr de rien. Finalement, après des heures de recherches infructueuses, dans l'aube d'un petit matin blême où la fumée planait par nappes, au milieu des blessés hagards, une femme assura l'avoir vue se faire capturer par un groupe de versaillais.

« Elle était avec quelques-uns des nôtres quand ils l'ont prise. J'ai entendu une fusillade quelques minutes plus tard… »

Elle leur ôta ainsi tout espoir en un instant. Ils tournèrent encore de longs moments au travers des rues dépavées, croisant d'autres fantômes qui, comme eux, erraient parmi les ruines. Finalement, ils regagnèrent leur abri pour s'y terrer un jour entier. Joseph demeurait prostré, anéanti. Il ne réagissait plus, submergé par cette nouvelle qu'il n'arrivait pas à admettre au fond de lui-même : Marie était morte. La vie semblait l'avoir quitté lui aussi – en tout cas, elle ne l'intéressait plus.

« Je ne la reverrai jamais plus, murmurait-il parfois.

– On n'a pas encore vu son corps, tu n'es sûr de rien…

– C'est du pareil au même. La femme est formelle. Autant se faire tuer de suite, finit-il par conclure.

– Ne fais pas de bêtise ! Ça ne la fera pas revenir.

– Laisse-moi. Sauve-toi, si tu peux, Julien.

– Pas sans toi. On reste ensemble. Essayons au moins de sauver notre peau.

– Ça ne servira pas à grand-chose. »

Le crépitement des salves s'était encore rapproché. Il était juste à une venelle de leur abri, maintenant. On se fusillait à bout portant, de maison en maison ; parfois la ligne de feu passait entre le rez-de-chaussée et le premier étage, parfois même entre la cuisine et la chambre. On tirait rageusement sur ceux d'en face, puis on se levait pour progresser, courbé en deux, pendant qu'ils rechargeaient leurs armes, avant de les submerger et d'achever les blessés à la baïonnette avec des « han » de bûcheron. Les corps-à-corps étaient féroces : on s'empoignait fébrilement d'une main par les vêtements tandis que de l'autre on piquait ou on tranchait à grands moulinets de bras. Le sang ruisselait sur les armes, poisseux et tiède, jaillissant des poitrines ouvertes en de longs jets spasmodiques qui imbibaient l'uniforme de l'assaillant, se mêlant à la poussière et à la poudre noire pour former une carapace qui n'avait guère le temps de sécher, le sang du suivant la recouvrant aussitôt.

De celui d'en face, on n'avait eu le temps de percevoir qu'une haleine fétide, deux yeux brillants et d'entendre son cri quand la lame lui perçait le ventre. Parfois, entre deux salves, le gémissement de quelques blessés résonnait, lugubre, dans le silence éphémère. La folie avait saisi les combattants et la hargne décuplait leur vindicte. Rares étaient ceux qui cherchaient à se rendre. Il fallait se battre ou périr. Tuer, c'était survivre quelques instants de plus en attendant d'être tué à son tour. Dans la nuit qui tombait, Julien distinguait à peine Joseph. Pas question d'allumer une lampe ou même une chandelle. Ceux d'en face les auraient canonnés comme des lapins. Là, à l'abri du muret de pierres, ils bénéficiaient d'une relative quiétude, le temps de reprendre leur souffle.

« Il faut s'échapper d'ici, Joseph, dit Julien. On est foutus si on reste là… Il faut fuir… Vite… Très vite, fuir le plus loin possible.

– Fuir ! fuir ! tu n'as que ce mot à la bouche. Tu crois qu'ils vont nous laisser passer comme ça ?

– Il faut tenter le coup… Sinon, c'est la mort.

– Et où aller ? Chez moi, sur ce plateau de Millevaches où je ne connais plus personne ? On serait vite repérés comme des étrangers, dénoncés aux cognes et envoyés au bagne de Toulon pour finir, s'ils nous ont pas fusillés avant, fit Joseph en le regardant, les mains appuyées sur ce fusil Dreysde qu'il avait arraché à un Prussien lors de la sortie de Buzenval et dont il était particulièrement fier.

– Chez moi..., laissa tomber calmement Julien.

– Chez toi ? À Loupia ?

– Non. Je ne retournerai jamais à Loupia bien que le soleil du Razès me manque. Je n'y ai pas que de bons souvenirs...

– Alors où ?

– En Ariège ! Chez l'oncle Honoré ! dit froidement Julien avec toute l'autorité de celui qui vient de prendre une décision irrévocable.

– En Ariège ? Hum... De toute façon, regarde-toi ! Regarde-moi ! Tu as vu nos mains ? Elles sont noires, noires de poudre, noires des combats. Nous ne sommes que des fédérés, et tu sais ce qu'ils font des nôtres !

– Tu veux voir le soleil demain ?

– Maintenant que Marie n'est plus là, le soleil, je m'en fous...

– Moi, je veux vivre ! Allez, enlève cet uniforme, laisse ton fusil et viens ! Suis-moi, Joseph », lança Julien avec autorité.

À travers le champ de bataille, ils se glissèrent entre les murs effondrés des immeubles écrasés sous la canonnade. Des débris en tous genres jonchaient le sol. Il y avait là des morceaux de charrettes brisées, des troncs d'arbres abattus, des pavés arrachés, des sacs épars, des fusils cassés, des matelas éventrés et des hommes fauchés par la mitraille. Les matériaux se mêlaient en un magma chaotique qui mélangeait bois, pierres, plâtre, laine, briques, chiffons, fer aux cadavres noircis dont certains sous la chaleur commençaient à gonfler, attirant de grosses mouches bleues. Ils progressaient parfois par bonds, souvent par reptation, gagnant deux ou trois mètres avant de marquer une pause, l'œil aux aguets, pour repartir un peu plus loin. Dans leur lente progression, leurs visages se maculaient de poussière qui dessinait des cernes noirs autour des yeux, leur creusant les orbites pour faire ressortir leurs joues plus hâves. Parvenus dans la rue où habitait Champeix, un étrange silence régnait, de ceux qui anticipent les débuts de l'apocalypse. Ils tambourinèrent comme de beaux diables à l'épaisse porte de chêne avant qu'une croisée d'une fenêtre du rez-de-chaussée ne s'entrebâille et qu'on leur lance sèchement, sans les avoir reconnus :

« Qu'est-ce que vous voulez ?

– On est venus vous dire adieu, père Champeix, fit Julien à voix basse comme s'il craignait d'attirer les versaillais.

– Et où partez-vous donc comme ça tous les deux ? demanda Champeix, d'un ton bourru.

– La Commune va tomber. Marie est morte... Alors, on va essayer de se faire oublier... On part chez mon oncle, en Ariège, refaire notre vie. Ici, on n'a plus rien à attendre, si ce n'est le peloton d'exécution, dit Julien.

– Hum, vous avez peut-être raison, enfin, si vous y arrivez. Laissez-moi votre adresse, des fois que j'aurais du courrier pour vous.

– La ferme de la Bourdette, vers Engraviès...

– Merci pour tout, père Champeix, dit Joseph en lui tendant une main noire et calleuse de travailleur.

– Attendez ! Le voyage dans le Sud sera long. Prenez donc ça, dit sobrement l'Auvergnat en sortant un billet de cent francs de son portefeuille de cuir usé, faisant démentir l'avarice que l'on prêtait à ceux de sa région.

– On peut pas accepter ça, dit Joseph, plein de cette fierté ouvrière qui voulait que le travail suffise seul à faire vivre son homme.

– C'est pas un don, c'est un prêt. Vous me le rendrez quand vous pourrez... Vous avez vos livrets ouvriers au moins ?

– Oui, ils ne les gardent plus à l'usine comme avant. Dès qu'ils ont signé, ils nous les rendent désormais, dit Joseph en parlant de ce document qui était un véritable passeport intérieur pour les classes jugées dangereuses et que la police s'efforçait de contrôler avec l'aide du patronat.

– Alors, si vous êtes en règle, bonne route ! Et que Dieu vous garde pour ceux qui y croient encore. Allez, filez vite, garçons ! »

À tout instant, ils risquaient la mort tant ceux d'en face étaient près. Partout, il n'y avait que des corps, souvent blessés, mêlés aux morts, et les premiers seraient souvent les seconds dans les heures à venir, faute de soins tant étaient rares les ambulances. Parfois, dans leur cheminement, ils en heurtaient un qui se mettait à gémir trop fort. Ils devaient alors le bâillonner, le faire taire pour ne pas attirer l'attention des assaillants. Souvent, dans le combat furieux, versaillais et fédérés étaient restés entremêlés, corps à corps, plus unis dans la mort qu'ils n'avaient su l'être dans la vie.

Au détour d'une placette, ils aperçurent un officier, sabre à la main, qui conduisait un peloton d'exécution. L'escouade poussait devant elle une dizaine d'hommes dépenaillés à la pointe de ses baïonnettes. Les captifs avaient l'air résigné. Ils n'avaient même pas les mains liées dans le dos. À quoi bon ! Ils acceptaient leur sort avec courage, comme une ironie du destin. N'avaient-ils pas eux-mêmes participé quelques heures plus tôt à un autre peloton pour fusiller contre un mur sans autre forme de procès un groupe de soldats dont les plus âgés n'avaient pas vingt ans. Tapis derrière un muret à demi effondré, attentifs à se dissimuler au point de se confondre avec le sol jonché de débris, Julien et Joseph les regardèrent passer dans les derniers rayons du soleil couchant. Leurs vêtements étaient sales, déchirés, en désordre comme les leurs. La scène était surréaliste. Elle avait un air de crépuscule des dieux. Les soldats marchaient au pas, sur deux files, presque sans se presser. Leur visage ne reflétait pas la haine. Ils auraient pu partir à un simple exercice si leur silhouette fantomatique, dans la fumée des combats, n'avait eu cette dimension irréelle de la victoire et de la défaite, de la vie et de la mort, du donné et du pris. Le groupe de soldats s'éloigna comme il était apparu, au détour d'une maison explosée par un boulet qui laissait apparaître jusqu'à la charpente et à la nouaison.

« On va se faire prendre, murmura Joseph dans un souffle.

– Non ! Il faut continuer, répondit Julien à voix basse.

– Tu vas nous faire tuer en allant plus loin, insista Joseph.

– Il faut franchir la ligne de feu… C'est le seul moyen…

– À quoi ça sert ?

– Tu as peur ? C'est ça ? fit Julien d'un air narquois.

– Moi, peur ? Certes pas ! Tu me connais mal, répliqua Joseph, piqué dans son orgueil.

– Alors, avance ! Si tu restes là... tu es foutu ! Il faut gagner les barrières de Paris, atteindre la campagne...

– Et après ?

– Mieux vaut passer pour un trimardeur que pour un fédéré...

– Toutes les sorties sont gardées, tu le sais bien !

– On se débrouillera pour les franchir...

– Laisse-moi rire ! Tu crois qu'ils vont te laisser passer sur ta bonne mine ?

– On trouvera une solution. Ils sont bien rentrés, eux, fit Julien en désignant les versaillais.

– Oui, ils ont pas eu de mal à franchir les fortifs ! Évidemment, on a été trahis par cet employé des ponts et chaussées qui leur a indiqué que la porte de Saint-Cloud n'était pas gardée...

– Tais-toi et avance ! La liberté et la vie sont à ce prix », répondit Julien d'un air décidé.

Une canonnade éclata à quelques centaines de mètres, leur faisant instinctivement baisser la tête. L'air était empuanti de fumée qui se mélangeait à l'odeur tenace et fade des cadavres en décomposition. Dans la fureur des combats, dans l'âpreté de la lutte, on n'avait pas toujours le temps de les ensevelir et, sous la chaleur de la fin du mois de mai, ils gonflaient rapidement, se signalant simplement sous les décombres par des essaims de mouches voraces. « L'apocalypse, ça doit ressembler à ça », pensa Julien tant l'ambiance dantesque avait des ressemblances avec cette fin du monde que le curé leur avait promis s'ils persistaient dans le péché. Ils s'écorchaient les mains à ramper parmi les débris de ce qui, jusqu'à hier, était un appentis, quand une voix forte leur cria :

« Halte ! Halte vous deux là-bas ! On ne bouge plus... »

Ils se figèrent, comme tétanisés, la tête basse, attendant la détonation qui précède la balle. Ils n'osaient pas regarder. Tout semblait aller très vite et très lentement à la fois. Le temps n'avait plus la même dimension. Il s'était arrêté, comme suspendu à on ne sait quoi. Les secondes ressemblaient aux heures et ces minutes avaient la longueur de l'éternité. Il y eut un bruit de pas. L'angoisse étreignait leur gorge, leur séchant la bouche d'un seul coup tandis qu'une méchante sueur froide leur imbibait le corps. Joseph sentit même qu'il se pissait dessus, mais cette sensation naturelle, loin de le soulager, acheva de le liquéfier sur place. Il eut le sentiment d'être arrivé au bout de sa vie et, l'estomac noué, la peur lui fit claquer des dents. « C'est donc ça mourir », pensa-t-il brutalement en écoutant les pas se rapprocher.

« Debout ! Allez, debout, chiens galeux de fédérés !... Montrez vos faces pour voir ! »

Ils se relevèrent péniblement, à genoux d'abord, sur leurs jambes ensuite. Assurément, ils n'avaient pas fière allure et l'éclat d'une baïonnette leur fit presser le mouvement. Un officier, le képi vissé sur la tête, un sabre à la main droite, un revolver à six coups dans l'autre, leur faisait face, entouré de trois soldats menaçants, le chassepot pointé vers eux.

« De la lumière pour qu'on les voie mieux », commanda l'officier.

Un quatrième soldat accourut avec une torche de résine qui grésillait. Il la leva à la hauteur de leur visage noirci où seuls les yeux apportaient une touche de vie. Une lueur de panique se lisait dans leur regard. Julien et Joseph savaient quel était le sort de ceux qui étaient pris, depuis plus d'une semaine. Ils n'avaient aucune pitié à attendre de ceux d'en face. D'ailleurs, dans l'autre camp, chez eux, ne faisait-on pas la même chose ? On avait ainsi massacré les otages à la prison Sainte-Pélagie sans guère d'état d'âme. La « curée froide » était la règle chez les versaillais et les cours prévôtales organisaient le massacre après une parodie de justice. Mais le plus souvent, on fusillait simplement sur place, à la chaîne, au Luxembourg, au parc Monceau, dans les gares, partout où l'on prenait les insurgés les armes à la main, sans attendre.

« Nous n'avons rien fait, cria Julien, aveuglé par la torche.

– Fusillez-moi cette vermine, cria l'officier.

– Attendez, monsieur... Je... je... vous reconnais... Vous êtes le lieutenant de Saint-Hilaire ! s'exclama Julien.

– Ma foi, c'est exact, répondit l'officier, surpris. Mais qui êtes-vous ? Montrez-vous mieux... »

Il les dévisagea un instant. La lumière de la torche dansait devant leurs yeux en grésillant. L'officier cherchait à distinguer une expression, un éclat des yeux qui aurait pu lui rappeler un souvenir. Puis, d'un seul coup, la mémoire lui revint et il dit :

« N'est-ce pas vous qui, l'an passé, avez maîtrisé mon alezan affolé ?

– Si, monsieur, c'est bien moi. J'ai même gardé votre carte, fit Julien en cherchant fébrilement dans ses poches.

– Dans ce cas, j'ai une dette envers vous. Avez-vous du sang sur les mains ?

– Non, monsieur, pas une goutte.

– Vous le jurez sur votre honneur ? demanda l'officier.

– Je le jure, je n'ai pas tenu d'armes, jamais ! Je ne suis qu'un simple ouvrier forgeron, comme mon ami.

– Soit ! Néanmoins je devrais vous exécuter comme les autres...

– Je sais. Faites votre devoir, monsieur, mais je suis innocent.

– Je devrais vous conduire à « l'abattoir » mais je sais aussi ce que je vous dois.

– C'est ça le bruit des moulins à café ? demanda Joseph.

– C'est ça, en effet. On exécute à la mitrailleuse, près des fosses communes, par groupes de cent.

– Et les femmes ?

– Quelques-unes aussi ont été passées par les armes, je crois, fit l'officier, gêné. Vous n'avez pas été appelés au service lors du siège ?

– Nous étions trop jeunes, mentit Julien. J'ai à peine dix-neuf ans et mon compagnon quelques mois de plus.

– Que faites-vous là, alors ?

– On habitait là, répondit simplement Julien.

– On voit que vous êtes des provinciaux… De quelle région venez-vous ?

– Moi du Midi, de l'Aude, et lui du Massif central… »

L'officier hésitait. En une fraction de seconde, ils sentirent que leur destin se jouait. Puis, soudainement, il abaissa son revolver, rentra son sabre dans son fourreau avant de leur dire d'une voix plus conciliante :

« Vous devez quitter cette ville. Si vous restez là, vous êtes morts. Nous avons l'ordre de ne pas faire de quartier avec la racaille.

– Comment s'échapper ? Les soldats sont partout, murmura Joseph.

– Je vais vous faire un sauf-conduit pour franchir les barrages et les contrôles… Rentrez chez vous !

– Qui le respectera ? Qui connaît votre signature ? demanda Julien.

– Tout le monde connaît mon nom. Mon père, le baron de Saint-Hilaire, est colonel et commande un régiment sous les ordres de Galliffet. Ma signature vaudra pour la sienne avec le cachet qui porte nos armes. Suivez-moi ! »

Arnaud de Saint-Hilaire les entraîna à un cantonnement sommaire que les versaillais venaient d'établir sur les bords du canal Saint-Martin. Des caisses à munitions, une roulante, quelques tentes de repos, une infirmerie rudimentaire constituaient une base de départ pour achever le nettoyage des quartiers populaires. Les soldats les regardaient passer, quelque peu surpris de les voir libres dans un temps où l'on ne pouvait être que prisonnier ou mort quand on était un fédéré. Bien équipés, bien endoctrinés, on lisait dans leur regard une franche hostilité. Arnaud de Saint-Hilaire se fit apporter une plume et du papier préimprimé.

« Vos noms ?

– Julien Bénazet.

– Et vous ?

– Joseph Moreau, monsieur… »

D'une écriture nerveuse et assurée, il remplit les blancs avec l'aisance naturelle de ceux qui sont bien nés. Il agita la feuille quelques secondes, vérifia que l'encre soit bien sèche, puis sortit un bâtonnet de cire rouge de la poche de sa vareuse qu'il fit chauffer lentement à la flamme d'une bougie. Quand il grésilla assez, il en laissa couler une goutte épaisse, puis il ôta sa chevalière et prit soin que le cachet morde sur la signature pour bien l'authentifier. Sans se lever, il le leur tendit alors en disant simplement :

« Voilà, rentrez chez vous. La gare d'Orléans fonctionne depuis ce matin, à nouveau. J'ai payé ma dette. »

Puis il ajouta, l'air plus humain :

« Bonne chance… »

Déjà, les hommes se rassemblaient pour repartir au feu. Ils bourraient leurs poches de cartouches et certains affûtaient leurs baïonnettes avant de les verrouiller sur le canon du chassepot. Une nouvelle curée se préparait dans la froide détermination de la barbarie. Près du tiers de Paris était en flammes, les morts se comptaient par milliers mais, pour eux, c'était la liberté et la vie qui s'ouvraient…

VI

Dans la paix du Midi retrouvé…

JULIEN ET JOSEPH ne se le firent pas dire deux fois : ils se faufilèrent, la tête basse, au milieu des décombres encore fumants des combats précédents : les rues étaient désertes et un lourd silence pesant écrasait tout d'une chape de plomb. Mariniers, blanchisseuses, maçons, lingères, charpentiers, pêcheurs, tout le petit peuple des alentours du canal Saint-Martin avait fui l'intrusion de la soldatesque en ces lieux populaires où planait l'ombre de César Birotteau. Çà et là, des pans entiers d'immeubles s'étaient effondrés sous la canonnade. Par les fenêtres béantes, on voyait le ciel à travers les toits. Paris brûlait d'une puanteur de cadavres : partout, les incendies achevaient de consumer l'utopie d'une insurrection ouvrière. Point de pitié pour les pétroleuses et la racaille, la répression était féroce, à la hauteur de la peur que la révolte avait suscitée chez les possédants dans ce tragique enchaînement, ce tout ou rien qui voulait que la Commune soit ou que Paris n'existe plus.

Malgré le chaos et les ruines, dans la nuit qui drapait la bataille fratricide du linceul de la mort, l'estomac creux et la peur au ventre, Joseph s'orientait tant bien que mal dans ces quartiers peu connus, suivant les bords du canal, puis le boulevard avant de franchir la Seine. À deux reprises, arrêté, il dut, avec Julien, présenter son laissez-passer : la prévôté n'avait pas l'intention de laisser réchapper les vaincus et les regards soupçonneux qu'ils rencontraient en disaient long sur le capital de sympathie que leur allure douteuse pouvait inspirer. Mais l'officier avait raison : sa signature leur servait de sésame et chaque fois, malgré tout, on les laissait poursuivre leur chemin dans la nuit où seule la lueur rougeâtre des incendies jetait au loin un halo clair. L'air puait plus la charogne que la délicate odeur des fleurs de mai. Parvenus enfin à la gare d'Orléans, dont la façade criblée accusait les traces d'un récent combat, ils durent à nouveau montrer patte blanche devant des chevaux de frise où campait une escouade de versaillais frais débarqués de leur province, les chassepots en faisceau pour accéder à la verrière immense sous laquelle des locomotives fumantes manœuvraient, amenant des cohortes de soldats pour l'hallali de la liberté.

« Tu crois qu'on aura un train vers le sud à cette heure-ci ? demanda Joseph, incrédule, en contemplant les aiguilles noires de la grosse horloge qui, en tête de quai, marquait presque minuit.

– Vers le sud, je ne sais pas… Mais il faut prendre le premier qui part… Peu importe où il va, Joseph !

– Si tu ne sais pas où on va…

– Vois comme on nous regarde ! Ce qui compte, c'est de sortir d'ici, surtout ! En campagne, on se débrouillera toujours…, assura Julien, persuasif.

– Le train, moi, je l'ai jamais pris, confessa Joseph un peu inquiet.

– On va d'abord prendre un billet, sinon la police ferroviaire ne manquerait pas de nous arrêter. Inutile de se faire remarquer ! Allez, suis-moi… », fit Julien avec toute l'autorité que lui donnait son précédent voyage.

Dans la salle des pas perdus, cathédrale moderne des temps nouveaux, l'employé, derrière son traditionnel guichet grillagé d'un croisillon de laiton jaune, avait repris sa place depuis la réouverture de la gare. Il avait l'air d'un ours mal léché, fâché d'être dérangé dans l'inactivité paisible d'une nuit de service. Il repoussa lentement sa casquette sombre, ornée des lettres P.O. du nom de la Compagnie Paris-Orléans, avant de consentir à leur répondre. Ses manches de lustrine noire s'agitaient lentement dans le tournage méthodique des pages d'un volumineux indicateur Chaix qui s'agrandissait chaque année par suite de la construction de nouvelles lignes et de l'ouverture d'autres dessertes. Il passa un doigt humide sur les chiffres cabalistiques qui formaient, à l'envers, des lignes incompréhensibles, avant de laisser tomber enfin :

« Cinq heures trente-sept... le prochain train pour Limoges !

– Mais pour Toulouse, c'est pas direct ? insista Julien qui, auparavant, avait longuement regardé la grande carte qui ornait l'un des murs de la gare, cherchant à comprendre et à trouver le bon itinéraire.

– Hum... Vous plaisantez ! Vous ne savez pas que la ligne Limoges-Brive n'est même pas ouverte !

– Et pour Foix ?

– Ça ne change rien... Vous n'avez pas compris... Vous prenez le rapide ici, mais il vous faut ensuite changer à Limoges, puis à Périgueux, à Capdenac, à Toulouse et là, vous prendrez l'omnibus pour Pamiers. Vous arriverez... heu... voyons les correspondances... demain soir à dix-huit heures cinquante-six... »

Joseph regarda Julien, submergé par toutes ces difficultés et que la perspective d'un voyage si aventureux semblait accabler. L'employé marqua une pause puis, les dévisageant d'un air narquois et goguenard, il ajouta, comme à plaisir, d'un ton satisfait avec une perfidie à peine déguisée :

« Ça va vous coûter cher… Même en troisième classe !

– On peut payer, répliqua Julien en sortant fièrement le billet de cent francs que Champeix lui avait donné.

– Soit, fit l'employé, d'un air fat, pour Pamiers, ça fait quarante-huit francs et quatre-vingt-treize centimes… »

Julien paya et empocha le précieux titre de transport. Maintenant, ils n'avaient plus qu'à attendre l'aube sale du petit matin. Le buffet de la gare, où l'on débitait soupes, consommés, cafés et casse-croûte à toute heure, aurait certes pu les accueillir mais par crainte de susciter trop la curiosité, ils préférèrent passer le reste de la nuit sur un inconfortable banc en bois et en fonte, dans un demi-sommeil, troublé périodiquement par le halètement asthmatique des machines qui manœuvraient, l'estomac serré d'angoisse à l'idée de se faire arrêter si près du but. Finalement, leur train arriva dans le coton laiteux de ce petit matin de mai, et ce fut seulement quand il s'ébranla enfin que leur émotion se dissipa, refermant les portes de l'enfer pour ouvrir celles de la liberté. Le wagon avait la rusticité habituelle des troisièmes classes. Par la portière sans vitres, l'air frais pénétrait en abondance, surtout dans les grandes courbes. Heureusement, il ne pleuvait pas, car la toiture disjointe laissait apercevoir, par de larges interstices, les étoiles qui s'éteignaient avec le lever du jour. La lampe suintait, laissant couler un liquide huileux qui, non content d'assurer un médiocre éclairage, souillait les banquettes de bois de taches grasses. La boiserie gémissait aux secousses des essieux et les banquettes démunies de coussins leur mâchaient les reins.

Malgré l'heure matinale, le train était bondé d'hommes et de femmes encombrés d'une multitude de paniers en osier, de malles en bois à coins de cuivre jaune couvertes de toile grossière, de paquets ventrus près d'éclater, arrimés en désordre par des sangles de cuir brun. Beaucoup, sans doute, devaient profiter de la réouverture de la gare pour aller au ravitaillement mais aucun n'était vraiment loquace. Julien et Joseph se serrèrent l'un contre l'autre, tant pour se tenir chaud dans la fraîcheur du petit matin, que pour éviter d'entrer en contact avec les autres voyageurs, des gens du peuple comme eux, mais qui les regardaient néanmoins avec suspicion, du moins leur semblait-il.

Parvenu à Étampes, le train était sur le point de redémarrer quand un gros bonhomme joufflu, d'une cinquantaine d'années, portant une blouse bleue et la traditionnelle casquette des travailleurs, vint s'installer presque en face d'eux, bousculant sans vergogne, au passage, le reste des passagers de sa corpulence solide et envahissante.

« *Macarel, fasio pas calou…* », laissa-t-il tomber en se frottant les mains l'une contre l'autre.

À ces mots simples, prononcés dans cette langue occitane que, dans le Midi, on nomme simplement patois, Julien leva les yeux aussitôt. Assurément, dans la masse de ceux qui l'entouraient, celui-là était de chez lui. Il avait du soleil plein la bouche et les « r » lui roulaient sous la langue comme ces torrents impétueux qui descendent des Cévennes gonflés, l'été, par l'orage estival. Son teint rubicond et fleuri témoignait de l'habitude de ceux qui connaissent les bons coups. Une moustache blanche à larges crocs lui barrait le visage, sans parvenir à lui donner un air sévère. Dans l'aube fraîche, ses yeux noirs pétillaient en jetant des éclats brefs, comme les bulles de blanquette qui montent pour crever la surface dans les bouteilles de verre à cul épais qu'on utilise en Limouxin. Une verrue rougeâtre où poussaient trois poils follets lui ornait le menton. La surprise décuplée par l'émotion, en entendant cet accent méditerranéen, surgi au petit matin d'une fuite hasardeuse, Julien se risqua à dire :

« D'où… d'où vous êtes du Midi, monsieur ?

– Je suis de Béziers…, fit le quinquagénaire à la trogne réjouie. Et vous ?

– De l'Aude, répondit Julien, vaguement, en restant sur une prudente réserve.

– Ah ! l'Aude ! C'est mon pays, ça… Hé ! c'est pas la porte à côté. Mais dites-moi, ça me regarde pas, mais qu'est-ce que vous faites ici dans ce train ? questionna-t-il, intrigué par leur présence.

– Heu… Je rentre à la maison pour aider mon oncle à la vigne, fit Julien.

– *Alabets, soun pas arribats…*, fit l'autre en patois.

– Qu'est-ce qu'il a dit ? demanda Joseph, qui ne comprenait pas ce langage ensoleillé.

– Qu'on n'est pas encore arrivés, traduisit Julien.

– Et vous êtes d'où, de l'Aude ? insista le Méridional curieux, avec un large sourire.

– Près de Limoux…

– Limoux ! J'y ai un cousin, là-bas. Benjamin Teisseire. Vous le connaissez pas, des fois ?

– Non… non…, répondit Julien en secouant la tête.

– Ah ! fit l'autre, déçu, avant de continuer : moi, je vais voir ma sœur à Orléans. Elle est tombée malade… Faut dire que depuis qu'elle est veuve, la pauvre, elle a plus beaucoup de santé », ajouta-t-il sur le ton de la confidence.

Julien et Joseph opinèrent d'un air compatissant mais la mine rieuse du Biterrois n'incitait guère à prendre en pitié sa malheureuse sœur. Augustin Viguier, tel était son nom, avait le verbe facile et coloré et, en l'espace d'une heure, ils surent tout de sa vie, de celle de sa sœur et de son cousin. Il était assurément de ceux qui prennent les pires catastrophes avec le sourire, il avait l'enthousiasme communicatif et rappelait tellement à Julien, Loupia, le Razès et ses habitants. Plus qu'un bavardage, moitié français, moitié patois, c'était un monologue, dans l'indifférence des autres, au milieu du halètement de la locomotive qui, en traversant la Beauce pour ce voyage de non-retour, crachait ses escarbilles en poivrant les voyageurs de troisième classe d'une pluie d'étincelles au gré des sautes du vent. Paris était plein de ces provinciaux déracinés et, à l'évidence, le Biterrois était content de parler dans sa langue natale que trente années de travail comme ouvrier meunier aux Grands Moulins Réunis n'avaient pu lui faire oublier. Sans doute, exilé dans ce qu'il appelait le Nord, devait-il conserver ce vocabulaire à l'écho chantant comme viatique précieux pour se réchauffer le cœur et affronter les frimas de l'hiver. Parvenu à Orléans, il leur serra longuement la main, puis disparut comme il était monté, happé par la foule anonyme tandis que le wagon retrouvait bientôt sa torpeur.

L'Ariège serait-elle aussi souriante que ce Méridional jovial ? Julien n'avait jamais vu l'oncle Honoré et si sa mère l'évoquait comme quelqu'un qui avait bien réussi, aidé par un beau mariage, il se posait des questions sur l'accueil qu'il pouvait lui réserver. Ne serait-il pas considéré comme un gêneur familial, une bouche inutile de plus, dans ce monde où la considération est liée à la capacité de travail ? Il ne connaissait pas celui de la vigne et, à moins de se faire embaucher, chose improbable, à la forge du village, il risquait d'apparaître comme un poids mort. Julien avait des appréhensions croissantes au fur et à mesure qu'ils se rapprochaient du Midi, mais il se gardait bien d'en parler et les taisait à Joseph, qui manifestait une curiosité sans bornes pour la découverte de ces contrées nouvelles et de l'univers ferroviaire qui les accompagnait.

Aux arrêts, somme toute assez fréquents, la foule des voyageurs se hâtait, affamée et assoiffée, vers le buffet où les employés prenaient, comme à plaisir, leur temps pour les servir. De sorte qu'ils avalaient souvent le café bouillant, se brûlant le gosier dans la précipitation du coup de sifflet strident qui les appelait à rejoindre prestement leur place avant que la rame ne s'ébranle à nouveau.

À Limoges, vers les une heure de l'après-midi, profitant de la correspondance vers Périgueux, sous un soleil de plomb qui écrasait le Massif central, l'estomac au fond des talons depuis le maigre croûton de pain grignoté la veille, Julien et Joseph achetèrent un bol de soupe épaisse faite de pain, de légumes et de lard qu'un employé aux mains calleuses débitait sur le quai, à même le fourneau, pour les ouvriers d'un chantier ferroviaire proche. C'était moins cher que d'aller au buffet mais la soupe était grasse, fade et les rares bouts de lard se cachaient sous les trognons de chou. Les pommes de terre avaient un goût de vieux, c'était sûrement celles de l'année dernière, mais à tout prendre, ça valait mieux que les crampes qui tordaient leur ventre vide.

Quatre heures d'attente à Limoges et ensuite prendre l'express de dix-sept heures seize vers Périgueux. Là-bas, après une nouvelle nuit passée sur un banc dans l'inconfort de l'abri réservé aux voyageurs des troisièmes classes, repartir le lendemain matin vers Capdenac, encore un peu plus sales, atteindre Toulouse en début d'après-midi et parvenir enfin à Pamiers au soir. Le voyage fut long, presque interminable malgré l'attrait de la découverte de nouveaux paysages sans cesse renouvelés, mais heureusement ponctué par les pauses casse-croûte. Celle de la Ville rose leur laissa le meilleur souvenir : affamés, sans rien sous la dent depuis la veille, pour éviter l'onéreux buffet de la gare Matabiau et meubler les quatre heures de correspondance qui les conduiraient en Ariège, ils osèrent franchir le canal du Midi et s'attabler dans un des nombreux estaminets qui bordaient la voie d'eau construite par Riquet.

Il faisait presque chaud et un air tiède et doux baignait la cité qui bruissait comme une ruche dans ce quartier neuf. Devant eux, ce n'était qu'un incessant va-et-vient de charrettes, de tilburys, de chars à banc, de jardinières. Parfois, une calèche passait, somptueuse, la capote baissée laissant apercevoir une famille bourgeoise et dûment chapeautée, conduite par un cocher noir qui faisait danser son fouet avec une négligence artistique. Bien vite le patron, le ventre ceint d'un grand tablier bleu, la trogne rougeaude, vint se planter devant eux pour prendre leur commande.

« C'est quoi le plat du jour ? demanda Julien, en forçant sa voix pour désigner l'ardoise à demi effacée.

– Aujourd'hui, c'est des mounjetes…, fit le patron, l'œil satisfait. Ah ! vous tombez bien, il m'en reste justement deux portions.

– C'est quoi, les « mounjetes ? » demanda Joseph.

– Un plat de haricots avec des couennes, de la saucisse et de la viande qu'on mange un peu partout dans le Midi. Tu vas voir, c'est du solide, enfin… d'habitude, fit Julien.

– Oh, vous m'en direz des nouvelles ! » conclut le patron, sûr de lui.

Il n'avait pas menti. Servie dans un de ces « toupis » traditionnels en terre, juste sortie du four, la « mounjétade » exhalait une odeur sublime, mêlant le parfum d'une feuille de laurier et d'un brin de thym au fumet délicat des haricots mijotés. Le plat était copieux. Joseph et Julien étaient totalement repus quand ils se levèrent pour rejoindre le quai de la gare et attendre le train qui devait les conduire en Ariège. Depuis qu'ils étaient arrivés dans le Sud-Ouest, l'un comme l'autre se sentaient désormais soulagés. La répression des versaillais risquait moins de les atteindre, surtout s'ils se tenaient tranquilles et ne se vantaient pas de s'être retrouvés au milieu de cette insurrection. Mais tous deux évitaient de parler de leurs dernières heures parisiennes pour ne pas évoquer le souvenir de Marie, dont l'absence pesait lourd à voir le regard de Joseph perdu dans un ailleurs insondable que le paysage ne parvenait pas à combler. Pourtant, à chaque tour de roue, la vie leur paraissait ouvrir devant eux une nouvelle page. Maintenant, la masse grandiose des Pyrénées encapuchonnées de blanc était leur horizon. « Ils avaient eu de la chance… » pensait Julien.

Finalement, dans le soleil déclinant par-dessus les montagnes qui bleuissaient dans le soir, après trente-six heures d'un voyage épuisant, le train les déposa dans un nuage de fumée et de vapeur à la gare de Pamiers, leur porte d'entrée en Ariège. Excentrée sur le plateau de la Croix-du-Blé, ouverte juste dix ans auparavant, la gare s'offrait à tous les vents et nulle verrière ne venait encore protéger les voyageurs des intempéries. Autour d'eux, ce n'était qu'un paysage de champs, parsemés çà et là de quelques grosses fermes et métairies isolées. La ville elle-même s'étendait au fond de la vallée, dans la courbe verdoyante formée des méandres de l'Ariège, et piquée du clocher de la cathédrale, de ceux des églises de Notre-Dame-du-Camp et des Carmélites qui dominaient le moutonnement des toits de tuiles rouges. Seule la butte du Castella émergeait de cet océan paisible de jardins et de maisons basses.

« Ton oncle, il est où ? demanda Joseph.

– Je sais que c'est vers Engraviès, avant d'arriver à Mirepoix. On trouvera bien », fit Julien, plus serein désormais.

Mais, renseignements pris, il n'y avait qu'un omnibus à cheval qui faisait le trajet une fois par jour entre Pamiers et Mirepoix. À cette heure, il était déjà parti, aussi se mirent-ils en quête d'un gîte pour la nuit. L'hospitalité d'un paysan qui consentit à leur ouvrir la porte de sa grange les tira d'affaire. Le foin était frais et odorant, les senteurs du printemps finissant s'y concentraient en un subtil mélange de fleurs et d'herbe. Lestés d'un bol de lait tiède que le paysan leur offrit en échange de leur participation à la traite de ses vaches, ils dormirent comme des loirs, épuisés autant par la fatigue que par la tension nerveuse. Il était presque tard quand ils se réveillèrent le lendemain, les muscles endoloris. La route qui s'offrait à la conquête de leurs pas était le chemin de l'espérance. La plaine déroulait son tapis de champs ouverts, simplement marqués par des costières boisées d'acacias. « Une grosse vingtaine de kilomètres, ce n'est pas la mer à boire ! » avait jugé Joseph, qui voyait là le moyen d'épargner un peu leur bourse mise à mal par le long voyage en chemin de fer.

Le vent léger de cette fin mai faisait bruire les feuilles tendres des peupliers. Les prés, encore en herbe, frémissant sous la caresse d'un soleil qui devenait chaque jour plus chaud, étaient rares. Partout ou presque, les faneurs étaient passés. Le paysage se hérissait de multiples « paillers », ces mâts autour desquels on avait entassé l'herbe juste assez sèche pour garder sa saveur et son croquant à la dent des bœufs et des chevaux mais ayant perdu l'humidité nuisible à sa conservation. Ces témoins du labeur incessant des hommes se dressaient comme des sentinelles immobiles, à l'orée de ces « acacières » soigneusement entretenues d'où l'on tirait les multiples piquets que la culture de la vigne exigeait et où les « cassaïres », les chasseurs du pays, savaient trouver la tenue des bécasses. Quelques pièces de blé commençaient à dorer, prenant ce ton de miel qui déciderait bientôt de leur maturité. Partout, la vie s'affirmait en une symphonie de couleurs, de grâces et de bourdonnements. Au loin, là-bas, la silhouette des Pyrénées se découpait en une masse sombre encore encapuchonnée de blanc : les neiges, ici, étaient souvent tardives. Le vent d'autan, qui parcourait la vallée, les rapprochait et elles semblaient presque à portée de main, écrasant tout de leur présence tutélaire, comme des fantômes radieux projetant leur ombre dominatrice dans le camaïeu du ciel.

La petite route alternait longues lignes droites et enchaînements de virages amples. Comme toutes les voies du département, elle n'était pas pavée et sa surface de terre battue se transformait en gadoue aux premières pluies. L'été, à l'inverse, la poussière y tourbillonnait au gré des sautes du vent dans la chaleur torride qui broyait tout. Sa surface inégale, caillouteuse, était traître aux sabots mal ferrés et aux genoux des gamins qui, en courant trop vite, venaient à y chuter. Sur les bas-côtés, en bordure des fossés, les boutons-d'or disputaient la place à des fougères tendres qui déployaient, languides, leurs crosses charnues. Faute d'être comestibles crues, aucune dent de bête ne viendrait les croquer. Elles pouvaient pousser en paix. Le seul risque pour elles était un coup de faux qui trancherait leur tête jeune et grasse pour agrémenter la « baccade » des cochons d'un paysan pauvre.

Julien et Joseph marchaient côte à côte, le balluchon sur l'épaule, le bâton à la main, la casquette légèrement en arrière, dégageant leur front où perlaient quelques gouttes de sueur. La fin de la matinée était radieuse. La vie, éternelle dans son renouveau perpétuel, leur ouvrait les bras. La résurrection de l'été était proche. Il promettait d'être glorieux, plein de ces ivresses folles qui, telle la sève, gorgeaient la nature de vie.

Bientôt le village d'Engraviès fut en vue. Autour d'eux, ce n'était qu'un moutonnement tendre et bleuté. Du fond de la vallée du Douctouyre au sommet des collines qui constituaient le piémont de ces Pyrénées ariégeoises, la vigne noyait tout dans un océan de pampres fraîchement sulfatés de bouillie bordelaise. De loin, par des chemins étroits, les charrettes, tirées par des bœufs gascons au pas lent, amenaient de grandes comportes remplies de ce mélange de cuivre et de lait de chaux. Joseph les regardait avec curiosité. Il était surpris par la couleur grise de leur robe. Chez lui, là-bas, dans le Massif central de son enfance, les vaches étaient plus rouges. Mais c'est sûr, cette race était plus adaptée à ces terroirs « collinéens ». Les attelages s'arrêtaient au pied de l'alignement tranquille des rangs. Là, les hommes remplissaient méthodiquement des pulvérisateurs à dos. Puis, en un ballet bien réglé, tenant la lance de la main droite et pompant de la gauche avec la régularité d'un métronome, ils parcouraient les rangées en pente, diffusant un brouillard qui enrichissait l'azur de sa couleur naturelle.

« Ça doit pas beaucoup te changer de chez toi, fit Joseph en désignant le découpage régulier des plans qui nappaient le paysage.

– Détrompe-toi ! Vers Loupia, c'est plus sec, plus brûlé…

– C'est pourtant pas si loin que ça, fit Joseph.

– Non, à peu près une cinquantaine de kilomètres mais de l'autre côté du Razès, c'est bien plus chaud qu'ici, plus méditerranéen…

– En tout cas, ici c'est un beau pays, pas forcément riche comme les terres du Nord, mais où il fait sûrement bon vivre, ajouta Joseph, sensible à l'air tiède qui baignait la verte vallée.

– On doit pas être très loin, maintenant, dit Julien.

– Hé ! Il faut encore passer Engraviès et prendre derrière le cimetière la route de Dun, si ce qu'on nous a dit à Rieucros est juste. Tu as mal aux pieds ?

– Non pas. J'ai plus l'habitude de marcher que toi. Personne ne m'a porté quand je suis monté à Paris, répondit Julien.

– Alors, pressons-nous. Si l'on pouvait arriver pour midi chez ton oncle… Enfin, j'espère qu'il nous accueillera bien.

– Tu sais, l'oncle Honoré, je ne l'ai jamais vu. C'est le frère second de mon père. L'aîné est resté à la terre, du moins sur le peu qu'on avait. Lui, par hasard, il a épousé une fille d'ici, il y a plus de trente ans. C'était la fille unique d'un propriétaire. La pauvre s'est vite retrouvée enceinte mais ça s'est mal passé et elle est morte en couches. Ses beaux-parents, inconsolables, l'ont suivie de près dans la tombe. Honoré est resté là-bas, dépositaire de cette terre pour laquelle il s'est senti un devoir. Sans doute aurait-il pu se remarier, mais il était, paraît-il, un peu ours. Enfin, ce que j'en sais, c'est ce que ma mère m'a raconté. Elle l'avait rencontré une fois ou deux ; mon père, lui, m'en a jamais parlé.

– Tu n'en sais pas grand-chose, en effet, tu te rappelles à peine le nom de la propriété.

– La Bourdette, entre Dun et Engraviès, j'en ai jamais su davantage, sauf que c'était une belle terre et que l'oncle Honoré, il était très riche par rapport à nous, même qu'il employait un ou deux commis dans ses vignes et qu'il avait une servante depuis la mort de sa femme. »

Derrière le cimetière du village, la route continuait vers Dun, guère plus grande que la largeur d'un attelage. Ils jetèrent un bref regard aux tombes qui étalaient leur forêt de croix par-dessus le mur. Le monde des morts était souvent plein de renseignements sur celui des vivants. Ici, on s'appelait Rascanières, Fauré, Canal, Lafont, Déjean ou Clanet. On naissait souvent pauvre, on travaillait beaucoup et, le soir venu, on ne mourait pas plus riche que l'on avait vécu, simplement fier de léguer à ses enfants quelques champs de plus qui viendraient accroître ce patrimoine patient que chaque génération édifiait sur l'héritage des précédentes. C'était leur orgueil de bougre que de mourir simplement plus aisé de quelques arpents d'une terre qui exigerait des générations à venir un peu plus de sueur. Le cimetière ne comptait que deux ou trois caveaux bien maçonnés, appartenant à des notables. La plupart des sépultures étaient de simples tertres surmontés d'une croix de fer noire, œuvre du forgeron du village qui y avait incrusté à chaud, lettre par lettre, à la frappe du marteau, le nom du défunt et ses dates, souvent brèves, de passage en ce monde. Quelques fleurs fraîches, coupées dans les jardins ou les « horts » avoisinants, témoignaient de la régularité des décès dans un village encore bien peuplé. L'Occitanie n'avait pas encore commencé de se vider en masse de ses fils. Mais, bien que le glas sonnât régulièrement, comme il n'y avait plus beaucoup de terres à conquérir et que la population s'accroissait, désormais les plus jeunes prenaient les chemins de l'exode, seul moyen de subsister dans un monde déjà plein.

À un kilomètre et demi de la sortie d'Engraviès, après les hauteurs de Coume-Rousse, il leur fallait traverser le hameau de Saint-Pastou. Là, sur l'autre rive du Douctouyre, ils trouveraient une carretière caillouteuse, mais bien entretenue par le va-et-vient incessant des hommes, qui les mènerait à la ferme de la Bourdette. C'est ce qu'on leur avait dit au village où leur passage avait suscité une méfiance toute rurale qui ne s'était dissipée que lorsqu'on avait su que Julien était le neveu d'Honoré. Les Espagnols, les « caraques » et les trimardeurs de tout poil avaient souvent la réputation de voleurs de poules. « Prenez à droite après la cabane du Fariol », leur avait-on conseillé. Cette cahute trapue, au toit simple pente en tuiles romanes, portait le nom de son propriétaire qui y enfermait ses outils quotidiens pour éviter de les transporter sans cesse entre ses champs et sa métairie. On la distinguait des autres, qui parsemaient les pièces de terre, au frêne qui la dominait en l'ombrageant de sa haute silhouette. Un chien hurla au loin et un papillon de chou, tardivement né, les survola de son vol sautillant. La carretière montait, tranquille, comme la vie, en pente douce, sur la soulane, suivant la déclivité naturelle du terrain, en serpentant au milieu d'un parcellaire de polyculture où la vigne dominait largement. Au détour d'un lacet, abritée d'une haie faite d'une ligne d'osiers qui lançaient leurs brins d'or vers le ciel, se dressait au soleil des Pyrénées de ce mois de juin, devenu pour Julien et Joseph le soleil de la liberté, la ferme de la Bourdette.

C'était une belle construction, à la mode du pays : sans doute était-elle d'une très ancienne facture, comme pouvait en témoigner l'existence d'un étage noble à colombages dont le crépi s'effritait par plaques, laissant apercevoir un appareillement en « paillebart », cette argile séchée mélangée de paille qui remplissait les intervalles du squelette en bois de l'édifice. L'encorbellement y formait une galerie chapeautée d'un toit à double pente et les portes maçonnées de pierres taillées offraient de beaux linteaux romans. Probablement ces matériaux de qualité avaient-ils été récupérés en un temps où on ne laissait rien perdre. De cette maison à solier, typique des fermes d'ici, où une treille ornait la façade, on avait une vue imprenable sur les restes de châteaux forts : celui de Rogles et celui de Dun. Ils avaient jadis contrôlé la vallée mais n'offraient plus désormais que des pans de murs en ruine, témoignage des vicissitudes de l'Histoire et de l'éternel combat des hommes. Deux platanes vénérables, à l'épaisse ramure, plantés devant la maison, dispensaient leur ombre bienveillante et séculaire aux heures chaudes de l'été, en donnant au domaine un air confortable.

La cloche de l'église de Dun sonna midi, au loin, bientôt couverte par le chant du coq qui s'égosilla, dressé sur ses ergots, planté au milieu du tas de fumier qui ornait la cour au débouché des étables. Un concert d'aboiements de chiens hargneux les accueillit. À côté des platanes, à l'abri du soleil presque au zénith, un petit groupe d'hommes s'affairait devant la bâtisse. Deux par deux, ils déchargeaient des comportes vides de sulfate d'une charrette bleu lavande. Le cinquième, plus âgé, venait de dételer les bœufs gascons et, sous la conduite de l'aiguillon, se préparait à les amener à l'étable afin de les découpler pour la pause de midi. Il ne serait venu à l'idée de personne, en effet, de les laisser dehors à ce moment de repos. À l'instar des hommes qui allaient bientôt manger la soupe, il était naturel de rentrer les bêtes afin qu'elles puissent souffler après leurs efforts. À la vue de Julien et de Joseph, les hommes s'arrêtèrent. Qui étaient ces deux lascars ? De ces mendiants que l'on nommait ici « les set sants » en référence aux litanies des saints pour soulager les âmes du purgatoire qu'ils récitaient de maison en maison, accompagnées de prières en échange de quelques sous ou d'une assiette de soupe, ou bien de ces habituels vagabonds, toujours prêts à chaparder quelques denrées, voire à occire subrepticement une volaille ? Ils les regardaient arriver avec toute la méfiance paysanne que suscite la rupture du déroulement habituel du cours ordinaire de la vie. Les chiens venus les renifler restaient hostiles.

« C'est ici, la ferme de la Bourdette ? demanda Julien en essayant de prendre un air assuré, face à cette hostilité qu'il percevait.

– Oui… c'est bien ici, répondit un grand maigre qui venait de poser la poignée en fer de sa comporte.

– Alors, on est arrivés, fit Julien en se tournant vers Joseph.

– Qu'est-ce qu'on peut faire pour vous ? demanda le grand escogriffe, soudain sur ses gardes.

– Nous… enfin, je cherche Honoré Bénazet… C'est ici qu'il habite, non ?

– Et pourquoi vous le cherchez ? » demanda d'une voix calme celui qui s'apprêtait à rentrer les bœufs.

D'une corpulence trapue, il avait la cinquantaine épanouie. Jovial, son visage rougeaud se marquait d'une large moustache d'un blanc immaculé et son teint fleurait bon la vie au grand soleil et la bonne chère. Sous le chapeau noir bosselé et aux bords imprégnés de sueur, on percevait le début d'un crâne déjà dégarni et brillant.

« C'est mon oncle ! fit Julien.

– Votre oncle ? Comment ça, votre oncle ?

– Oui, le frère de mon père, si vous préférez, répondit Julien.

– Votre père ? Mais qui est votre père ?

– Jules Bénazet, de Loupia. Il est mort l'an passé et je cherche mon oncle Honoré parce que c'est la seule famille qui me reste, fit Julien, qui commençait à perdre patience.

– Et vous le connaissez, votre oncle ?

– Non, je l'ai jamais vu…

– Et vous êtes qui alors ? demanda l'autre, faisant semblant de ne pas comprendre.

– Je vous dis que je m'appelle Julien Bénazet, même que mon petit frère Paul doit être ici, d'après ce que m'a écrit maître Costesèque, mon ancien patron à la forge de Loupia… »

Le visage de l'homme âgé s'éclaira alors d'un sourire radieux. Il posa l'aiguillon contre le tronc du platane puis s'exclama en patois : « *Macarel, es pas paussible… es pas paussible !…* Julien ! Julien ! » avant de l'étreindre dans ses bras pour se persuader de la réalité de cette arrivée. D'un seul coup, les autres aussi étaient devenus plus amicaux et les mains se tendirent naturellement vers Joseph, qui posa alors son balluchon. La journée se promettait d'être encore très chaude, une bonne odeur de soupe planait dans l'air, arrivant par bouffées au vent de septembre depuis la fenêtre de la cuisine du premier étage. Julien et Joseph étaient arrivés. Passé les premiers instants d'émotion, l'oncle Honoré les entraîna très vite vers le premier étage de la maison qui, au-dessus des étables et des caves, servait d'habitation. On y accédait par un large escalier de pierre où des générations de paysans et de vignerons avaient posé leurs pas au fil des saisons et des jours, concourant par l'usure à imprimer la présence de leur empreinte défunte et anonyme. Une rampe basse, couverte de tuiles canal, médiocrement liées d'un mortier à la chaux, guidait la main en courant à mi-chemin dans la montée ou dans la descente, selon le moment.

« Entre, “maniac” »..., dit Honoré en utilisant ce terme de patois que l'on réserve ici à ceux auxquels on manifeste de l'affection.

Et Julien découvrit la maison qui serait peut-être désormais la sienne si l'oncle Honoré le gardait. La salle était de belle taille, bien éclairée par trois fenêtres qui laissaient entrer la lumière à larges pans. Un fenestrou, au-dessus de l'évier en pierre, donnait un peu de clarté à la ménagère pour récurer les chaudrons qui s'entassaient pêle-mêle de part et d'autre du point d'eau généreusement alimenté par une citerne. Pour le reste, la porte, demeurée souvent ouverte en cette saison, suffisait à dissiper l'ombre de la treille épaisse qui, suspendue à des fers en T, couvrait la façade d'une cascade de feuilles charnues, royaume des merles et des tourdes. À droite, au fond de la pièce, une grande cheminée, brillant de mille diamants noirs, laissait échapper les dernières volutes de deux tisons qui achevaient de se consumer sous un trépied de fer rouillé.

Au-dessus de ce cantou, où l'on rentrait debout, et qui accueillait les veillées des soirs d'hiver, sur le linteau de bois assombri par la fumée, était suspendu un « caleil » en cuivre jaune, une de ces lampes à huile qui, de temps immémoriaux, avait éclairé la vie paysanne d'ici quand la chandelle coûtait cher. Au plafond, accroché aux lambourdes de chêne noir grossièrement taillées à l'herminette et patinées par les ans, s'étendait en parallèle un alignement de roseaux clairs d'où pendaient des paquets d'oignons dorés, tels les trophées d'un été glorieux. Une grande table faite de planches grossières, complétée par deux bancs, trois chaises basses, une fontaine de cuivre rouge, accrochée à son support de bois, deux coffres et un vaisselier mural occupant tout le mur à gauche, complétaient le mobilier. De cet ensemble émergeait une impression de léger laisser-aller, qui traduisait une ambiance de travail et de bon vivre.

« Tiens, ça, c'est Toinette…, dit Honoré en désignant une femme âgée et vêtue de noir qui disposait en silence les assiettes sur la table tandis que les hommes s'asseyaient dans un raclement de bancs.

– Bonjour, fit Julien en réponse au signe de tête que l'autre lui adressa sans rien dire.

– Elle est là depuis que la pauvre Françoise m'a quitté. C'est une cousine à la mère de ma défunte, expliqua-t-il, elle-même est veuve deux fois. Elle me donne bien la main pour tenir la maison et au moins ça fait pas jaser…

– En tout cas, la soupe sent bon, fit Joseph en percevant les effluves d'un « toupis » de terre cuite odorant que Toinette posa devant eux, en tenant les anses par un vieux chiffon pour ne pas se brûler.

– Baptiste, demanda Honoré au grand maigre, va d'abord me chercher un peu de vin, du bon, de celui du tonneau neuf... Faut fêter ça !

– Et mon frère ? demanda Julien.

– Tu le verras samedi. À douze ans, je l'ai mis pensionnaire la semaine à Mirepoix, au collège tenu par les sœurs de Nevers... Il apprend bien, tu sais ! Au fait, comment il s'appelle, ton ami ? demanda Honoré.

– Joseph... Joseph Moreau.

– Et vous faisiez quoi, à Paris ?

– J'étais ouvrier aux forges Duchaussoix, comme Julien », répondit Joseph en saisissant sa cuillère en fer-blanc.

La soupe était épaisse et délicieuse : faite de larges tranches de pain noir trempé dans un bouillon de légumes agrémenté d'une cuillerée de graisse de cochon, elle avait longuement mijoté sur le trépied au coin du feu et laissait surnager des yeux jaunâtres qui l'enrichissaient et lui donnaient un goût à la fois suave et puissant qui submergeait les papilles d'un parfum particulier. Les hommes mangeaient lentement en prenant leur temps. Dans le silence de la pièce, on n'entendait que le bruit du liquide qu'ils déglutissaient bruyamment et le son de la cuillère raclant le fond de l'assiette. Au cantou, debout, Toinette se dépêchait, elle aussi, de finir son assiette pour les servir quand ils auraient terminé comme le voulait l'usage de ces sociétés rurales où l'homme tire sa prééminence de sa force de travail. La dernière goutte avalée, Honoré s'empara du pichet de vin et s'en versa une large rasade pour faire chabrot. Il porta l'assiette à sa bouche, dégustant le breuvage à petits coups, la moustache trempant dedans. Il les regardait en même temps, avides qu'ils étaient, eux aussi, de bien curer leur assiette. Quand il eut fini, il s'essuya la bouche d'un revers de bras, puis, en plissant les yeux de malice, il leur dit simplement :

« Reprenez-en, elle est bonne la soupe de la Toinette… »

Julien et Joseph ne se le firent pas dire deux fois, trop heureux de se remplir la panse de bonne chère, surtout après les tourments des derniers mois, quitte à s'en faire péter la sous-ventrière.

« Alors, maintenant que ça va mieux, vous allez pouvoir me dire… »

Et Julien lui raconta tout : son départ précipité de Loupia, son épopée sur les routes de France, son arrivée à Paris, les usines Duchaussoix, Marie et les jours de peine ordinaire, cette Commune dont ils avaient été plus les témoins que les acteurs, leur fuite et leur long chemin jusqu'ici…

L'oncle Honoré l'écoutait presque religieusement, les mains jointes, tels ces confesseurs recueillant les confidences. Par moments, il hochait la tête en battant légèrement des paupières en signe d'assentiment, mais il se gardait bien de l'interrompre, l'incitant par son silence à poursuivre le fil de son récit. À ses côtés, les deux autres vignerons se taisaient, trop heureux d'apprendre des nouvelles fraîches qui nourriraient des soirées entières de conciliabules, au cantou, dans la douce tiédeur du feu lorsque, après l'été, dans quelques mois, l'automne laisserait la place à l'hiver.

Toinette écoutait elle aussi. Elle s'était assise sur une de ces chaises basses à haut dossier qui servent souvent aux petites vieilles, aux « ménines », comme on dit au pays, à réchauffer leurs vieux os, sans faire de bruit, sans se mêler de la conversation des hommes mais toujours attentives à tout. Après les avoir servis, elle raccommodait machinalement de ses doigts rongés de rhumatismes un vieux chandail en repassant des brins de laine épars dans les coudes usés. Vêtue de noir depuis longtemps, de décès en veuvage, elle était si fanée maintenant que les années, les saisons et les jours n'avaient plus de prise sur elle. C'était une pomme ridée et dans son visage parcheminé, creusé de gros sillons, seuls les yeux qui brillaient intensément venaient rappeler qu'elle avait eu aussi, en son temps, une jeunesse et un teint de pêche.

« Voilà, oncle Honoré, tu sais tout…, conclut Julien en achevant la recension de ce qu'ils avaient vécu ces derniers mois.

– Ici, en tout cas, vous ne risquez rien… Personne ne viendra ni vous chercher ni vous demander quoi que ce soit. Quant à la maréchaussée, on la voit plus souvent au bistrot qu'en tournée… Vous avez bien fait de venir. Allez, té, buvons un coup à votre arrivée, fit Honoré en leur reversant un généreux verre de rouge.

– Merci bien. Il est bon, celui-là, dit Joseph en levant son verre.

– Eh… C'est moi qui le fais ! Il est bon parce qu'il est pas trafiqué… C'est du naturel, vous savez. Juste du raisin, du soleil et du travail, répondit Honoré en faisant allusion au plâtrage des vins très en usage dans le Midi pour en augmenter l'intensité et la couleur, ce qui, par contrecoup, les rendait rudes, âpres et d'une digestion plus difficile.

– Tu en fais beaucoup ? demanda Julien.

– Oh ! j'ai de bonnes vignes, surtout. Et puis, malgré les difficultés du commerce en ce moment, la vigne rapporte toujours plus que le reste.

– Comment ça ? demanda Joseph.

– Oh ! c'est pas sorcier, fit Honoré. Un hectare de bonne vigne laisse à peu près six cents francs de recettes par an tandis qu'un hectare de seigle seulement deux cent soixante-dix francs. Le choix est simple.

– En effet, répondit Julien, admiratif.

– Vous voulez voir la propriété ? proposa l'oncle Honoré qui mourait d'envie de leur montrer ce domaine, orgueil de son travail et de sa vie.

– On allait te le demander, ajouta Julien avec un clin d'œil à Joseph.

– Bon, nous on y retourne », conclut le grand vigneron maigre en se levant avant de prendre une chique de tabac noir, dans une petite blague de cuir patiné par les ans, sur le perron de la maison.

Julien sortit sur le pas de la porte et respira à pleins poumons l'air tiède chargé du parfum délicat des fleurs d'acacia finissantes. Il faisait simplement bon et le soleil généreux du Midi donnait à plein sur ce piémont pyrénéen. La vie ici devait être facile, pensa-t-il. Quelques poules arpentaient la cour à la billebaude, à la recherche d'hypothétiques miettes de pain oubliées. En voyant sortir les hommes, en haut de l'escalier, les deux chiens, tout à l'heure braillards et désormais apaisés, se levèrent pour leur faire un brin de conduite. Tandis que les commis entreprenaient le remplissage des comportes de sulfate de cuivre, l'oncle Honoré les entraîna vers le haut de la costière, où était adossée la maison, par un chemin de terre où les charrettes avaient creusé deux profondes ornières, jusqu'au sommet du mamelon d'où l'on dominait toute la vallée du Douctouyre. Partout, les pampres nappaient le paysage et seuls les paillers permettaient de se repérer dans ce labyrinthe vert et bleu, qui dorait au soleil de cette fin mai, sous la protection paisible des Pyrénées proches.

« Voilà mon domaine… Quinze hectares de vigne et quatre en polyculture, fit Honoré, fier de son bien et d'une terre savamment entretenue.

– Ça produit bien ? demanda Joseph.

– Oui, mais cette année ne sera sûrement pas aussi bonne que la dernière, répondit Honoré.

– Et pourquoi ? demanda Julien.

– Le printemps est trop arrosé et, avec ces jours de soleil comme aujourd'hui, on a des attaques d'oïdium un peu partout. On est constamment sur la brèche, toujours la sulfateuse à l'épaule car, à chaque averse, toute la bouillie bordelaise qu'on a pulvérisée la veille est délavée. C'est un perpétuel recommencement en ce moment !

– Ça va gêner la récolte ? s'inquiéta Joseph.

– Gêner ? faut voir… Août et septembre seront, comme toujours, décisifs. C'est là que se fait la maturation du raisin…

– Et c'est quoi comme plants ? Du Mauzac, comme à Limoux ? fit Julien, qui se souvenait d'avoir entendu souvent ce nom-là dans sa jeunesse.

– À vrai dire, j'ai plusieurs cépages… Il y a du Carignanes, du Négret, du Piquepoule, du

Redoundal et du Mauzac en effet… Je les ai fait venir de Gironde et même d'Ardèche pour certains.

– Pourquoi toutes ces variétés et de si loin ?

– Voyez-vous, ça dépend du sol où ils sont plantés mais la plupart viennent surtout du Languedoc.

– Du sol ? Il est pas bon partout pour la vigne, ici ? questionna Joseph en voyant l'uniformité des cultures.

– La nature de la terre n'est pas exactement partout la même. Oh ! bien sûr, autrefois, on faisait pas tant de différence. Même encore aujourd'hui certains n'en font aucune et, du coup, leurs récoltes sont médiocres. Le beau-père, je me souviens, quand je suis arrivé ici, il plantait ce qu'il avait et son vin ne dépassait pas les huit ou neuf degrés. Moi, j'ai essayé d'adapter mes cépages à mes parcelles. Comme ça, j'ai d'abord un meilleur rendement et ensuite mes vendanges sont plus étalées dans le temps parce que tous mes raisins n'ont pas la même maturité. Je me presse donc moins et les grives m'en croquent pas autant…

– Comment avez-vous appris tout ça ?

– J'en savais bien un peu en arrivant ici, ce qui était normal en venant de l'Aude, mais je m'y suis beaucoup intéressé… Peut-être parce que je n'avais plus que ça après la mort de ma pauvre Françoise ! Le beau-père n'était pas idiot. Il a vite compris qu'un jour c'est moi qui serais le propriétaire ici.

Alors, il m'a mis le pied à l'étrier. Il m'a même envoyé prendre quelques leçons à la ferme-école de Royat qui venait juste d'ouvrir près de Pamiers en 1850. Il voulait que j'apprenne ce qu'il ne savait pas. Et puis, il m'a aussi fait confiance, et ça, c'était plutôt rare ici, surtout avec un jeune qui pour n'être que gendre restait encore un étranger. Il est vrai que je ne voulais pas jouer les « mestrejous », les petits maîtres, ajouta Honoré pour que Joseph comprît bien.

– Vous avez dû trimer, c'est sûr, laissa tomber Joseph avec admiration en mesurant d'un coup d'œil la quantité de sueur, d'abnégation, de fatigue et de tours de reins que supposait une telle réussite agricole.

– C'est vrai que j'ai la plus belle propriété du canton maintenant… Mais je n'ai pas d'enfants, pas d'héritiers, pas de fils pour mes terres… Enfin, toi et ton frère, vous êtes là maintenant. Les choses vont changer… Il ne tient qu'à vous !

– Quelle est ta meilleure parcelle ? demanda Julien à son oncle.

– Celle-là, fit Honoré, en désignant sur la colline un quadrilatère piqueté que l'on ne distinguait de son voisin que grâce à quelques fossés de drainage bien entretenus. C'est celle du Clot.

– Et qu'est-ce qu'elle a de mieux que les autres ? fit Julien.

– La terre convient parfaitement au Mauzac rouge qui la complante et puis tu sais bien que le raisin de coteaux est le meilleur. On t'a quand même appris ça dans l'Aude.

– Tu sais, j'ai pas beaucoup travaillé dans les vignes, là-bas. J'étais d'ailleurs tout gaffet. Je posais pas beaucoup de questions... Je me contentais souvent de compter combien y avait de rangées à chausser ou à déchausser !

– Pourquoi est-il meilleur, ce raisin-là ? demanda Joseph. C'est pas les mêmes plants ?

– Non, mais surtout, lui, il mûrit en plein soleil.

– L'autre n'a pas l'air d'en manquer, pourtant.

– On voit bien que vous êtes pas d'ici. L'exposition, c'est primordial. Ce raisin-là, voyez-vous, il est à l'abri des premières gelées et de l'humidité des rosées du petit matin.

– C'est si important ? demanda Joseph.

– Le raisin concentre plus de sucre, donc le vin a plus d'alcool. C'est lui qui constitue toujours le vin de garde, c'est-à-dire celui que l'on ne boit que pour les mariages, les baptêmes ou les enterrements. On le vendange toujours à part, pas question de le mélanger à l'autre, expliqua Honoré.

– Il est pas bon, l'autre ?

– L'autre, c'est de l'ordinaire... Du claret... Oh, il vous donne la joie au cœur. Mais la vente remplit pas beaucoup les bas de laine !

– C'est-à-dire ? demanda Joseph.

– L'hectolitre de bon vin vaut environ vingt francs, selon les années. Le claret, lui, on le vend six francs la charge, c'est-à-dire les cent vingt litres.

– Ça fait un sou le litre, c'est pas cher payé !

– Vous comptez bien ! Mais on le produit facilement et, comme il est pas cher, les Espagnols viennent le chercher avec des mulets pour l'emmener chez eux.

– Et les salaires, ça donne quoi, ici ? fit Joseph.

– Deux francs cinquante par jour, à peu près.

– C'est beaucoup moins qu'à Paris, dites-moi.

– Vous auriez dû y rester, fit Honoré, un peu vexé dans son âme de propriétaire.

– C'est pas ce que je voulais dire, s'excusa Joseph. La vie est bien plus chère là-bas, c'est tout.

– Et tes autres terres ? demanda Julien.

– Venez, je vais vous les montrer de plus près », fit Honoré.

Il les entraîna par un tortueux chemin de traverse à travers un parcellaire complexe, hérissé çà et là de petites cabanes où les vignerons rangeaient leurs outils, leur expliquant en marchant le pays en détail, nommant les pièces de vigne du nom de leur propriétaire ou de leur créateur défunt, énumérant ainsi une généalogie compliquée où ils avaient bien du mal à suivre leur guide. Pour lui, rodé par vingt-cinq ans d'usage, tout cela coulait de source et il s'y mouvait avec aisance comme s'il s'agissait de sa famille propre. Ainsi, la lande del

Bouich, le Garret, Poumarède, Salvetorte, le Broual ou le Figou n'avaient plus de secrets. Il connaissait même chaque pouce de terrain mieux que s'il y avait vu le jour : c'est qu'il avait dû y faire ses preuves, à la sueur de son front. Il leur livrait des années d'observation, des trucs appris sur le tas, des notations pertinentes et explicatives qui eussent fait le bonheur d'un anthropologiste. L'oncle Honoré s'était donné à la Bourdette. Lui qui venait d'une famille pauvre avait eu faim dans son enfance et la chance à l'âge adulte d'un mariage inespéré, il avait saisi ce signe du destin. Et depuis, il savait tout de cette terre où il avait planté ses racines pour la faire totalement sienne, s'obstinant jour après jour à cultiver cette vigne qui absorbait son énergie. Là était son combat, sa raison d'être, sa fierté, son orgueil.

« Vous avez une bien belle propriété, monsieur Bénazet, jugea Joseph en voyant l'étendue harmonieuse des parcelles cultivées avec soin où le chiendent était chassé impitoyablement.

– Ça doit te demander de la peine, renchérit Julien.

– Ah ! les machines modernes ne font pas le travail… La terre n'aime pas les fainéants ! C'est la main de l'homme qui la façonne, c'est vrai… »

Julien acquiesça. Ici, dans ce Midi pyrénéen, les hommes étaient encore en nombre et les machines arrivant, démultipliaient leurs efforts pour porter à l'apogée une civilisation paysanne multiséculaire. Et dans cette France rurale, souvent encore routinière, qui émergeait des siècles de labeur d'une armée de crève-la-faim, Honoré Bénazet était ainsi le bénéficiaire des progrès d'une révolution industrielle qui en touchant les campagnes leur insufflait un peu de modernisme. Bientôt le chemin de fer dont on parlait tant passerait entre Pamiers et Mirepoix, les raccordant au reste du monde, mais, en faisant naître la concurrence, ils ignoraient qu'il les plongerait dans les affres du libéralisme, rendant leur bonheur et leur espérance de courte durée.

VII

Les vignes du renouveau

UN LÉGER VENT BALAYA le sommet des collines, accélérant la course des nuages filiformes dans le ciel clair des Pyrénées. Sur la peau du visage des trois hommes, ce zéphyr avait la douceur d'une caresse. Un corbeau passa, solitaire, au-dessus de l'éperon rocheux qui chapeautait le mamelon d'en face, reste d'une ancienne tour de guet dont la mémoire des hommes avait perdu la trace pour n'y voir plus désormais qu'un tas de pierres informes. L'époque des Cathares, des comtes de Foix et de Trencavel était bien oubliée. De loin en loin, Julien apercevait les vagues silhouettes d'hommes souvent réduites à un simple point. Elles s'agitaient, tels des ludions, dans la marée des jeunes pousses tendres, lançant leurs pampres à l'assaut des fils de fer qui couraient sur l'armée de piquets d'acacia, hérissant les parcelles. La douceur de l'air de cette fin mai imprégnait tout d'une saveur suave. En bordure des rares petits bois d'acacias qui occupaient les sommets des collines, des touffes de genêts jaunes brillaient au soleil comme des lingots d'or. Quelques genévriers, plantés çà et là, dressant leur silhouette bleutée, complétaient le caractère méditerranéen et rappelaient la Toscane.

Honoré Bénazet parlait d'abondance et Julien avait conscience qu'une nouvelle page de sa vie s'ouvrait, fort éloignée de ce qu'il avait connu dans la capitale. Il avait là, lui aussi, des racines à planter, des souvenirs à créer, une histoire à inventer, un avenir à cultiver. Et lui qui était parti de cette terre audoise presque en catimini revenait maintenant sur celle d'Ariège plus fort de l'expérience de son aventure parisienne, avec au cœur cette soif inextinguible d'apprendre qui fait la race des entrepreneurs. Le pays était magnifique. L'harmonie régissait le paysage en un agencement simple et naturel que le travail millénaire des hommes avait magnifié pour en rendre les traits évidents. Honoré Bénazet, trente ans auparavant, en arrivant ici, avait dû sûrement éprouver la même émotion à la découverte de ces alignements subtils de crêtes au milieu desquelles nichaient des vallons secrets.

« Alors, elle vous plaît, ma terre ? demanda-t-il.

– C'est un beau pays, fit Joseph en hochant la tête.

– Et toi, Julien ? murmura Honoré dans l'attente d'un verdict.

– Je m'y sens déjà chez moi…

– Alors, vous restez, tous les deux ?

– On veut pas être des poids morts, dit Joseph.

– Oh ! J'ai assez de travail pour vous, surtout si j'achète les vignes de la Jalaberte, de l'autre côté de la vallée, répliqua Honoré.

– Tu veux t'agrandir encore ? demanda Julien, qui trouvait la propriété déjà bien assez grande.

– Il ne faut jamais rater les bonnes occasions d'augmenter son domaine, tu sais, Julien. La veuve Jalaberte, elle est si vieille maintenant qu'elle ne peut même plus tenir un bigoucet. Elle n'a pas d'enfant, elle n'arrive plus à faire son vin… Pourtant, si à son âge on se contente de peu, il lui faut quand même ramasser un peu d'argent ! Le prix que je lui propose, c'est bien payé pour deux hectares et demi. Mais moi, je suis pas perdant… Ça me permet de réunir Poumarède et la terre du Garret. Tu te rends compte que ça me ferait alors sept hectares d'un seul tenant !

– Et elle, qu'est-ce qu'elle en pense ?

– Elle n'a pas dit non, mais bien sûr, ça va prendre un petit moment encore avant qu'elle signe chez maître Labat.

– Qu'est-ce qui la pousserait à refuser ?

– Surtout si on la presse… Elle est méfiante comme une vieille chatte et, sous ses cheveux blancs, l'œil est toujours aux aguets. Elle a bien meilleure oreille que ce qu'elle veut laisser croire. »

Joseph sourit : les ménines d'ici étaient comme toutes les vieilles d'ailleurs. Seul le patois changeait d'une région à une autre mais leur silhouette noire, cassée, éreintée par les ans, les peines et l'effort, se répétait à profusion dans les campagnes de cette France profonde restée largement en marge du progrès, avec ses terres souvent « de rien » à défaut d'être « de bien » que l'intrusion de la civilisation du chemin de fer commençait à désenclaver. L'air était tiède et les cerises rougissaient aux derniers jours de mai. Que ce pays était agréable, surtout après les épreuves traversées ! Que son bonheur aurait été total si Marie avait été à ses côtés ! Cette pensée le remplit de tristesse et une boule lui noua la gorge d'une émotion mal maîtrisée. Plus rien ne serait pareil désormais et, pour refouler les larmes qu'il sentait poindre, il s'efforça de regarder le paysage déroulé à ses pieds. La nature pouvait-elle l'apaiser, éloigner les tourments qui le rongeaient, atténuer la désespérance qui l'avait assailli depuis sa fuite de Paris ? Parcourant les crêtes des Pyrénées, simplement ourlées de quelques nuages filiformes annonciateurs d'un changement de temps, il se reprit l'instant suivant :

« Puisque vous avez besoin de bras, monsieur Bénazet, je veux bien rester…

– Où va-t-on dormir, oncle Bénazet ? questionna Julien.

– Tu es fatigué, pitchou ? Oh ! c'est bien normal après tout ce voyage.

– Non, c'est pour ce soir…

– Naturellement, toi, tu dors ici, à la maison. D'ailleurs, té, la chambre du beau-père est vide depuis longtemps. Pour ton ami, j'ai ce qu'il lui faut si ça vous fait rien d'être séparés. Tu sais, à côté de la terre du Broual, il y a l'ancienne maison des Sarda. Elle n'est plus habitée depuis une quinzaine d'années. Quand j'ai acheté les terres aux enfants, ils sont partis travailler à Pamiers et je n'ai pas cherché à la louer. Bien sûr, c'est pas très grand mais le toit est solide avec un bon cantou. Il suffit d'un nettoyage pour chasser les tataragnes et ça fera un logis convenable. C'est pas une masure, tu sais, même s'il y a un peu de poussière.

– Je ne suis pas difficile, monsieur Bénazet, dit Joseph, qui se souvenait du galetas si médiocre du père Champeix.

– Moi-même, poursuivit Honoré, il m'arrive d'y faire la sieste quand le soleil tape trop fort en été.

– Alors, ça m'ira bien, conclut Joseph, le visage barré d'un large sourire.

– Topez là et maintenant rentrons », fit Honoré en tendant la main, car il n'aimait pas trop laisser les commis seuls, sachant par expérience qu'ils prenaient alors tout leur temps et que le travail s'en ressentait.

Par des chemins de traverse qui s'entremêlaient dans l'océan bleuté des vignes, ils regagnèrent la Bourdette, l'oustal, la maison. L'après-midi finissait dans la langueur câline des promesses du ciel et de la terre. Partout, l'homme avait ici posé sa marque, modelant le paysage de son geste séculaire pour y laisser son empreinte. On cherchait en vain les espaces incultes. Tout au plus quelques escarpements étaient-ils abandonnés à la dent des gazailles de brebis. Cette terre était une terre humaine, l'héritage millénaire de civilisations laborieuses, qui, des Romains aux prémices de l'industrialisation, en passant par les Wisigoths et les Cathares, l'avaient, tels des boulangers, inlassablement pétrie, pour que, bonne pâte, elle lève et fournisse le pain quotidien au peuple des travailleurs.

Les commis n'étaient pas encore rentrés, profitant de la tiédeur déclinante pour sulfater sans crainte que la pulvérisation ne brûle les feuilles tendres. Si le temps voulait bien tenir deux ou trois jours, la bouillie bordelaise ferait alors tout son effet. Mais hélas leurs espoirs étaient souvent réduits à néant par une ondée matinale imprévue qui lessivait tout en l'espace d'une heure, obligeant à recommencer le travail à zéro pour lutter contre la maladie, insidieuse. Dans la cour, à l'approche de leur arrivée, les chiens, qui paressaient au soleil déclinant, se levèrent pour les accueillir et leur faire un bout de conduite.

« Qu'est-ce qu'on peut faire pour t'aider ? demanda Julien à son oncle.

– Oh ! Vous aurez bien le temps de travailler demain... Enfin, si vous voulez vous rendre utiles, on ira tout à l'heure préparer les étables, répondit Honoré. Mais d'abord, allons boire un coup, ça nous défatiguera... »

Ils grimpèrent l'escalier de pierre usé, patiné par les ans. Un merle dérangé s'enfuit à tire-d'aile dans un cri d'indignation de la treille qui ornait la façade. Une odeur sublime de haricots planait dans la salle baignée par le soleil couchant qui de ses derniers rayons rosissait par-dessus l'horizon les collines et inondait la pièce d'une lumière tendre et chaleureuse. Avant de partir en début d'après-midi, Julien avait bien remarqué un « toupis », un de ces pots de terre sombre qui frémissait devant l'âtre, trempant le cul sur la cendre chaude, « al soubras » comme on dit en Ariège. La vieille Toinette y avait déposé, avec la méticulosité qui sied aux choses importantes, un mélange de haricots blancs, ronds et lisses, de ces cocos de Pamiers si délicieux et si prisés dans la région, un bout de jarret de porc, un saucisson de couenne, de la saucisse préalablement poêlée, un peu de jambon du pays et même quelques morceaux de mouton achetés à la boucherie de Dun, la veille. Elle y avait ajouté des couennes coupées en larges carrés, une tête d'ail épluché, un oignon émincé, un bouquet garni composé de thym et de persil ramassé au jardin, dans l'hort qui jouxtait la maison, et un peu de « tomata », cette sauce conservée dans des fioles de verre épais, de la récolte de l'an passé. Le tout avait cuit à feu doux pendant toute la journée, mijotant des heures, pendant le travail des hommes, pour atteindre cette onctuosité parfaite où le parfum de la graisse d'oie se marie dans l'alchimie des viandes au fumet délicat du coco évanescent.

Ainsi, au retour de leur journée de travail, la « mounjétade » attendrait les hommes pour garnir leur estomac affamé et leur faire oublier les courbatures et la douleur des muscles endoloris. Solide sans être bourrative, elle remplirait les ventres accompagnée d'un pichet de vin des coteaux d'Engraviès. Julien se garda bien de dire qu'il en avait déjà mangé la veille à Toulouse. Quand on a eu le ventre vide pendant des semaines et des mois, on est moins difficile sur le caractère répétitif des repas, surtout à l'âge où l'on devient homme. À Paris, pendant l'effroyable siège, tout faisait ventre pour apaiser les tortures de la faim. Honoré s'assit au bout de la grande table. Il poussa devant eux un pichadou de terre où le vin se tenait au frais, les invitant à s'en servir une bonne rasade. Le vin gargouilla en un borborygme sonore qui moussa sur les bords du verre en bulles crémeuses et odorantes. Bien vieilli dans les tonneaux de chêne du Quercy, le vin de l'oncle Honoré, sans être lourd, avait assez de corps et d'esprit pour témoigner d'un indiscutable savoir-faire qui ne laissait personne indifférent.

« À la *tio,* fit Honoré en vidant d'un trait son verre tandis que le liquide couleur framboise mûre lui colorait aussitôt les joues à travers le fin entrelacs des veinules de la peau.

– C'est vrai qu'il est bon, dit Joseph en faisant claquer sa langue avec un plaisir évident, la bouche pleine d'un bouquet charnu et frais qui mélangeait des parfums de fruits rouges en une transmutation libertaire.

– Celui-là, précisa Honoré, c'est du coteau d'Engraviès, de la terre de la Poumarède... La pièce n'est pas grande mais de bonne qualité, complantée d'une vigne il y a cinq ans à peine et qui donne bien. Je te la montrerai demain, dit-il en adressant un hochement de tête à Julien.

– Conduisez-nous à l'étable, demanda Joseph, qui supportait mal l'inaction. J'ai l'habitude de gagner ma soupe ! Ce soir, je dormirai dans la grange, si ça vous fait rien. Mais demain j'irai m'installer au Broual, comme vous me l'avez proposé... »

Au cantou, assise sur une chaise basse à haut dossier, devant le toupis qui mijotait lentement,

Toinette n'avait rien dit, comme indifférente à leur présence. Pour elle, le temps semblait s'être arrêté. La couleur noire qui l'habillait depuis des années lui conférait déjà la dimension de l'éternité qui lui était bientôt promise. Elle ne leva même pas la tête à leur départ, se contentant de continuer à écouter le tic-tac de la grande comtoise qui, au rythme lent de son balancier, la rapprochait inexorablement de son créateur. Au loin, l'angélus tinta. Dehors, les étables fleuraient bon la fenaison fraîche. Un parfum de fleurs coupées baignait les bâtiments d'une candeur juvénile. Joseph eut vite compris ce qu'Honoré attendait de lui et il retrouva les gestes de l'enfance : la fourche en bois patinée de sueur et de crasse prit naturellement sa place entre ses mains calleuses, aguerries par les mois et les années de travail à l'usine. Honoré le regardait faire. Pas de doute, celui-là était de la race des travailleurs, des vaillants. Il était une bonne recrue pour la Bourdette.

Lorsque les commis revinrent, Julien et Joseph les aidèrent à dételer les bœufs. Les bêtes rentrées, les hommes se lavèrent longuement les mains à la pompe dans la cour, se relayant pour tourner le grand volant de fer qui actionnait le piston faisant monter l'eau des profondeurs de la terre pour la laisser couler dans une auge de pierre allongée aux allures de sarcophage. Ils se frottaient les mains avec vigueur pour chasser le brouillard bleuté qui les recouvrait, les trempant de temps à autre dans une petite caisse remplie de cendres, de sable et de fleurs de saponaire qui remplaçaient avantageusement les pains de savon trop chers. L'eau s'écoulait au pied de l'auge, formant un bourbier infâme où les poules se plaisaient à patauger. Leur décrassage achevé, ils se repassèrent un linge couenneux, taillé dans une vieille pièce de drap usé qui faisait office de torchon.

Quand ils rentrèrent dans la salle, Toinette achevait de mettre la table. Elle plaçait avec une lenteur calculée les assiettes en faïence dont le fond était marbré et lacéré de centaines de coups de fourchette. Chacun ouvrit son couteau en un claquement sec de lames qui jaillissent. Honoré vit circuler le pichet de vin et sortit du tiroir placé en bout de table une miche de pain rond dont il tailla des tranches épaisses en un crissement. À lui, le patron, *pater familias* d'un monde resté traditionnel, de commencer le premier. Toinette poussa vers eux un pot de soupe emmailloté d'un vieux chiffon pour ne pas se brûler. Puis, à l'écart des hommes, toujours debout, elle esquissa un vague et bref signe de croix avant de marmonner en un chapelet de mots incompréhensibles un bénédicité rudimentaire.

À peine eut-elle fini de psalmodier que les hommes, restés silencieux et calmes, s'animèrent dans un raclement de cuillères. Ils engloutissaient avidement, dans des bouches grandes ouvertes, la soupe du midi réchauffée au cantou. Les discussions allaient bon train, en un patois que Joseph s'efforçait de suivre mais dont il ne pipait souvent que de rares mots, réduit aux explications qu'Honoré lui donnait de temps à autre. Julien suivait beaucoup mieux la conversation, retrouvant ses racines, et participait aux rires qui fusaient parfois en exclamations sonores. Les commis ne traînèrent pas à table. Sitôt la soupe et les haricots ingurgités, ils partirent mais, pour eux, la journée n'était pas terminée. Souvent, petits propriétaires de minuscules pièces de terres sur la commune, il fallait, la dernière bouchée avalée, aller travailler, pour leur compte cette fois, jusqu'à la fin du jour et même jusqu'au milieu de la nuit, si la pleine lune était au rendez-vous. Gueux de la vigne, gueux de la terre, ils ne se plaignaient pas pour autant de leur sort. Il était somme toute meilleur que celui de leurs ancêtres, et puis, la soupe était bonne et Honoré leur prêtait volontiers les bœufs à la saison pour labourer. À peine furent-ils partis que l'oncle Honoré dit à Julien et à Joseph :

« Allez, allez-vous-en au lit, maniac, la journée a été longue et vous devez être fourbus… »

Ils ne se le firent pas dire deux fois. Tandis que Joseph gagnait la grange, Julien, tombé tout habillé sur le couvre-pieds, s'endormit aussitôt comme une masse. Ronflant comme un sonneur, il n'entendit même pas Toinette qui, telle une souris passe-muraille, pénétra dans la chambre un peu plus tard pour ranger les sabots au pied du lit de noyer blond, cadeau de mariage d'un ancêtre décédé une cinquantaine d'années auparavant, et recouvrir celui qui était pour elle désormais « le grand » des deux petits d'une couverture de bure afin que la fraîcheur de la nuit ne lui ankylose pas les membres. Sans enfants à l'issue de ses deux veuvages successifs, elle éprouvait sur le tard le désir indicible de veiller sur un gamin qui aurait largement pu être son fils. Mais à l'image de sa vie discrète, elle en savourait, seule et effacée, le bonheur simple.

Le coq avait chanté depuis belle lurette et le soleil était déjà très haut, inondant la vallée du Douctouyre d'une lumière chaleureuse, quand le lendemain, Julien se réveilla. Dans une demiconscience, il entendit la grande comtoise sonner. Il mit quelques instants à réaliser. Bon sang ! Il était dix heures... Il avait dormi plus de quinze heures d'affilée ! Cela ne lui était encore jamais arrivé tant dans son enfance que dans sa prime jeunesse, soumis très tôt au rythme du travail harassant. Tous ses muscles ressentaient une langueur apaisante. Il s'étira tel un chat avant de sauter du lit. La porte basse qui donnait sur la salle couina un peu quand il leva le taquet de fer qui la maintenait fermée. Ses sabots raclaient sur les parquets en châtaignier. Dans la grande pièce, la fenêtre à double croisée était ouverte et une odeur de chèvrefeuille entrait, portée par le souffle du vent qui inondait le local d'un air frais et matinal. La salle était déserte mais Toinette ne devait pas être loin assurément. Une cafetière en fer-blanc murmurait, le cul posé sur un trépied au coin du feu, répandant une odeur appétissante de chicorée dont les volutes s'évadaient par l'âtre.

Julien erra un peu dans la pièce, en découvrant au hasard les mille détails. Il y avait là, pêle-mêle, le mélange des souvenirs et l'accumulation des choses de la vie, ces petits riens de tous les jours, ces « ça peut servir » d'un monde qui ne jetait pas, même ce qui était cassé. Les paillasses de l'évier de pierre grise étaient encore tout encombrées de la vaisselle des bols du déjeuner. Julien chercha un peu d'eau dans la pièce pour se la passer sur le visage et chasser définitivement la nuit. Le broc de faïence crème posé sur la table était vide. Aussi tourna-t-il le robinet de cuivre jaune qui pendait au-dessus de l'évier mais celui-ci n'émit qu'un timide filet d'eau. Comme il avait vu faire Toinette la veille, il actionna le manche en bois de la pompe ronde qui, située contre le mur, puisait l'eau de la citerne pour l'amener à l'évier en psalmodiant. C'était un luxe que d'avoir presque l'eau courante ainsi, à l'heure où, dans beaucoup de maisons, la corvée d'eau restait biquotidienne. Imbibant un bout de torchon, il ôta soigneusement les « laganhes », ces chassies qui lui encombraient les yeux. Il finissait sa toilette sommaire quand un pas se fit entendre. La silhouette ronde d'Honoré se découpa dans l'embrasure de la porte.

« *Ha... Es lebà lou petitot !* fit-il en le voyant.

– Bonjour, oncle Honoré, dit Julien.

– *Es pas trop leù !* On croyait que tu te réveillerais pas...

– J'ai beaucoup dormi, dit Julien pour s'excuser.

– *Bet's atal !* Tu en avais besoin ! Ton ami Joseph est déjà au travail. Il est parti sulfater avec le grand Jeannot.

– Je vais le rejoindre...

– *Qué nani !...*

– Mais, faut bien que je travaille, moi aussi...

– Tu auras ta part, rassure-toi, mais d'abord, suis-moi, on va aller faire le tour des vignes vers la Poumarède pour voir où il faut traiter en priorité pendant qu'ils sulfatent Salvetorte. Il faut que tu connaisses chaque mètre de ce domaine puisqu'un jour, c'est toi, Julien, qui seras le patron ici !

– Il y a mon frère quand même, dit Julien en pensant à Paul.

– On peut pas être deux sur une terre ! Et les domaines, faut jamais les partager. Au contraire, faut toujours penser à les agrandir, tu sais. C'est la terre qui nous fait homme et c'est les hommes qui font la terre. Ton frère, il est doué pour les études ! Faut le pousser là-dedans, fit Honoré d'un air entendu.

– Pourquoi tu te donnes tant de peine ? demanda Julien. Tu es un propriétaire important dans la commune, peut-être même le plus gros... Tu as bien assez de terres, non, à ton âge ?

– Disons que j'aime mon travail. Et puis, je crois qu'il faut que les ouvriers aient du bon vin, du vin naturel à boire, et que le viticulteur, lui, il retire un bon prix de son produit. C'est comme ça, tu vois, qu'on peut vivre dignement les uns et les autres, chacun à sa place, fier de ce que l'on fait pour se coucher le soir la tête haute sans rien devoir à personne.

– Tu plantes pas entre les rangs comme les autres ? demanda Julien en montrant du doigt l'espace labouré qui séparait les rangées de vigne. J'ai vu des parcelles où l'on cultivait des céréales, où l'on avait planté des raves... Pourquoi tu fais pas pareil ? Tu gagnerais plus de sous sans te fatiguer.

– Ah ! fit Honoré en souriant. Tu parles de ce qu'on appelle la culture en espalier, ici... Eh bien, non, tu vois ! Ça rapporte pas plus et puis c'est pas bon pour les vignes. Les ceps, tu sais, donneront moins parce que l'herbe et les autres cultures gêneront la circulation de l'air en maintenant l'humidité sur les racines...

– Et les arbres, certains propriétaires en plantent, non ? J'ai vu des pêchers et des pruniers à côté.

– Libre aux autres de faire comme ils veulent mais, crois-moi, c'est pas mieux. La vigne n'aime pas l'ombrage ! Il lui faut du soleil, du grand air.

– Moi aussi... Maintenant que je suis revenu dans le Midi, je me rends compte combien ça me manquait là-haut, à Paris.

– Pour ça, ici, tu seras servi ! Allez, continuons, dit Honoré, tu as un métier à apprendre...

– Mais j'en ai déjà un, oncle Honoré. Je suis forgeron, fit Julien, fièrement.

– Ho ! ça te sera bien utile, rassure-toi. Celui de Dun est toujours débordé et il ne sait jamais où donner de la tête. Si tu aimes tant le travail, tu pourras toujours ouvrir un atelier avec un gaffet. Je t'aiderai...

– C'est loin où ils sont, Salvetorte ?

– Non, juste en face. Té, regarde, c'est là qu'ils sont, tu les vois ? »

Les pulvérisateurs de cuivre rouge à la marque prédestinée, « Le Vigneron », retenus sur l'épaule par deux larges courroies de cuir brun, Joseph et Jeannot, le grand commis maigre comme un échalas, remontaient lentement la vigne de Salvetorte. Cette belle pièce s'étendait en pente douce sur un coteau idéalement exposé au sud-est. Ils progressaient d'un même pas, au cadencement souple du bras gauche qui actionnait la pompe, la main donnant furtivement un coup de temps à autre. Une double rangée de vignes les séparait pour que leur travail ne soit pas gêné par la pulvérisation de celui d'à côté, ce qui ne les empêchait pas de parler par-dessus les méridiennes vertes aux pampres gorgés de vie.

« Dis-moi, demanda Joseph d'un geste de la tête, vous ne laissez pas toujours la même place entre les pieds d'une vigne à l'autre. Celle-ci me paraît beaucoup plus espacée que celle qu'on a faite hier…

– Ah ! ça, c'est une idée d'Honoré. Il prétend que tous les pieds sont pas pareils…

– Comment ça, pas pareils ?

– Il dit qu'un cep, s'il est fort, il va se développer davantage et donc qu'il a besoin de plus de place…

– C'est pas idiot en effet. C'est vrai ?

– Nous ici, on les mettait tous à la même distance et on produisait du vin quand même.

– Sa méthode est peut-être meilleure…

– Regarde, à table, c'est pas toujours les plus gros qui mangent le plus ! Les petits maigres, ils ont souvent un bon coup de fourchette, même qu'on se demande où ils le mettent. Alors, pour moi, tu vois, c'est une idée qu'on lui a donnée quand il a été à Royat.

– Et ça marche pas, d'après toi ?

– Eh ! je dois reconnaître que sa vigne est plus belle mais c'est parce qu'il la fait bien travailler, aussi… Peut-être que ça n'a rien à voir avec la distance de plantation, fit le grand, assez peu convaincu et hostile à tout changement, persuadé que si les anciens faisaient comme ça, c'est qu'ils avaient raison et qu'il fallait continuer.

– Il les plante au hasard de leurs forces ? Il y a des règles à respecter ? demanda Joseph en marquant un temps d'arrêt dans la pulvérisation sur le pied de vigne suivant.

– Oh !… des règles, des règles ! Ce que j'en sais, c'est que partout, dans le Midi, on plante en quinconce les rangs et les ceps à un mètre cinquante de distance environ, fit le grand qui s'était arrêté lui aussi devant une souche dont les feuilles dégoulinaient d'un brouillard bleuté.

– Ça fait du… voyons, quatre mille cinq cents pieds à l'hectare, dit Joseph en calculant de tête.

– Tout juste ! Tu comptes bien, fit l'autre. Mais ici, en Ariège, où les rendements sont souvent moins bons que dans le Languedoc, on plante en général plutôt serré pour compenser, tu vois.

– C'est-à-dire ? demanda Joseph.

– Oh ! ça fait du cinq mille pieds l'hectare. Mais Honoré, lui, il fait pas comme tout le monde. Il nous fait espacer chaque cep de deux mètres et pareil entre chaque rang…

– C'est pas de la place perdue ?

– Eh ! Lui prétend que non… Au début, ça faisait rire les autres viticulteurs d'ici parce qu'il y a deux fois moins de ceps à l'hectare. Mais le beau-père l'a laissé faire car il s'est rendu compte que les vignes produisaient autant et de meilleure qualité… Alors, il y en a dans le pays qui ont commencé à s'y mettre aussi… Oh ! pas d'un seul coup, pièce par pièce, quand ils arrachaient les vieilles et sans reconnaître qu'ils faisaient comme lui…

– Et la taille ? demanda Joseph.

– Ah ! ça aussi… Il fait pas pareil, répondit l'autre. Il taille plus long, tu vois, parce qu'il dit qu'il faut pas martyriser la plante…

– Et tu le crois, toi ?

– Eh ! C'est ce qu'il a appris à la ferme-école de Royat. Et puis, c'est lui le mestre, le propriétaire, pas vrai… Nous, on n'est que des ouvriers, fit le grand en donnant un coup sur la poignée de son appareil afin de faire remonter la pression dans le pulvérisateur et de poursuivre son travail au rythme de ses pas.

– Je sais bien que les patrons ont toujours raison. Surtout quand il s'agit de compter les heures de travail qu'on fait pour nous les payer, dit Joseph avec les souvenirs amers de l'usine Duchaussoix.

– Oh ! ici, on se plaint pas… Honoré est un brave type !

– Un patron qui a pas l'esprit de profit ?

– Il est réglo avec nous…

– En ville, vois-tu, tu es exploité, tu gagnes une misère pour ta journée de sueur et ça te permet juste de pas crever de faim.

– Ici, c'est pas pareil, fit le grand Jeannot.

– N'empêche que c'est un patron, Honoré, dit Joseph pas convaincu.

– En tout cas, patron ou pas, faut finir cette pièce avant midi. Té, regarde le ciel, je serais pas étonné qu'on ait de l'orage, et le priboul, c'est pas bien bon pour le raisin. Et si la vendange est médiocre, notre paie le sera aussi », conclut Jeannot en avançant entre les rangées de vigne.

Ils poursuivirent leur travail au rythme de la pompe qui se vide et se remplit, souche par souche, ne s'arrêtant vraiment que pour faire le plein des pulvérisateurs à grands coups de seaux puisés dans les comportes que les bœufs transportaient par le chemin de traverse. Le soleil devenait de plus en plus chaud, de rangée en rangée, et ils s'essuyaient périodiquement le visage rouge et bleuté où la transpiration perlait en un fin brouillard moite. « C'est la pluie qui mouille, toi tu dois sulfater ! Pas la peine que ça dégouline... », disait le grand Jeannot pour apprendre à Joseph à traiter le maximum de pieds avec le contenu de sa pompe. Il l'observait du coin de l'œil et jugeait que pour un Parisien il comprenait vite. Son habileté manuelle naturelle prenait le dessus et, à la fin de la matinée, il était devenu aussi économe de ses gestes qu'un vigneron chevronné, marchant de ce pas lent et cadencé qui rythmait si bien la dispersion du produit sur les ceps.

Ils avaient presque fini leur ouvrage quand le son des cloches de l'église de Dun leur parvint. Il était déjà midi et demi et, sur le coteau d'en face et de leur côté, Honoré achevait avec Julien l'inspection de la vigne de la Poumarède sous un soleil qui dardait haut et dur, écrasant la campagne de chaleur. L'évaporation avait chassé la fraîcheur de la nuit sur le sommet des mottes exposées aux rayons, ne conservant qu'un peu d'humidité dans les creux. Ainsi, au pied des ceps bien travaillés, la terre émiettée au « bigou » devenait presque poussière, avide de pluie. Un meuglement répondit au son lointain de la cloche. La campagne était toute bruissante de l'activité des hommes et, partout où le regard de Julien se portait, l'empreinte anthropique était présente. Ces campagnes étaient encore un monde plein, solide, sain, un grand corps vivifié du patient labeur des forçats de la terre.

« Tu veux la sulfater quand ? s'enquit Julien en désignant la Poumarède.

– Cet après-midi, si on peut… Mais tu vois les nuages là-haut, ceux qui montent, fit Honoré en désignant les crêtes des Pyrénées.

– Oui, eh bien ?

– J'ai peur que le temps ne tienne pas. Les orages, c'est la plaie en cette saison…

– Il tombera peut-être ailleurs, fit Julien.

– Hum ! Allez, c'est l'heure de rentrer à la soupe. D'ailleurs, ton frère ne va pas tarder à arriver, lui aussi.

– Il sort si tôt du collège, le samedi ? demanda Julien, étonné de cette libération anticipée des bagnes du savoir.

– C'est exceptionnel. Les sœurs le laissent partir avant les autres parce qu'il sert le samedi soir la messe à Dun, comme enfant de chœur. Elles espèrent sans doute que ça lui donnera la vocation pour devenir curé. Mais moi, je préférerais qu'il devienne instituteur ou bien, pourquoi pas, notaire ou pharmacien…

– J'ai hâte de le voir, dit Julien, ému à la perspective de ces retrouvailles.

– C'est bien normal, fit Honoré. C'est avec lui que tu as des souvenirs. Ici, il ne te reste qu'à les construire ! »

Rentrés les uns et les autres par des chemins différents à la Bourdette, ils se retrouvèrent à l'ombre des platanes centenaires à l'heure où les coqs chantent. Le temps de dételer les bêtes et, après s'être passé un peu d'eau sur les mains, dehors, à la pompe, les quatre hommes montèrent l'escalier, fatigués du labeur matinal, et s'assirent autour de la table rectangulaire dans la grande salle de la Bourdette, dans le raclement des bancs que l'on pousse et que l'on repousse pour glisser ses jambes. Honoré, comme d'habitude, leur servit un bon verre de vin frais du pichadou que Toinette avait rempli à la cave, juste avant leur retour, pour les défatiguer. La grande comtoise marqua une heure dans le bruissement des conversations qui allaient bon train. En silence, Toinette poussa devant eux le « toupis » de soupe brûlante. Elle en souleva le couvercle et y plongea une louche de fer terni par les ans. Une odeur de chou et de graisse d'oie parvint à leurs narines, accentuant dans leur estomac creux l'impression de faim dévorante. La grande porte s'ouvrit alors et Honoré tourna la tête. Dans l'embrasure se découpait une silhouette malingre et quelque peu dégingandée.

« *Ah ! Es arribat, pitchou* », fit-il à son adresse, tandis qu'un large sourire illuminait son visage.

Julien leva les yeux. Le garçon ne devait avoir qu'une douzaine d'années mais sa taille était déjà haute pour son âge. Il avait l'allure de ces gosses qui avaient commencé à grandir trop vite, comme les asperges montées en graine. De sa culotte courte émergeaient deux jambes maigres aux genoux cagneux. Ses bras étaient démesurés par rapport à son torse resté court. Ils pendaient le long du corps en serrant une giberne de cuir sombre et râpée qui avait dû appartenir précédemment à un douanier ou à un soldat. Le visage, demeuré enfantin, était parsemé de taches de rousseur qui se mélangeaient à une acné naissante. Dans les orbites, mangées par deux grands cernes que la poussière de la route venait de souligner un peu plus, les yeux vifs brillaient d'une lueur noire, celle de la flamme du savoir qui habitait désormais le collégien, pensionnaire à longueur de semaine chez les sœurs de Nevers, à Mirepoix. Julien le regarda fixement. Une boule lui noua la gorge. La faim qui lui creusait le ventre le fragilisa un peu plus et il demeura incapable de prononcer une parole. Il se dressa dans le silence des autres et en deux pas fut face à lui. Il le contempla une longue minute, le toucha puis l'étreignit. Il avait quitté un gamin, il retrouvait un adolescent. Il était presque aussi grand que lui désormais. L'émotion le submergea comme une vague sur une plage abandonnée. C'était Paul, c'était son frère…

« Allez, garçons, à table !… fit soudain Toinette avec une autorité peu coutumière. Vous aurez bien le temps de parler plus tard… »

Les autres, après un moment de silence, avaient repris leur traditionnelle conversation, coupée d'exclamations et de rires clairs. Honoré tapota simplement l'épaule de Julien, puis lui adressa un clin d'œil comme pour lui dire : « Tu vois, je te l'avais bien dit qu'il arriverait, ton frère ! » Paul avala sa soupe avec une rapidité qui lui laissait à peine le temps de respirer. De temps à autre, il regardait Julien en déglutissant de grandes cuillerées pour replonger une seconde plus tard le nez dans l'assiette, tout entier à sa garbure consistante qu'il absorbait bruyamment, entrecoupant chaque lampée de grands glups sonores. À peine eut-il fini qu'il tendit de nouveau son assiette pour que Toinette, restée debout, le resserve. Les autres le regardaient, amusés de sa fringale, spectacle qui se répétait à chaque retour.

« Les curés sont toujours aussi pingres, à voir comme tu dévores, fit Jeannot, qui ne portait pas les ecclésiastiques dans son cœur et affichait vis-à-vis de la religion un scepticisme moqueur.

– Pauvre petit ! C'est pas malheureux, de nos jours, de les nourrir aussi mal, renchérit le deuxième commis, Mathieu, un petit noiraud aux cheveux coupés ras, en brosse, qui était toujours de l'avis de ce qu'avait dit son voisin.

– Heureusement que je lui donne quelques sous pour cantiner. Sinon, il mourrait de faim, fit Honoré, qui partageait la même prévention contre les gens d'Église.

– Pourquoi tu le laisses là-bas, alors ? demanda Jeannot.

– Eh, que veux-tu, c'est le seul collège qui soit proche et puis, pour le latin et le grec, ils sont pas mauvais. »

Toinette, après l'avoir resservi, posa affectueusement sa main sur l'épaule du petit, d'un geste protecteur, comme pour lui signifier de prendre son temps cette fois. Elle l'aimait, ce pitchou, qu'elle avait recueilli deux ans auparavant, après le décès dramatique de son butor de père alcoolique. Pour elle, il était un peu l'enfant qu'elle n'avait pu avoir et que sa féminité aurait tant désiré. Les deux frères ne se quittaient pas des yeux, l'un n'osant interrompre l'autre, se promettant par des regards brefs et intenses mille et une confidences ultérieures.

Toinette avait confectionné un clafoutis avec les premières cerises encore pâlottes qu'un bigarreau précoce situé juste derrière la maison, à l'abri d'un bosquet d'acacias, donnait généreusement. L'arbre était majestueux et, malgré les « effaroucheurs » disposés dans ses branches, les merles s'y servaient copieusement. C'était pourtant l'un des postes de chasse de prédilection des deux chats de la ferme au poil tigré, Fifi et Mounette, deux « estafiers » toujours à l'affût d'une proie à cravater car on les nourrissait peu, histoire d'encourager leur instinct naturel de chasseur. Seule une assiette de lait venait récompenser de temps à autre leur capture mais le reste du temps, ils devaient se débrouiller par eux-mêmes. Le gâteau de Toinette était moelleux et les fruits juste caramélisés d'une fine couche de miel avaient gardé tout leur parfum et leur croquant. Honoré s'amusa de voir les garçons retendre l'assiette. Toinette avait la bonne main pour la cuisine et personne ne trouvait jamais à redire à ses préparations. Ayant été placée très jeune dans un hôtel de Mirepoix, elle avait acquis le savoir-faire d'une longue lignée de cuisinières au contact de la clientèle variée des marchands de bestiaux et de commis voyageurs souvent difficiles et blasés.

« Viens », dit Paul à Julien, la dernière bouchée avalée, en le prenant par la main.

Il l'entraîna dehors en dévalant l'escalier à toute vitesse au risque de se tordre une cheville, dans le claquement sec des sabots de bois sur les pierres usées, peu habituées à une telle cavalcade. À l'âge où les années paraissent longues, leurs deux ans de séparation leur semblaient des siècles. Il l'amena jusqu'à un pailler tout fraîchement dressé, à gauche de la maison, il s'y laissa tomber en jetant à son frère, dans un souffle, un simple « Raconte… » pour amorcer leurs vraies retrouvailles. Là, contre la meule de foin qui exhalait toutes les promesses de l'été, Julien fit le récit de tout ce qu'il avait vécu depuis le départ précipité de Loupia. Paul, tout en taillant machinalement un bout de bois de son couteau de poche à bout rond, buvait ses paroles, l'interrompant parfois d'un mot pour lui faire préciser un détail mal compris. Le long périple de son frère aîné, son aventure parisienne, le monde de l'usine Duchaussoix, la manière dont il avait survécu à la guerre, au siège et à la Commune, sa fuite de Paris, tout cela le fascinait.

« Et toi ? » demanda Julien à la fin de sa narration.

Pour Paul, les choses de la vie avaient été plus calmes. Jean Bénazet, le « païre », celui qu'on appelait « Taychou » au village, s'était assez facilement laissé convaincre de le placer, comme le conseillait maître Costesèque, dans un domaine viticole. Son œil torve d'alcoolique patenté avait vite fait le calcul : le petit allait bientôt sur ses onze ans et là, il gagnerait un peu d'argent ou en tout cas il en coûterait moins à nourrir, ce qui lui en laisserait plus pour boire… L'affaire n'était pas si mauvaise ! Ainsi, Paul avait atterri à Pauligne, un village arrosé par le Blau, à cinq kilomètres de Limoux, dans la famille Viguier, où l'on produisait de la blanquette comme dans tout le pays.

Paul conservait de cette époque un assez bon souvenir. Le père, Léon, était un propriétaire aisé qui, la cinquantaine venue, ses filles étant bien casées, se souciait moins que d'autres de faire de l'argent que de profiter des bons moments de l'existence. La moustache épaisse, poivre et sel, qui lui barrait le visage, lui donnait l'air de ce qu'il était, un brave type à la bouille ronde et fleurie. Il avait accueilli le petit Paul avec cette bonté naturelle qui le caractérisait, sans chercher à tirer profit de cette main-d'œuvre bon marché. Ainsi, bien souvent, au lieu de l'envoyer avec un bigou dans les vignes, il le laissait de longues heures aux bons soins de sa sœur aînée, qui lui inculquait ce que la fréquentation irrégulière de l'école de Loupia n'avait pu lui faire acquérir. Le petit était vif, intelligent, il apprenait vite... En l'espace de moins d'un an, Paul eut ainsi suffisamment rattrapé son retard pour entrer en octobre 1870 à Mirepoix, chez les sœurs de Nevers, après la mort du père.

La vie à l'internat était rude. On y mangeait mal, les punitions étaient nombreuses et souvent injustifiées, les sœurs sévères et rébarbatives. Les façades du pensionnat étaient comme l'horizon des jours d'études, tristes et mornes. Seule la perspective des retrouvailles tous les quinze jours avec l'oncle Honoré et Toinette, sa nouvelle famille sur la terre de la Bourdette, adoucissait la monotonie ambiante. Paul lui raconta tout. Parfois, des silences s'installaient entre les deux frères mais les regards alors tenaient lieu de confidences. Honoré les laissa tranquilles, conscient qu'ils avaient du temps à rattraper, des secrets à partager. Il partit faire la sieste, laissant Joseph et Toinette faire un peu de ménage dans la maisonnette des Sarda où les vies écoulées avaient accumulé la poussière de l'histoire passée tandis que les araignées tissaient leurs savantes constructions. Quand quatre heures sonnèrent au clocher de l'église, Paul sauta prestement sur ses pieds et s'enfuit en courant pour ne pas rater la messe qu'il devait servir. Le curé, le père Bertrand, avait la main aussi leste que le sermon facile. Il ne s'agissait pas d'être en retard pour l'aider à enfiler son surplis de toile fine, à larges manches brodées de dentelles, qu'il endossait sur sa soutane noire. Paul repartit le dimanche, juste après les vêpres, mais, cette fois, le cœur beaucoup plus léger que d'habitude. Les jours allaient désormais s'écouler à un autre rythme. Il avait retrouvé son frère.

Juin passa très vite pour Julien et Joseph dans l'apprentissage des premiers gestes de ce nouveau métier. Jeannot et Mathieu, les commis, leur servaient de tuteurs et souvent de complices. Honoré conseillait, expliquait, inculquait l'amour de la terre et du raisin. Julien avait retrouvé une vieille enclume usée et, avec un bon marteau, il prenait goût à rafistoler de vieux cerceaux de barrique pour leur redonner une deuxième jeunesse. C'était tout ce qu'il pouvait apporter de plus à son travail dans les vignes, sa manière de faire plaisir à Honoré avec qui il construisait jour après jour ce qui n'avait jamais été possible avec son père, « Taychou ». Toinette, elle, leur mitonnait des petits plats avec trois fois rien, faisant appel à tout son savoir-faire. C'était délicieux et les hommes fourbus ne se plaignaient pas, bien au contraire, de voir l'ordinaire ainsi se renouveler. Le soleil faisait mûrir les grappes, éclaircissant les grains dans la concentration du sucre. Les vendanges seraient prometteuses. Un vent nouveau soufflait sur la Bourdette, le vent de la jeunesse et de l'espoir.

Paul venait tous les quinze jours et la fin juillet libéra enfin l'écolier de son bagne scolaire pour deux mois de grandes vacances. C'était l'été de ses treize ans. Il venait de passer avec succès ce tout nouveau certificat d'études primaires que le ministre Victor Duruy avait institué en 1866 sans le rendre encore obligatoire et que les sœurs de Nevers avaient cru bon d'organiser dans leur établissement pour redorer un peu le blason défaillant de leur pension. Paul savait qu'à la rentrée il affronterait cette fois la grande ville, Toulouse, un monde qui lui paraissait bien inquiétant mais que les expériences de son frère relativisaient un peu, les soirs d'euphorie.

Les religieuses de Mirepoix, au vu de ses excellents résultats, lui avaient fait miroiter une place dans un prestigieux établissement : le collège

Sainte-Marie, ouvert dans la Ville rose depuis une vingtaine d'années, juste derrière la basilique Saint-Sernin et tenu par les bons pères jésuites, actuellement en négociation pour acquérir la propriété du Caousou, appartenant pour l'heure au chanoine de Vaillac. D'une superficie de huit hectares, elle leur permettrait de s'agrandir et de construire ainsi un établissement à la mesure de leurs ambitions. Honoré n'était pas très tourné vers la religion, mais pour ce qui est des études, il faisait confiance au clergé. Les bonnes sœurs auraient pu garder Paul plus longtemps mais il était si brillant !... Honoré n'avait pas beaucoup hésité. Certes, le collège toulousain était plus onéreux mais le petit méritait ce qu'il y avait de mieux. Il avait à cœur de faire pour Paul ce qu'on n'avait pu faire pour lui-même dans sa jeunesse. Sa décision fut vite prise : le petit irait étudier à Toulouse et tant pis s'il ne rentrait qu'aux vacances de Noël cette fois.

Pour Paul, ce fut un été merveilleux, au cœur des vignes, en compagnie de son frère, aidant de son mieux tout le monde. À l'heure de la sieste, quand le soleil haut dans le ciel limpide des Pyrénées écrasait tout, ils s'échappaient parfois pour braconner quelques truites dans le Douctouyre qui serpentait après les gorges de Péreille, aux limites du Mirapicien, du pays d'Olmes et de celui de Foix. Là, à quatre pattes, les pieds dans l'eau vive, précautionneusement, sans faire rouler les galets du ruisseau, ils s'approchaient en gestes mesurés des belles mouchetées qui, tels des fuseaux noirs immobiles, se chauffaient au soleil dans le frétillement régulier de leurs nageoires caudales. Doucement, ils plongeaient leurs mains dans l'eau froide et oxygénée puis, après leur avoir gratté le ventre pour ne pas les effaroucher, ils les faisaient sauter prestement sur l'herbe de la berge dans une gerbe d'éclaboussures qui jaillissait comme leurs rires à gorge déployée.

L'insouciance recommençait à habiter Paul et, sans compter les jours, il n'avait nulle envie de voir la rentrée approcher. Passé le 15 août, le temps se gâta un peu : les orages se multiplièrent, surtout en fin de journée, dans le fléchissement irréversible des températures. Les Pyrénées résonnaient longuement de l'écho du priboul qui courait de crête en crête. On devinait à de multiples signes que le temps des vendanges approchait. À partir du début septembre, les vignerons suivaient jour par jour la maturité des grappes et toutes les énergies étaient absorbées par la préparation du matériel nécessaire à la nouvelle cuvée. C'était un mois intense, dans l'attente lancinante de la publication du ban traditionnel pour débuter les vendanges, une pratique qu'Honoré contestait pour sa rigueur administrative imbécile, arguant que toutes les vignes ne mûrissent pas en même temps et que le lot commun allait à l'encontre de l'intérêt particulier.

À l'entrée du village d'Engraviès, assis sur un banc fait de deux planches disjointes, patinées par les ans et posées à cheval sur deux grosses pierres, Jean Rescanières et sa femme contemplaient la route où les poules s'ébattaient paisiblement comme à l'accoutumée. Ils regardaient de leurs yeux bleus délavés de souvenirs les dernières images du spectacle de la vie. Le soleil déclinait par-dessus les collines d'Arvigna et cette fin septembre laissait enfin respirer les hommes dans la douceur du soir quand la fraîcheur descendait des Pyrénées toutes proches. Habillés toujours à l'identique, quelle que soit la saison, lui coiffé de son éternel chapeau noir de paysan, elle, les cheveux dissimulés dans un fichu de la même couleur, les Rescanières étaient vieux, tout tassés sur eux-mêmes, comme ces tas de chiffons qui hantent les remises à la nouaison des poutres maîtresses et dont nul ne sait à quoi ils peuvent servir désormais. Lui, les quatre ou cinq tours de ceinture de flanelle ne suffisaient plus à tenir ses pauvres reins que cinquante ans de travail dans les vignes, à chausser et déchausser inlassablement, dans un sens ou dans l'autre de la pente, à demi courbé sur le « bigos », cette fourche d'ici, lui avaient définitivement brisés au point de le faire marcher désormais à angle droit. Elle était tout aussi cassée par les ans, devenue une ménine tout juste capable de donner un peu aux poules, contrainte de s'appuyer sur un bâton, ses deux mains noueuses et déformées de rhumatismes cramponnées à son tuteur de vieillesse.

Une voiture à cheval transportant garçons et filles arrivait en chantant. La « grelottine » de l'équidé, chamarré de rubans, tintait de son bruit cristallin, accompagnant la ritournelle des jeunes voyageurs. Ceux-là, à leur accent, ne devaient pas venir de très loin, peut-être de la vallée de l'Ariège toute proche. D'ailleurs, ils ne semblaient pas bien fatigués et leurs vêtements n'avaient pas encore cette couche de poussière qui trahissait les longs voyages. La voiture stoppa devant les vieux dans le « Hooo !... » du conducteur tirant sur les rênes.

« La ferme de la Bourdette, c'est par ici ? demanda le cocher.

– C'est là que vous allez ? questionna Rescanières.

– Oui, on a été embauchés par M. Bénazet, répondit une jeune fille dont le teint clair contrastait avec la peau hâlée des autres. On commence par chez lui pour la saison des vendanges.

– Alors, vous y êtes presque. Derrière le cimetière, la « carretière » qui monte vous y conduira.

– Merci bien ! *Adissiats*...

– *Em al tems de los besenhos, les estournils soun arribats*... Nous sommes au temps des vendanges, les étourneaux sont arrivés », dit le vieux Rescanières à sa femme en désignant les jeunes dont la voiture repartait, comparant l'arrivée de cette main-d'œuvre saisonnière aux oiseaux friands de raisin qui s'abattaient sur les contrées viticoles.

Derrière la voiture, dans le pas lent du cheval qui martelait les cailloux de la route, un nuage de poussière se forma, vite emporté par le vent du soir. Un quart d'heure plus tard, l'attelage aborda la montée vers la côte de la Bourdette. Julien était devant la ferme. Il était en train de nettoyer les barriques devant la porte de la cave, bâtie en belle pierre taillée que l'oncle Honoré se plaisait à appeler le chai parce qu'il trouvait que ça faisait plus grand domaine. Avec de l'eau chaude que lui portait Joseph à pleins baquets, il remplissait un quart des tonneaux réparés les semaines précédentes avant d'y introduire une chaîne de fer par la bonde et de l'agiter en tous sens pour qu'elle décape bien les parois noircies de la cuvée antérieure, nettoyage indispensable à l'accueil de la nouvelle vendange. Dans sa sarabande effrénée, la chaîne mettait le bois du tonneau à vif, le rendant propre en détachant le tartre boursouflé et peu adhérent qui, s'il s'était mélangé au vin, lui eût donné mauvais goût.

La chaîne de fer à angle, retenue à l'extérieur par un taquet de bois en travers de la bonde, était longue d'un bon mètre, juste le nécessaire pour ne pas s'emmêler entre les douelles. L'opération, en elle-même simple, réclamait plus de vigueur et d'agilité que de force brutale. C'est pour cette raison qu'Honoré avait estimé que Julien s'y entendrait bien. La chaîne devait remplir son rôle de fouet, battre librement, tel un diable dansant dans les profondeurs de l'enfer. Cela faisait un bruit sourd, presque d'outre-tombe, qui résonnait à l'intérieur des parois du tonneau vide pour s'échapper, lugubre, par le trou de la bonde. De temps en temps, entre deux sarabandes, Julien faisait rouler le fût sur deux courts chevrons de bois afin de le vider de son liquide chargé de particules en un gargouillis qui dégobillait à gros bouillons des profondeurs noires de la barrique. Puis Julien plongeait son nez dans la bonde pour sentir longuement la futaille et y déceler les traces d'odeurs suspectes. Si les tonneaux, après ce traitement, restaient douteux et aigris, ils faisaient l'objet, ultérieurement, d'un rinçage particulier avec une dose de vingt-cinq centilitres d'acide sulfurique, soigneusement mesuré dans une pipette en verre épais par l'oncle Honoré lui-même qui se réservait cette délicate opération. Et si, encore après, le doute demeurait, c'est à l'herminette et au rabot que les commis les sonderaient avant de décider finalement s'ils étaient propres à la conservation du vin.

L'oncle Honoré avait montré la technique à Julien. Il fallait de la méthode, de la flexibilité dans le poignet, du nerf dans le mouvement de la chaîne. L'opération était longue et fastidieuse à cause du nombre important de tonneaux à traiter. En plus, une fois ce travail fini ici, il leur faudrait procéder de même à Poumarède, où une grange en pierre servait de chai secondaire.

« *Boulègue, boulègue, pitchou !* » lançait Honoré pour encourager Julien dans son ardeur juvénile.

Chaque barrique propre était ensuite roulée jusqu'à un angle de la cour pour sécher, la bonde en bas, sur deux rails de chevrons. Pour gagner de la place, Julien les entassait sur deux niveaux, la rangée supérieure posée en quinconce sur la précédente. Là, elles attendraient quelques heures, puis, après égouttage, ils pourraient alors procéder au méchage : une bande de soufre enflammé, retenue par un bout de fil de fer, serait introduite par la bonde, ensuite promptement fermée pour que les vapeurs produisent leur effet curatif sur le bois désormais propre.

C'était un ballet bien réglé où chacun, connaissant son rôle, vaquait à sa tâche, économe de ses gestes comme de sa parole, dans le seul silence du vent qui soufflait une bise rafraîchissante des Pyrénées toutes proches. Honoré sortait les barriques en les roulant dans le raclement des cerceaux de fer sur la terre battue, Joseph ne faisait qu'un chemin, portant les paquets d'eau chaude de la cuisine à la cour, et Julien remuait les fûts en tous sens, les veines du cou contractées par l'effort. Les commis, d'ordinaire préposés à ce travail les années précédentes, avaient été envoyés dans les vignes procéder à un léger effeuillage, opération déconseillée d'habitude, sauf cette année, la pluviosité ayant ralenti de façon excessive la maturation des grappes.

« Holà !... » cria le conducteur de la charrette en tirant sur ses rênes avant de tourner la manivelle placée à sa droite qui bloquait le patin de bois contre le cerclage en fer de la roue, et servait de frein.

L'attelage s'arrêta doucement. Le cheval, une solide et placide bête de labour, peu habituée à ces longs trajets, secoua la tête en faisant tinter la « grelottine » qui était suspendue à son collier. Finaud et Mirette, les chiens, le poil hérissé, babines retroussées montrant les dents, donnaient naturellement de la voix devant l'intrusion de ces étrangers dans leur univers immuable. Rendus prudents par l'accueil sonore et vigoureux qui leur était réservé, les jeunes gens sautèrent de la carriole en restant sur leurs gardes. En bons fils de paysans, ils savaient par expérience qu'il faut attendre que le propriétaire rappelle ses bêtes pour s'avancer – faute de quoi, sûrs de leurs droits canins et gardiens patentés de leur territoire, on s'exposait à se faire mordre sans ménagement par les farous et les bâtards.

Ils demeuraient groupés sous les aboiements des chiens qui montraient les crocs. Julien s'était arrêté de secouer ses barriques. Le torse à demi redressé, il s'était retourné pour contempler les nouveaux arrivants. Il les observait lentement, les détaillant de son œil habitué à juger la force des travailleurs. Ils avaient l'air solide, ces gaillards, et la route n'avait pas, semblait-il, attaqué leur entrain et leur bonne humeur. Joseph cria et les chiens se turent, permettant au groupe de se desserrer enfin. C'est alors que Julien aperçut la fille au teint clair. Elle détonnait dans le groupe des noirauds. Son port altier, des yeux bleus inhabituels pour le pays et des pommettes saillantes la rendaient différente des autres. Elle perçut son regard, le soutint un instant, sourit, puis baissa les yeux. Pour Julien, ce fut une révolution, une bouffée de chaleur l'envahit et, sans qu'il se le formulât, il éprouva une subite attirance au point de rester bêtement « pité », sans réagir, la chaîne à la main, tandis qu'Honoré marchait vers eux pour les accueillir.

Les nuages bourgeonnaient dans le soleil en des reflets moirés. Pour les gens de Dun et d'Engraviès, le temps des vendanges avait sonné et pour Julien, Joseph et Honoré, c'étaient les vendanges de l'espoir, les vendanges du renouveau…

Les saisons de la vie

VIII

Les saisons de la vie

Le soleil venait de passer derrière la crête qui abritait la Bourdette, rendant la douceur du soir encore plus agréable. Honoré serra la main de tous avec un mot aimable pour chacun. Il y avait déjà plusieurs saisons qu'il employait ces groupes de jeunes gens venus des vallées adjacentes à celle de l'Ariège. Ils revenaient régulièrement chaque année, désormais, les uns ou les autres, frères ou sœurs, souvent cadets, pour gagner quelques sous en se louant les deux ou trois semaines que duraient les vendanges. Après avoir fait les présentations, celui qui était le plus âgé et qui jouait le chef s'entretint avec l'oncle Honoré pour savoir où ils allaient commencer le lendemain, chez qui on se rendrait ensuite. L'oncle s'était entendu avec les vignerons du voisinage : selon les vignes et les cépages, il était convenu qu'ils devaient se succéder en une alternance savante et compliquée chez Pierre Moulis, chez Jeanne Anglade, puis chez

Marcel Pons, Louis Déjean et André Laffont. Ils iraient, logés, de maison en maison, selon la proximité des pièces à vendanger. Chacun paierait le salaire du jour.

Faisant tourner la grande roue de fer de la pompe asthmatique qui puisait l'eau, Honoré les invita à se rafraîchir puis à monter à la maison pour manger la soupe. Tandis qu'il finissait de nettoyer sa barrique, le grand Jeannot s'approcha de Julien, lui donna un coup de coude pour lui glisser, l'œil pétillant de malice : « *Es poulit, la drôllo...* » en désignant la jeune fille au teint clair qui avait troublé Julien.

Il haussa les épaules sans répondre, se sentant découvert. Julien acheva de vider le fût en un borborygme liquide pour aller le ranger, finalement, aux côtés des autres sur des chevrons où il finirait de s'égoutter dans un coin de la cour. Il suspendit la chaîne de fer à un clou fiché dans le mur et, après s'être lavé les mains à la pompe, monta à la maison rejoindre les autres. Pendant tout le temps où ils furent à table, placé presque en face d'elle, il la dévisageait quand elle baissait les yeux mais détournait le regard quand il rencontrait le sien pour éviter de rougir jusqu'à la pointe des oreilles. Il admira furtivement la grâce de son cou, la courbure délicate de son nez et l'intensité du regard bleu qui l'attirait comme un aimant au point d'en oublier de manger et de rester bêtement, la cuillère suspendue à mi-chemin entre l'assiette à calotte et la bouche à demi ouverte.

Les jeunes vendangeurs étaient tous un peu fatigués, s'étant levés plus tôt que d'habitude pour ne pas perdre toute la journée de travail chez eux, malgré le voyage à entreprendre. Aussi, le dîner avalé, les garçons partirent dormir dans la paille de la grange sans autre formalité, tandis que les filles avaient droit à un coin du grenier de la maison, plus intime, que l'on avait débarrassé pour la circonstance.

Julien dormit dans une alternance agitée de visages de femmes. Celui de Marie, souriante et cajoleuse, se superposait à celui de l'inconnue dont il ne savait rien mais qui le troublait tant. Il se réveilla plusieurs fois, en nage, cherchant d'une respiration haletante l'apaisement intérieur. Quand la grande comtoise sonna cinq heures, il rejeta les draps moites de sueur. Septembre était encore chaud, en Ariège, et les maisons emmagasinaient assez de chaleur le jour pour la garder la nuit malgré la fraîcheur descendant des montagnes. Toinette était déjà debout. Elle avait allumé le cantou pour faire chauffer de l'eau et une petite flamme claire dansait entre les chenets, faisant scintiller les diamants noirs de l'âtre. Dans la pièce à côté, on entendait Honoré qui s'agitait. Julien se hâta d'avaler un bol de chicorée. Il préférait être dehors quand les filles apparaîtraient, histoire de ne pas paraître mal à l'aise, surtout face à celle qui avait le teint clair.

Cinq heures et demie n'avaient pas encore sonné à l'église de Dun quand Honoré apparut sur le perron. Il descendit lentement les marches, lui adressa un signe de la main et alla réveiller la jeunesse qui ronflait paisiblement dans la grange. L'aube, laiteuse, s'éclaircissait. Le ciel se dégageait peu à peu de l'ombre de la nuit. Il promettait d'être limpide et annonciateur d'une belle journée d'automne, idéal pour débuter les vendanges. La veille, une dernière inspection des vignes avait permis de déterminer où l'on commencerait : la petite pièce de Fontgrive, un mouchoir de poche bien exposé sur le coteau au soleil levant et qui séchait vite. Les deux paires de bœufs, attelés, leur charrette garnie de comportes, n'avaient plus qu'à transporter tout le monde sur place.

On démarra comme d'habitude à six heures pour ne s'arrêter que douze heures plus tard. Quelques voisins étaient naturellement au rendez-vous en renfort, à charge pour ceux de la Bourdette de leur rendre la pareille quand viendrait leur tour. Honoré avait réparti les rôles avec sa longue habitude. Le grand Jeannot serait le coupeur, le « coupaïre », celui qui donnerait la cadence. Joseph serait porteur en compagnie de Pierre Moulis, solide comme un roc, qui n'avait pas son pareil pour porter la hotte. Les autres, pliés en deux, iraient par rangs de huit, le panier en bois à la main, cueillir les grappes au sécateur pour ne pas abîmer les souches là où certains utilisaient encore la serpe. Louis Déjean et André Laffont restaient fidèles à la « desca », cette corbeille ronde, en bois léger, qu'ils portaient une fois pleine sur la tête avec un « cabessal », un sac de toile de jute ficelé en boudin pour amortir le poids. Les cépages rouges ouvraient le bal des vendanges, les blancs suivraient plus tard, dans une dizaine de jours, en fonction de la maturité.

Quand les ramasseurs avaient rempli leur panier, ils appelaient le porteur pour vider leur cueillette dans la hotte accrochée à son dos par deux épaisses sangles de cuir bruni. À lui d'aller déverser son chargement dans le fouloir, cette grosse caisse de bois épais flanquée d'une manivelle en fonte dont l'usage commençait de se répandre dans les campagnes. Honoré n'égrappait pas sa vendange, prétendant que le bois de la grappe qui portait les grains améliorait la qualité et la conservation du vin. Toutefois, Jeanne Anglade avait pour tâche d'ôter d'une main leste les feuilles et les « branquets », ces morceaux de rameaux, avant que les cylindres de fer crénelés n'écrasent grossièrement le raisin en laissant couler jus et grains éclatés dans la comporte située en dessous. On foulait sur place et, quand les comportes étaient pleines, le chariot partait à la ferme pour le cuvage, dans le « hi » qui faisait démarrer les bœufs, deux ou trois vendangeurs assis à l'arrière, les jambes pendantes, pour décharger le tout dans le chai de la Bourdette. C'était un ballet bien réglé, simplement entrecoupé d'une pause casse-croûte vers dix heures, du repas de une heure, puis d'une collation prise vers quatre heures, le tout arrosé d'abondance du vin de l'année passée.

Les vendanges étaient à la fois souci et récompense : tous craignaient que l'orage ne vienne les contrarier, gâcher le travail accompli. Mais elles étaient aussi l'aboutissement des promesses de l'année, les efforts consentis au fil des jours et des mois pour que la récolte soit la meilleure possible. Ici, comme ailleurs en Languedoc, en Bordelais ou dans la vallée du Rhône, elles étaient un temps fort, le point ultime d'une année de peine et de labeur.

Dans le hasard des rangées, Julien se trouva à côté d'elle sans l'avoir cherché. Par-dessus les pieds de vigne, elle prit l'initiative de lui adresser la parole comme le font les ouvriers d'un même chantier dans la simplicité des relations d'un travail partagé.

« Ce sont tes premières vendanges ? dit-elle d'un ton amusé.

– Oui, pourquoi ? demanda Julien.
– Ta manière de tenir les sécateurs…
– Comment ça ? Ça se voit ?
– Tu les tiens à l'envers.
– Ah bon ! fit Julien, un peu vexé.
– Tu apprendras vite ! Moi, c'est Mathilde, et toi ?
– Julien… Julien Bénazet. »

Mathilde Tignol avait dix-neuf ans. Elle était née dans cette vallée de la Barguillère, non loin de Foix, là où l'Arget s'écoule, tel un fil d'argent, en cascades chantantes entre les pierres moussues. Elle était de ce pays où les gamins, avec deux bouts de bois, font des moulins sur le ruisseau et s'émerveillent de les voir tourner dans le gazouillis du torrent, mélodie de la douceur de vivre. Comme bon nombre d'hommes de la vallée, son père, François, dit Magne, parce qu'il habitait la métairie du même nom, exerçait la profession de cloutier. Il était employé au martinet de Cazals et trimait dur pour élever les cinq enfants qu'il avait eus avec sa femme Clémentine, native du même village que lui mais dont les origines familiales trouvaient leurs racines dans le Massif central.

Travailleur et vaillant, il complétait son salaire et les maigres revenus d'une propriété exiguë par des journées à façon, se louant au gré des circonstances dans les périodes d'activité ralentie de la forge. C'est au cours d'un de ces contrats que François Tignol avait été tué par la chute d'un arbre, laissant Clémentine avec des enfants en bas âge. La famille n'était pas riche et Mathilde usait d'autant plus les vêtements que sa sœur les avait portés avant elle, et que les deux derniers de la lignée étaient des garçons. Gamine, elle avait dû seconder sa mère dans l'éducation des petits pendant que les grands se louaient dans les champs. Si certaines veuves se remariaient, ce qui ne manquait pas de déchaîner un vigoureux charivari, sa mère, par fidélité à son défunt époux, n'avait pas voulu avoir recours à cette extrémité et se saignait aux quatre veines pour élever sa progéniture.

D'un naturel enjoué, Mathilde était une enfant rieuse, délurée même, disaient les mauvaises langues, et la fin de l'adolescence l'avait fait devenir un beau brin de fille. Sa mère ne demandait pas mieux que de la caser et les prétendants étaient nombreux mais la belle était difficile. Sérieuse et d'un tempérament peu volage, si elle appréciait l'intérêt qu'elle suscitait chez la gent masculine, elle entendait se réserver pour celui qui « la marierait » et ne pas jeter son bonnet par-dessus les moulins. L'exemple de sa mère, qui avait refusé bien des propositions de remariage, comptait autant dans sa détermination que le triste spectacle de quelques pauvres filles de la vallée qui, d'aventures en aventures, des fenaisons aux vendanges en passant par les moissons, avaient accumulé une marmaille braillante, accrochée à leur robe de burat noir.

Comme la situation modeste de sa famille n'attirait pas la rapacité des coureurs de dot, sa douceur, sa beauté étaient ses principaux mérites. Julien la trouvait plus jolie chaque matin. Il la dévorait des yeux, n'arrivant pas à détacher son regard de sa silhouette gracile. Mathilde, de son côté, n'était pas indifférente au jeune homme. Elle l'observait avec intérêt, le trouvant calme et sensible, plus fin que les autres lourdauds qui jouaient les gros bras. Il ne tirait aucune gloire de la condition de propriétaire de son oncle, il était sobre et travailleur, manifestement droit et honnête. Un assez joli garçon à qui elle plaisait sans aucun doute, mais qui, faute d'expériences féminines, était un peu timide encore… L'oncle Honoré n'était pas un méchant homme et la Bourdette était une bien belle propriété en plus… Y faire la bru ne devait pas être désagréable !

Jour après jour, au fil des rangs de vignes qu'ils vendangeaient côte à côte, une complicité se nouait sous le regard des autres qui les brocardaient, gentiment amusés de leur manège. Les soirs les rapprochaient encore quand, le travail achevé, ils s'isolaient du reste du groupe pour parler à voix basse, tandis que les autres chantaient en patois et dansaient entre eux avant de s'écrouler dans le foin de la grange, morts de la fatigue accumulée sous un soleil généreux. Paul, sans être jaloux, était un peu contrarié de voir l'intérêt que son frère Julien portait à Mathilde. Sa complicité fraternelle en souffrait. Il se sentait écarté et Joseph, s'en rendant compte, s'efforçait de le taquiner pour chasser la morosité qui l'envahissait parfois.

Mathilde attendait patiemment que Julien se déclare. Elle se contentait de lui sourire, ce qui lui adoucissait le cœur encore plus et l'incitait aux confidences. Julien lui raconta ainsi son départ de Loupia, son aventure parisienne, leur fuite éperdue d'une capitale en flammes... Elle l'écoutait attentivement, avide de tous les détails le concernant. Ce soir-là, ils avaient travaillé toute la journée à cueillir des raisins sur la côte de Coume-Rousse quand il osa lui prendre la main et la garder. Elle sut alors, sans qu'il lui dise rien d'autre, que sa vie venait de changer. On les voyait déambuler le soir, le regard brillant et un peu enfiévré, parlant doucement puis riant soudain.

Dans la journée, Julien et Joseph apprenaient au quotidien les gestes du métier : tout était nouveau pour eux qui n'avaient jamais fait les vendanges. De vignes en vignes, de charrois en transbordements de hottes, ils remplissaient les cuves, chez les uns ou chez les autres, solidarité vigneronne oblige, au rythme de une par jour pour obtenir une fermentation vineuse homogène des moûts, engouffrant comporte après comporte le raisin foulé qui exhalait une odeur sublime de fruit gorgé de soleil. Chez Honoré Bénazet, on cuvait court, c'est-à-dire en peu de temps, à marc plongeant, pour que le vin ait la plus grande « spirituosité » possible, garantie par son degré d'alcool élevé, d'une meilleure conservation. Là encore, l'oncle Honoré se distinguait des autres viticulteurs de la commune avec qui il entretenait des discussions passionnées sur les méthodes apprises à Royat et mises en œuvre ici. En effet, la plupart de ses voisins pratiquaient comme autrefois le cuvage long, souvent plus d'un mois quand lui, huit jours après, attaquait déjà la deuxième phase des vendanges, celles du temps du pressoir. Outre la meilleure tenue du vin au fil des mois, cela avait l'avantage complémentaire de pouvoir utiliser sur place la main-d'œuvre des *côlho de bendemiaires*, du groupe des vendangeurs pour la manutention fastidieuse des comportes. Sous la conduite du « ramounet », le chef recruteur et conducteur de la bande des travailleurs saisonniers, on décuvait alors pour presser dans la foulée.

Mathilde et ses compagnons étaient ainsi restés quelques jours supplémentaires pour le plus grand bonheur de Julien. Désormais, les deux jeunes gens étaient inséparables et travaillaient de concert à l'ombre des platanes séculaires où Honoré avait fait installer le pressoir, sorti annuellement du chai pour l'occasion. C'était un jeudi et, à tour de rôle, les hommes poussaient la barre de fer noire qui faisait descendre le dispositif de serrage autour d'une grande vis filetée dans le bruit du cliquet mécanique antiretour, compressant les cales de bois dur qui assuraient une pression uniforme sur la vendange. C'était l'occasion pour les plus jeunes de se faire les bras et de véritables concours de force avaient lieu dans une atmosphère chaleureuse et bon enfant. Le raisin coulait, généreux, entre les planches à claire-voie du pressoir, en une odeur enivrante de fruit fermenté qui avait déjà le goût du vin. D'un verre recueilli au bas du pressoir et qui passait de main en main, Honoré et tous les participants goûtaient régulièrement le liquide encore trouble. Chacun y allait de son commentaire. Dans un grand seau en fer, un décalitre, on le recueillait alors pour être porté au chai et mis en tonneau. On laissait soigneusement ouvert l'orifice de la bonde des vaisseaux pour éviter l'accumulation de gaz carbonique aux fâcheuses conséquences. Dans la gaieté générale, ce jour-là, Julien osa voler à Mathilde un premier baiser sans qu'elle s'en offusquât beaucoup, l'encourageant même à recommencer quand les autres avaient le dos tourné.

Ces trois semaines de vendanges avaient passé très vite pour tous. Octobre était bien entamé. Il faisait déjà jaunir les feuilles des vignes, attirant les grives et les tourdes sur la route des Pyrénées.

C'était l'occasion pour de nombreux « cassaïres » de se mettre à « l'espère » et de réaliser de beaux tableaux. Le milieu du mois vit le départ de Paul pour le collège Sainte-Marie à Toulouse. Son frère retrouvé ne rentrerait qu'à Noël. Honoré fit atteler Rosette, la jument, et la jardinière. Joseph l'accompagna jusqu'à Pamiers, où le petit prit le train pour la première fois de sa vie. Julien s'était efforcé de dissiper ses appréhensions. N'avait-il pas connu lui aussi l'aventure ferroviaire, et puis, il était convenu qu'un bon père Jésuite le récupérerait à Toulouse pour l'amener avec sa malle au collège. Paul était triste et Julien encore plus car cette même semaine avait vu aussi le départ de la « côlho » des vendangeurs et de Mathilde. Il avait beau se dire qu'il n'était plus seul désormais avec Honoré et Toinette, il avait bien besoin de la chaude présence de Joseph dont il fallait parfois chasser la morosité quand le souvenir de Marie, toujours proche, le submergeait.

« Écris-lui donc, toi qui sais…, conseilla Joseph un soir où il était d'humeur maussade et cafardeuse.

– Mathilde ne sait pas lire…, bougonna Julien en guise de réponse.

– Bah ! elle trouvera bien quelqu'un à Cazals pour la lui raconter, ta lettre…

– Oui, mais tout le monde saura alors ce que je lui dis…

– Parce que tu crois que sa mère, ses frères et ses sœurs ne sont pas au courant déjà ? C'est bien la première chose que la compagnie aura racontée pour faire jacasser les voisins ! » dit Joseph pour balayer ses objections.

Julien haussa les épaules, maudissant sa naïveté naturelle et, le soir même, se procura une plume, de l'encre et du papier auprès d'Honoré qui ne fit aucune remarque. À la lumière de la chandelle de suif, sur la grande table en bois de la Bourdette, la nuit tombée, alors que Toinette achevait de s'user les yeux à repriser un vieux pantalon en coutil, et qu'Honoré rêvassait devant les flammes du cantou, à contempler les grâces de Fifi et de Mounette, Julien, laborieusement, en essuyant bien sa plume au bord de l'encrier, trouva les mots qu'il voulait dire à Mathilde, censurant ceux auxquels il pensait souvent mais ne voulait pas voir prononcer par une bouche étrangère.

Il avait hésité sur la formule du début et finalement sa lettre commençait par « Ma bien-aimée ». Il s'efforçait de lui donner des nouvelles d'ici, répétait souvent qu'elle lui manquait beaucoup parce que c'était vrai et important à ses yeux. Il mit presque toute la soirée à écrire une page de ses doigts plus habiles à tenir un marteau de forge et maintenant un bigou qu'une plume baveuse accrochant le papier. Le lendemain, après avoir fait les étables, il guetta longtemps le facteur pour lui remettre sa lettre en main propre, comme il l'attendit les jours suivants, espérant une réponse de sa chère Mathilde. Au bout de dix jours, sa patience fut récompensée par un courrier à l'écriture inconnue, dont la lecture, mot à mot, calma ses angoisses et le sentiment d'abandon qui l'avait envahi au départ de Mathilde. Elle avait convaincu un voisin, ancien sous-officier des armées impériales, de lui tenir la plume. Le vieil homme était tout fier d'être le complice des tourtereaux car cela lui rappelait sa propre jeunesse. Mathilde acheva d'acheter son silence avec du « milhàs », cette bouillie de farine de blé noir dont le vieux soldat raffolait.

Julien sautait comme un cabri, rougissait de la tête aux pieds quand on lui demandait malicieusement s'il avait des nouvelles de la petite, mais il gardait la missive pliée dans sa chemise, presque comme un talisman, la relisant cent fois par jour quand personne ne le regardait. De semaine en semaine, alors que le vent du nord arrachait les feuilles et que le ciel des Pyrénées roulait de gros nuages gris acier, un échange régulier de lettres s'était organisé, rendant leur séparation plus facile à supporter. Ils se racontaient ce qui meublait leurs jours pour mieux imaginer l'autre. Ainsi Julien, après les premiers grands froids de décembre, lui raconta-t-il comment ils faisaient les premiers soutirages pour débarrasser le vin de sa lie bourbeuse. Julien écrivait aussi à Paul qu'il n'oubliait pas pour autant, là-bas, dans son dortoir glacé de Toulouse, sous la férule musclée des bons pères, impitoyables en latin-grec. Si Paul avait la plume bien plus facile que lui, études secondaires obligent, Julien se sentait moins gauche désormais face à une feuille de papier. Juste avant Noël, il eut la surprise de voir sur une lettre de Mathilde quelques mots tracés de sa main. Elle avait décidé son vieux voisin à lui apprendre les rudiments d'écriture que l'absence de fréquentation de l'école, trop chère pour ses parents, ne lui avait permis d'acquérir. Julien passa son doigt dessus avec émotion : c'était un peu plus d'elle...

Le 23 décembre 1871, il gelait à pierre fendre à la Bourdette. Le froid était arrivé depuis quelques jours, insidieusement, installant durablement l'hiver. Du coup, les merles s'étaient rapprochés des maisons et le travail des hommes se ralentissait pour se concentrer à l'intérieur. La glace avait voilé les vitres de la chambre de Julien, les opacifiant de givre, ce qui rendait le jour encore plus gris. Hier, ils avaient travaillé toute la journée au chai mais la veille au soir, il faisait si froid que Joseph avait dormi à côté du cantou plutôt que de rentrer seul chez lui, dans l'ancienne maison des Sarda, où personne ne lui aurait allumé le feu. Malgré la température basse de ce matin-là, Julien se leva avec entrain : son petit frère, Paul, revenait pour les vacances. Le collège jésuite fermait pour Noël et il arrivait par l'omnibus de douze heures dix-sept. Julien avait juste le temps d'atteler Rosette et d'aller le chercher à la gare de Pamiers. Presque trois mois avaient passé depuis son départ et, même si Paul avait envoyé quelques lettres, il avait hâte de le retrouver en chair et en os, de partager avec lui l'azinat, les gras-doubles ou les rouzoles que préparait si bien Toinette.

Paul arrivait juste à point pour la fête du cochon et son cortège de galantines, de fricassées et de jambonnades qui réunissaient voisins et amis autour de la grande table de la Bourdette, tous venus partager avec cette fête païenne et barbare un temps fort de l'année, créateur du trésor de la cuisine journalière. Comme pour lui faire oublier les mois de pensionnat, les versions latines et les thèmes grecs, Julien entraîna son frère dans tous les travaux de la terre auxquels, avec Joseph, les commis l'avaient initié au quotidien sous la direction de l'oncle Honoré. En six mois, le jeune forgeron était devenu viticulteur et l'ouvrier parisien, un paysan qui commençait à comprendre le patois. Bien sûr, ils avaient encore beaucoup à apprendre. La taille de la vigne qui débutait en janvier était une étape fondamentale de leur nouveau métier. Toinette chouchouta le petit du mieux qu'elle put pendant cette dizaine de jours, accumulant une profusion de petits plats si délicieux et variés qu'Honoré finit par dire en riant :

« Heureusement que tu n'es pas là tous les jours, on mangerait les vignes, sinon ! »

Durant ces vacances, Paul retrouva le plaisir de poser des pièges pour capturer les oiseaux de bon matin, tout autour de la maison. Malheur aux gourmands ! Il les appâtait d'un grain de raisin sec ou d'un morceau de pomme avant de les relever le soir. Une dizaine de victimes en avaient bien souvent fait les frais et Paul était fier de déposer le produit de sa chasse sur la grande table en bois de la Bourdette, se donnant ainsi l'illusion de participer à sa manière au ravitaillement de la famille. Un après-midi où il avait persuadé Julien de l'accompagner dans sa tournée cynégétique, le cadet osa demander :

« Et Mathilde ?

– On s'écrit…, fit Julien.

– Elle reviendra l'an prochain ?

– J'aimerais bien la revoir avant.

– Je te comprends, fit Paul, pour qui ces choses-là restaient mystérieuses. Mais pourquoi tu vas pas chez elle ?

– Ça se fait pas… Faut que les familles soient d'accord pour qu'on se fréquente. »

Les vacances passèrent bien vite et, le 2 janvier, Paul reprit la direction de son collège de Toulouse, laissant un grand vide dans la maison où son rire juvénile devrait attendre Pâques pour résonner de nouveau. Au départ du cadet correspondit l'ouverture du grand chantier de la taille qui allait durer près de deux mois, acte fondamental qui inaugurait la nouvelle année en construisant l'architecture de la récolte suivante. Jour après jour, sous la conduite de l'oncle Honoré, patient pédagogue, Julien et Joseph apprirent à conduire les ceps.

« Je taille à deux yeux francs, tu vois et comme ça, j'obtiens du quinze à vingt hectolitres à l'hectare, expliqua Honoré.

– C'est plus long que les autres, avec tous les coursons que tu laisses, remarqua Julien.

– Ici, on a le tort de tailler trop court, on martyrise la plante alors qu'il faut la laisser s'épanouir. Moi, j'espace mes bourgeons fructifères d'un cep à l'autre et j'en laisse assez pour avoir régulièrement de vingt à quarante belles grappes par cep.

– C'est aussi à Royat que tu as appris ça ?

– Oui, j'ai appris à ne pas faire de bêtises, à respecter la nature. C'est simple pourtant : plus un arbre grandit, plus il porte de fruits. Le climat et le terrain sont les seules limites à la production… »

Des deux côtés des rangs dégarnis des feuilles par le vent de novembre, les sarments taillés s'éparpillaient. Ils les ramassaient pour en faire des tas en bout de rangée, ils les ficelaient d'un cercle de fil de fer pour en constituer de véritables meules. De temps à autre, Honoré prélevait des bâtons avec lesquels il assurait le bouturage et le remplacement des ceps trop vieux. La taille se menait deux par deux, ce qui permettait, en parlant, de rendre le travail moins monotone et fastidieux. Chacun taillait son cep puis sautait celui que son voisin était en train de faire pour passer au suivant. Julien faisait équipe avec Honoré et Joseph avec le grand Jeannot. Ils étaient en train de tailler la terre du Garret, une belle pièce plantée en Mauzac rouge quand Honoré, à brûle-pourpoint, demanda à Julien :

« Et où tu en es avec la petite ?

– On se plaît bien, fit Julien, un peu mal à l'aise.

– Ça, j'ai remarqué, mais c'est du sérieux ou juste une passade ?

– On aimerait bien… enfin si vous voulez…, hésita Julien en marquant un temps.

– Quoi faire ?

– Ben, se marier, peut-être, lança Julien d'un trait.

– Ah ! tiens donc, fit Honoré. Vous en avez parlé ?

– Oui… Tu serais d'accord, toi ? demanda Julien, qui savait pertinemment que la décision revenait toujours au chef de famille.

– C'est ce que vous souhaitez, tous les deux ?

– Oui, ça te surprend ? demanda Julien.

– Tu l'aimes alors ? questionna Honoré en se grattant la tête.

– Je crois que oui.

– Et sa famille, elle est d'accord ?

– Faut lui demander…, dit Julien.

– Ça, je m'en charge mais je voudrais bien voir que sa mère s'y oppose. À moins qu'elle ne soit promise à un autre… »

L'affaire fut rapidement menée : fin janvier, l'oncle Honoré s'en remit simplement à un cousin de Toinette, natif de Foix, marchand de bestiaux de son état, donc itinérant dans son travail, pour jouer les entremetteurs avec la famille Tignol. Le contact établi, début mars, Honoré fit le déplacement à Cazals pour officialiser la demande avant que ne commence la saison où l'on aérait le pied des vignes au bigou. Il mit ce jour-là le costume noir que son beau-père lui avait fait confectionner trente ans auparavant pour son propre mariage et qui ne servait que pour les grandes occasions. Il avait l'air un peu emprunté, plus à l'aise au quotidien, les pieds dans ses sabots de bois. Pas besoin de longues fiançailles. Le calendrier agricole commandait les dates : le mariage fut décidé pour la fin du mois de juin. Comme ça, la petite pourrait faire les fenaisons chez elle et donner la main fin juillet à Toinette au moment des moissons, ici où il y avait fort à faire pour nourrir tous les hommes. Jusque-là, il leur faudrait être patients, mais, de toute façon, il y avait tant de travail, ici, à partir de la mi-avril avec les premiers soufrages contre l'oïdium dès que les bourgeons atteignaient dix centimètres...

Comme Julien avait fait sa jeunesse loin d'ici, qu'il était fraîchement arrivé au pays et que l'on était tout de même en 1872, aux portes de la fin du XIXe siècle, l'antique usage de la « rouminguèro », cette rançon exigée par le village pour le choix d'un conjoint extérieur, pratique qui tombait en désuétude, ne fut pas appliqué. La différence de condition sociale n'avait pas ému Honoré, qui se rappelait personnellement l'extrême modestie de ses origines, l'accueil de son beau-père et la chance qui avait été la sienne, trente ans auparavant, de faire un beau mariage. Il savait la petite courageuse, elle avait su se constituer un trousseau convenable et la médiocrité de sa dot serait compensée par sa vaillance et son caractère affable. La négociation entre les deux familles fut courte.

La règle voulait que la noce se fît chez la fille. Pourtant, le mariage eut lieu à la Bourdette, chez le marié, ce qui était plutôt rare pour l'époque. La situation de précarité de Clémentine Tignol face à l'aisance rurale de l'oncle Honoré avait incité à modifier l'usage. Clémentine était bien contente de marier la petite et même de bien la marier. Elle s'était renseignée sur les espérances que l'oncle représentait. C'était pour elle inespéré. Mais la petite était si jolie... L'oncle Honoré avait voulu un grand mariage pour celui qui ici aurait toutes les chances un jour de lui succéder, Paul, le cadet, appelé sans doute par ses études à un autre destin.

Aussi, passé la saison des sulfatages intenses, fin juin, sous l'égide de Toinette et d'une ou deux voisines, la Bourdette avait été préparée et décorée, pour l'occasion, de fleurs, de branchages de genévriers verts et bleus et de gerbes de blé doré, rassemblées en faisceaux. La ferme avait pris un air de fête qui contrastait avec l'ambiance du travail ordinaire de tous les jours. Quelques invités étaient arrivés la veille, logés dans le voisinage chez qui pouvait les accueillir, mais la plupart s'étaient levés bien avant l'aube pour être à l'église à onze heures le matin. Julien avait voulu inviter tous ceux que sa route avait croisés. Maître Costesèque, accompagné de sa femme et d'Ernest, avait fait le déplacement depuis Loupia, franchissant ce col du Razès qui sépare l'Aude de l'Ariège. Le père Fabre s'était excusé mais avait envoyé un cadeau, une caisse de blanquette de Limoux. Champeix avait répondu une longue lettre accompagnée d'un billet de cinq cents francs pour compléter le trousseau de Mathilde, si besoin était. La jardinière, tout comme les charrettes qui conduisirent la noce à l'église de Dun, était fleurie et enrubannée de couleurs vives, parée comme un carrosse de reine. La jument, Rosette, avait été bichonnée en tous sens, des fleurs des champs accrochées dans sa crinière.

Paul avait été autorisé à quitter le collège trois jours durant pour ce dimanche exceptionnel. Pour la première fois de sa vie, il avait mis des pantalons longs, une veste et un gilet. Honoré n'avait pas rechigné à la dépense. Il avait tant grandi cette année que le costume, pris assez large, lui servirait peut-être jusqu'à ses dix-huit ans. Chacun avait d'ailleurs sorti pour l'occasion ses plus beaux atours. Les femmes étrennaient des chapeaux ornés de rubans chatoyants. Mathilde avait accepté de se marier ici mais avait voulu que ce fût en robe blanche, une couronne de fleurs d'oranger dans les cheveux, nouveauté qui lui avait valu la réprobation silencieuse des vieilles filles du pays, gardiennes de la tradition d'alors qui voulait que l'on portât ce jour-là une robe de laine noire, été comme hiver, simplement égayée d'un châle d'indienne et de la coiffe du pays. Julien se sentait un peu gauche dans le costume tout neuf que son oncle lui avait fait confectionner par un tailleur juif de Mirepoix. À la sortie de l'église, on lança des épis de blé et du riz, symbole de fécondité pour les nouveaux mariés, et la fête dura trois jours, trois jours de mangeaille et de danses…

La fête dispersée, Mathilde prit à cœur son nouveau foyer et seconda Toinette, avec laquelle elle s'entendait bien, du mieux qu'elle put. D'un commun accord, elle prit en charge l'entretien de la basse-cour, le lavage du linge au ruisseau et toutes les tâches fatigantes pour la soulager à l'âge où ses forces commençaient de faiblir. Son caractère affable, sa bonne humeur rendirent son adaptation facile et rapide. Honoré lui témoigna beaucoup d'estime et d'affection, la considérant comme la fille qu'il n'avait pu avoir à cause du décès précoce de son épouse.

L'été passa comme dans un rêve : Paul était arrivé fin juillet pour les grandes vacances, convoyé par un voisin qui rentrait de la foire de Pamiers, la malle pleine de livres que lui avait valu son travail sérieux. Partout ses résultats étaient excellents et il se classait dans les premiers rangs, mais il se montrait particulièrement brillant en mathématiques et en physique, où son esprit logique trouvait à s'appliquer. L'année chez les jésuites lui avait « formé » le caractère et il entrait de plain-pied dans une adolescence studieuse, parfois un brin rebelle. Il était curieux de tout, avide de comprendre le monde qui l'entourait, passionné par le progrès dont il entrevoyait les balbutiements et se faisait volontiers discutailleur, ce qui parfois agaçait un peu les adultes. Il se rachetait de ce travers bien de son âge par une serviabilité généreuse et trouvait en Mathilde la grande sœur qu'il aurait aimé avoir. Elle le lui rendait bien et avait même réussi à lui apprendre quelques rudiments de couture, mais il préférait de loin battre la campagne, assouvissant sa passion pour tout ce qui était la chasse ou la pêche.

Le mois d'août fut radieux et le raisin se gorgeait de sucre de jour en jour, promettant des vendanges splendides. Avec Honoré, Julien parcourait les vignes sans cesse, observateur attentif de la précocité qui se dessinait. Comme il fallait faire de la place dans le chai à l'approche des vendanges, Julien suivait fréquemment son oncle quand il allait vendre le vin à Pamiers ou à Foix. On chargeait avec les commis quatre ou cinq barriques dans une charrette, on attelait Rosette pour rentrer le soir, satisfait des marchés conclus, plus avantageux que les prix du marchand de vins quand il prenait la récolte à la propriété. Paul les accompagnait rarement dans les tournées. Il n'avait aucun goût pour ces longues palabres, ces discussions interminables sur ces places publiques encombrées de volailles et de bestiaux autour d'un verre de « Bipetit » que l'on goûtait et regoûtait, comparant les mérites respectifs des différentes cuvées, arguant des caprices de la météo, de l'exposition des parcelles, du cépage, avant de faire semblant de se quitter en désaccord pour mieux revenir en fin de foire conclure l'affaire et charger la marchandise.

Aux heures chaudes de l'après-midi, Paul partait souvent, un livre dans la musette, un brin d'herbe entre les dents ; il gagnait le Douctouyre et s'installait sur une grosse pierre plate, les pieds dans l'eau, la tête dans les nuages, se gavant de récits fantastiques qui lui enflammaient le cœur et lui faisaient vibrer l'âme. Mais, passé l'heure de la sieste, il n'hésitait pas à prendre un bigou comme tous les paysans afin d'émietter sans cesse cette terre, avide de la sueur des hommes, pour favoriser l'oxygénation des racines, gage de fécondité et d'abondance.

À la mi-septembre, alors que la rentrée scolaire se profilait à l'horizon, les vendangeurs revinrent, joyeuse troupe de sans-souci, qui comptait aussi dans ses rangs quelques « boit-sans-soif ». Mathilde jouait désormais les filles de la maison, ce qui ne l'empêchait pas, le sécateur à la main, de faire sa journée comme tout le monde, cueillant le raisin sans rechigner ni se plaindre d'avoir les reins cassés. La vendange était superbe. Le vin de l'an passé se buvait généreusement à la régalade, faisant jaillir les rires clairs et fleurir les plaisanteries parfois grivoises. Il rendait les garçons assez audacieux pour pincer la taille des filles et rapprochait parfois les couples dans la tiédeur de la nuit pour des étreintes furtives. Trois semaines de labeur et la « colhô » repartait pour que la Bourdette et le pays d'Engraviès retrouvent alors le calme des jours ordinaires jusqu'à l'année suivante. Pour Honoré, la fin des vendanges, à l'approche de la Saint-Luc, signifiait enfin un peu de temps à passer à la chasse aux palombes. Il aimait attendre sous un chêne doré dans la fraîcheur du matin ou dans la quiétude du soir le passage des mythiques oiseaux bleutés. Ils déboulaient au ras des arbres, furtivement, en un frémissement d'ailes qui lui faisait palpiter le cœur d'une joie toujours renouvelée. Pour eux, il n'hésitait pas à braver les premiers jours de mauvais temps qui, avec la fin octobre, marquaient la fin de l'été indien. Il avait alors l'ardeur d'un jeune homme et ne se plaignait jamais de rentrer fourbu et crotté.

Ce soir-là, Honoré revint plus tôt que d'habitude de la chasse. La pluie avait eu raison de sa patience à guetter le passage des derniers vols de palombes sous les chênes de Coume-Rousse. Le vent aigre de cette fin novembre poussait les oiseaux comme des balles à l'abri des bois profonds. Les averses de grésil qui se succédaient lui cinglaient le visage de mille piqûres. Grelottant de froid, il s'était résigné à regagner la maison, l'oustal, avant que la nuit ne tombe sur le piémont des Pyrénées. « *Fasio pas calou, Macarel !* » répétait-il en se frottant les mains pour tenter de les réchauffer à la maigre flamme du cantou. Il avait ôté son bourgeron pour le mettre à sécher. La pluie glacée de la fin d'automne l'avait trempé jusqu'à l'os et, malgré la veste épaisse, même sa chemise était humide. Fallait-il qu'il eût la chasse dans la peau pour sortir ainsi par un temps pareil. Personne ne se serait bien sûr gardé de lui en faire la remarque, surtout pas Toinette qui savait bien quelle était la place dévolue aux femmes en ce domaine. Elle se contenta donc de lui préparer un grog bien chaud avec de l'eau-de-vie de prune et du miel, histoire de lui redonner au moins des couleurs aux joues. Puis, pendant qu'il avalait une assiette de soupe, elle garnit le moine de braises pour lui bassiner le lit car les draps, mauvais temps oblige, étaient aussi froids et humides. Ce soir-là, Honoré se coucha de bonne heure avec des frissons et une grande lassitude.

Le lendemain, il toussait par quintes qui le secouaient de la tête aux pieds, comme un pommier. Il sentait pleinement le poids de ses cinquante-six ans sur les épaules mais n'aurait jamais voulu le reconnaître. Ce n'était pas la première fois qu'il prenait un refroidissement et Toinette, le soir, le voyant toujours mal, lui prépara une tisane de petite centaurée, cette plante bisannuelle très amère. Mais la potion n'eut d'autre résultat que de lui arracher une grimace en l'avalant. Un jour de plus et la fièvre l'habitait. Il avait le front brûlant. Voyant les piètres résultats obtenus par sa médecine et à entendre sa toux d'outre-tombe, elle décida, après avoir pris l'avis d'une voisine réputée bonne soigneuse, d'avoir recours aux grands moyens : elle se procura huit limaçons gris, de vigne, les écrasa quelque peu, les lava à l'eau chaude pour qu'ils évacuent leur gourme, les fit soigneusement bouillir jusqu'à les réduire aux deux tiers de leur volume, puis recueillit soigneusement la pinte d'eau ainsi obtenue et la mélangea avec autant de lait de vache. Elle divisa le tout en deux doses qu'elle administra à Honoré, la première à jeun, l'autre à cinq heures du soir.

Las, l'état d'Honoré empirait de jour en jour et il ne se levait plus. Après avoir tergiversé, hésité, Toinette se résolut à faire appel au vieux docteur Alzieu. Il avait été médecin militaire dans les armées du maréchal Bugeaud, au moment de la conquête de l'Algérie, quarante-deux ans auparavant, et seul l'amour passionné de sa terre natale ariégeoise l'avait empêché de s'installer là-bas et fait revenir au pays depuis une dizaine d'années. En retraite, il habitait Dun et rendait service aux quelque neuf cent soixante-cinq habitants du village malgré son âge avancé. Toinette envoya donc Joseph avec la jardinière quérir le médecin, en urgence, muni de sa trousse. Le vieux disciple d'Hippocrate eut vite fait de comprendre. Le mal était profond. Honoré avait attrapé une méchante pleurésie. Seule sa robuste constitution pouvait l'aider à passer ce mauvais cap mais la médecine ne pouvait pas grand-chose pour lui. Il conseilla des tisanes expectorantes et adoucissantes pour calmer l'oppression qui lui broyait la poitrine.

Mathilde lui tamponnait le front d'un linge frais pour absorber la mauvaise sueur qui l'inondait. Toinette n'arrêtait pas de se signer et d'asperger d'eau bénite tout ce qui concernait le malade. Dans la chambre aux volets clos, la bougie brûlait jour et nuit. Julien n'avait plus de cœur à l'ouvrage, il laissait faire les femmes, se sentant inutile et dépassé en ces circonstances. Joseph passait quatre fois par jour, buvait un coup de vin, prenait longuement des nouvelles mais n'osait franchir le seuil de la chambre. La maladie d'Honoré, que pour un patron, il trouvait convenable, lui faisait peur et le renvoyait aux heures sombres de son enfance. Il gardait aux oreilles l'écho du mal qui avait emporté sa mère. Le jeudi, les femmes songèrent à convoquer le curé et laissèrent Honoré à la garde de Julien, qui tournait en rond. À peine étaient-elles parties que l'oncle l'appela :

« Viens, approche-toi…, fit Honoré avec peine.

– Ne t'agite pas tant, dit Julien.

– Plus près, c'est important… Il faut que je te dise… »

Julien s'approcha du lit. La couette blanche accentuait le gonflement du corps sous l'édredon. Allongé, la tête calée par un oreiller, Honoré Bénazet avait du mal à respirer. La flamme de la bougie sur la table de nuit s'étirait toute droite sans que rien ne vînt la faire vaciller en cette fin d'après-midi de novembre. Dans la pénombre de la pièce dont on avait clos les volets, elle accentuait les ombres sur le visage déjà gris. Julien avait compris. Le masque de la mort commençait à envahir les traits de son oncle et ses yeux se creusaient un peu plus dans les orbites sombres qui donnaient à son regard la dimension hallucinée de l'éternel. Honoré lui-même sentait que sa fin était proche. Il voulait profiter de ses dernières forces et surtout de ce qu'ils étaient seuls dans la pièce pour parler.

« Écoute, je n'ai plus beaucoup de temps… mais j'ai un secret à te confier. Tu sais, au grenier…, fit-il avec effort.

– Oui, eh bien ? demanda Julien.

– Dans le plancher, la troisième latte à droite, près du mur de la cheminée… soulève-la ! tu trouveras un gros paquet, bien cousu dans du chiffon, un peu comme on fait les jambons… tu m'entends, Julien ?

– Oui, je t'écoute, mon oncle.

– C'est mon beau-père qui me l'a confié lui-même avant de mourir. Ça ne lui appartenait pas, il ne l'avait qu'en dépôt…

– Comment ça en dépôt ?

– Il le tenait de son père, il l'a gardé plus de vingt ans et moi toute ma vie… Personne n'est jamais venu le chercher, personne ne viendra jamais sans doute… À toi de le garder. Moi, je n'ai jamais voulu y toucher mais c'est si loin déjà, presque cinquante ans, que tu pourrais considérer qu'il t'appartient…

– Qu'est-ce que c'est ? demanda Julien.

– De l'or, l'or des *Carbonari !*

– De qui ?

– Des *Carbonari*, répéta Honoré. De la Charbonnerie, en français, comme on les appelait parce qu'ils se recrutaient chez les marchands de charbon de bois, au début.

– C'était qui, ces gens-là ?

– C'est trop long à raconter dans le détail. Je n'en sais que ce que mon beau-père m'en a dit… Lui-même avait des origines italiennes. Sa mère était née Carla Bianco. Elle était de Bologne, paraît-il, arrivée en France après la campagne d'Italie…

– Et l'or est venu de là-bas ? demanda Julien.

– Je ne sais pas, dit Honoré en essayant de reprendre son souffle. Le trésor devait servir à financer une révolte, qui n'a jamais eu lieu, au début de ce siècle. Le père de mon beau-père, Jean-Baptiste, était paraît-il le trésorier du mouvement pour le Midi. C'était un ancien officier de la Ire République, un de ces volontaires de l'an II… un Jacobin farouche qui s'était installé ici après les guerres napoléoniennes en achetant cette terre de la Bourdette qui, jadis, était au seigneur de Rogles. Il appartenait au Directoire Suprême de la « Haute Vente » du sud-ouest de la France. Ça devait permettre de soulever la garnison de Toulouse, d'acheter des armes au moment utile et de prendre le pouvoir pour imposer par la force la liberté et une constitution. Mais les chefs ont été arrêtés en 1822. Lui-même, après avoir caché l'or, n'a dû son salut qu'à sa fuite en Italie. Il n'est rentré qu'en 1834, malade, et a cherché à se faire oublier… Le projet est tombé à l'eau et l'or est resté là, dans le grenier. Il l'a confié à son fils en mourant et lui-même m'a affranchi comme je le fais maintenant avant de partir. Le mot de passe était « Carignan-Savoie » mais personne ne l'a jamais prononcé.

– Quelqu'un peut venir ?

– Oh ! les *Carbonari* sont tous morts maintenant, l'unité italienne est terminée et nous, on est presque en république. Alors… il n'y a pas grand monde à attendre. Je ne voudrais pas qu'il tombe entre de mauvaises mains. C'était l'argent de la liberté, l'argent d'une cause juste…

– Tu te fatigues, oncle Honoré, repose-toi un peu !

– J'aurai bientôt tout le temps pour ça… Voilà, tu sais tout ! À toi maintenant d'assurer la relève mais personne ne viendra sûrement te le réclamer…

– Je ferai pour le mieux, fit Julien d'une voix apaisante.

– Utilise-le à bon escient. Prends dessus pour agrandir la propriété et pour payer les études à ton frère. Pousse-le, Paul, le plus loin que tu peux… À l'Université, même. Il le mérite… Tu promets, dis-moi ?

– Oui… oui. Mais moi aussi, j'ai quelque chose à te dire, dit Julien, qui sentait que pour Honoré chaque minute comptait. Je… enfin, Mathilde m'a dit qu'elle croyait qu'elle attendait un enfant, lâcha-t-il dans un souffle.

– Donne-moi la main, Julien… ! » fit Honoré en fermant les yeux, désormais apaisé et prêt à affronter une fin qu'il sentait proche.

L'oncle Honoré transpirait à grosses gouttes malgré la fraîcheur de la pièce où les carreaux s'embuaient. Il faisait un temps de fin du monde : dehors, le vent mugissait, lugubre, emportant aux quatre coins de la commune des paquets de feuilles de vigne rousses qui laissaient les souches toutes nues. La pluie giflait les volets ou ruisselait sur les carreaux avec violence. Les femmes n'allaient pas tarder à rentrer et Julien se sentait quelque peu désemparé. Honoré avait la respiration plus haletante maintenant, cherchant l'air comme ces poissons qui battent désespérément des ouïes quand on les sort de l'eau. Son regard devenait fixe, hagard, et ses yeux vitreux. La vie le quittait doucement de minute en minute et il mourut discrètement une demi-heure plus tard, alors que

Mathilde et Toinette rentraient avec le curé pour recueillir son dernier souffle.

On le conduisit au cimetière de Dun, trois jours après, quand le corps eut été veillé comme il se doit. Julien estima qu'il avait droit à un enterrement de première classe avec des draps brodés de larmes d'argent. Il fit venir le corbillard des riches de Mirepoix au lieu d'utiliser celui plus banal de la commune. L'abbé Bertrand arriva en avance. La grande salle de la Bourdette était pleine. Les hommes, tous des proches voisins, se tenaient, le chapeau à la main, en groupes. Les femmes, leurs épouses, vêtues de noir, s'étaient rassemblées près de la cheminée. Le prêtre serra quelques mains, donna quelques bénédictions générales à la ronde pendant que Toinette lui servait un canon de rouge qu'il but sans formalité pour se réchauffer avant de commencer son ministère exercé à profusion d'eau bénite, d'encens et de paroles incompréhensibles pour le commun des mortels. Les hommes écoutaient, silencieux. Les femmes se contentaient de marmonner, égrenant leur chapelet pour se donner une contenance.

Tous avaient mis leurs vêtements du dimanche pour faire honneur au défunt. Le glas sonna, au loin, lugubre, dans le vent et la pluie, donnant le signal de la levée du corps. Le cercueil descendu, le corbillard se mit en marche. Le mauvais temps redoublait. Le curé et les enfants de chœur en tête, le cortège s'ébranla, grossissant sur le trajet de tous ceux qui le rejoignaient. La croix d'argent, tenue par l'un des enfants de chœur, jetait des reflets dans les bourrasques qui faisaient courber la tête des paroissiens. L'un des gamins glissa, mal à l'aise dans son surplis de dentelle blanche. L'abbé Bertrand le releva d'une gifle alors qu'il s'étalait dans une flaque de boue. Le véhicule creusait des ornières profondes dans le chemin à l'image de la personnalité marquante du défunt. Tous étaient là, des villages de Dun et d'Engraviès. Ils suivaient à pied l'attelage, témoignage de l'estime qu'Honoré avait unanimement suscitée de son vivant. Enfin, on arriva à l'église. Les plus riches, souvent les plus pratiquants parce qu'ils avaient peut-être plus à se faire pardonner, s'installèrent devant, sur les places marquées d'une plaquette de cuivre jaune à leur nom, au premier rang. L'église était trop petite pour contenir tout le monde et beaucoup, des hommes essentiellement, étaient restés dehors, parlant à voix basse entre deux averses glacées.

Ils revinrent à la maison tout crottés des intempéries qui redoublaient, transformant les chemins en cloaques infâmes. La nuit tombait presque. Il fallut allumer la lampe à pétrole, cette nouveauté qui remplaçait depuis peu la chandelle traditionnelle dans la salle. Julien approcha les tisons du cantou pour faire jaillir une petite flamme claire et se réchauffer les mains transies. Joseph, en écartant le banc, s'assit à la grande table de la Bourdette. Mathilde poussa vers lui un pichet de rouge. Julien allait s'installer à ses côtés, là où il se mettait d'habitude, quand Toinette tira la chaise d'Honoré pour qu'il l'occupe.

« C'est ta place désormais, fit-elle simplement. Julien marqua un temps d'arrêt mais Joseph l'encouragea en ajoutant :

– C'est toi le « mestre » maintenant.

– Tu seras bien toujours à mes côtés, murmura Julien, en prenant la mesure de sa tâche.

– Oui, tu le sais bien », fit Joseph en souriant.

Une rafale de vent plus aigre cingla les volets en rabattant la fumée dans le cantou. Julien prit la grosse miche de pain noir dans le tiroir, sous la table. Il ouvrit son couteau, en tailla de larges tranches dans le crissement de la croûte qui éclatait sous la lame pour les distribuer aux uns et aux autres, comme le faisait l'oncle Honoré. Toinette esquissa un signe de croix rapide avant de poser devant eux le toupis de soupe qui s'était tenu au chaud dans la cheminée pendant leur absence. Elle trempa le pain à larges louchées de bouillon. La grande comtoise égrena lentement six heures. Julien les regarda tous. Mathilde, Joseph, Toinette... Ils attendaient qu'il commence à manger le premier. Il n'avait que vingt et un ans et ils comptaient sur lui parce qu'il était l'héritier naturel de cette propriété.

Il fallait qu'il soit digne de ce qu'Honoré lui avait appris et, en pensant à son oncle, il se sentait plus fort, comme s'il était toujours là, simplement dans l'autre monde.

Mathilde s'arrondissait doucement de semaine en semaine. Prise parfois de nausées, elle se précipitait soudain à l'extérieur pour revenir un peu plus pâle, les yeux brillants, les rassurant d'un signe de tête avant de reprendre son travail ou sa place à table. Malgré sa grossesse, elle débordait d'une énergie communicative. Julien essayait de la modérer : il lui disait bien de ne pas en faire autant mais Mathilde était du genre à ne pas se plaindre. Maintenant qu'elle était « patronne », elle se devait de donner l'exemple en tous lieux et de ne laisser à personne le soin de faire ce qu'une maîtresse de maison doit accomplir. Elle ne voyait pas en quoi son état passager l'eût dispensée de son travail et portait son linge à laver au ruisseau, là où les femmes s'agenouillent, le battoir à la main, sur la grande pierre plate. Les voisins, les commis l'avaient bien jugée. Elle était de la race des travailleuses et on oubliait au village qu'elle était venue faire la bru chez Bénazet.

À la fin de l'hiver 1873, apprenant que la veuve Jalaberte n'allait pas bien après un hiver passé à toussoter de bronchite en bronchite, Julien, qui avait pris désormais de l'autorité pour commander les tâches, se décida à lui rendre visite avant que le bon Dieu ne la rappelle pour de bon. Avec Joseph et les deux commis, ils venaient juste de terminer la taille de la vigne. Les sarments s'accumulaient en fagots liés au fil de fer en bout de rangée, formant des piles dans tout le pays. Il trouva la vieille devant sa maison, chauffant ses vieux os au pâle soleil du début de mars. Sans doute sa méfiance naturelle fut-elle endormie par la jeunesse et la candeur faussement naïve qui émanait du sourire resté adolescent de Julien Bénazet.

« Alors, mère Jalaberte, vous avez pas encore taillé votre terre, fit-il pour amorcer la conversation.

– Eh, tu vois bien que non…

– Je croyais que c'était Roumieu qui s'en chargeait comme toujours…

– Il veut plus, sauf si je lui laisse davantage de récolte ou si je lui vends la terre pour presque rien !

– C'est qu'il en a bien assez sans doute, fit Julien.

– Pourquoi tu demandes ? T'es candidat ?

– Que non ! Que non ! Mais vous allez être bien embêtée, il est bien tard pour tailler, maintenant.

– Ah ! tu l'as dit. Autant la vendre si je peux rien en tirer. Je sais bien que ça intéressait ton oncle…

– C'est normal, nos propriétés se touchent…

– Oui, mais deux hectares et demi, je sais bien ce que ça vaut…

– Oh ! ça vaut ce que ça porte !

– Qu'est-ce que tu veux dire par là ?

– Eh ! vos vignes sont vieilles !

– Je sais l'âge qu'elles ont… Moi aussi je suis vieille !

– C'est pas ce que je voulais vous faire remarquer…

– Tu veux quoi alors, me dire combien tu m'en donnes ?

– Oh ! je suis tout jeune, vous savez. Il faut que je fasse l'arrangement avec mon frère, les études coûtent cher à Toulouse et j'ai pas beaucoup d'argent. Si je vous l'achetais, je serais obligé de m'endetter…

– Tu auras toute la vie pour rembourser…

– Ça dépend combien vous m'en demandez. »

Julien se garda bien de lui révéler que son oncle lui avait laissé quelques économies, mais surtout qu'il lui avait indiqué l'existence de l'or des *Carbonari* et qu'il pouvait compter sur cette manne inespérée pour agrandir la Bourdette sans hypothéquer son bien et en faire la plus belle propriété du canton, ce qu'Honoré Bénazet avait voulu toute sa vie. Il négocia serré, joua les pauvres bougres, lui laissa croire qu'il se faisait rouler parce qu'il était jeune et inexpérimenté. Ce sentiment de victoire eut raison de la méfiance de la vieille et, quinze jours plus tard, il signait l'acte de vente chez maître Labat, juste à temps pour tailler avant que les premiers bourgeons ne commencent de poindre sur les coursons. L'oncle Honoré pouvait être content de lui. La Poumarède et la terre du Garret ne faisaient plus qu'un.

Toinette tricotait désormais d'arrache-pied pour la naissance qui approchait. Ses vieux doigts avaient retrouvé toute leur agilité et les rhumatismes semblaient l'oublier dans l'ardeur sans faille qu'elle mettait à manier le crochet ou l'aiguille. La femme Rivière, accoucheuse patentée du village, avait été prévenue, tout comme le bon vieux docteur Alzieu, qui tenait sa trousse prête pour le cas où l'on aurait besoin de lui. Le printemps avait été radieux : les attaques d'oïdium dans les vignes, faibles, et les hommes n'étaient pas mécontents des économies de soufre et de peine que cela induisait. Mais cette bonne nouvelle avait son revers : si l'année était abondante, les prix risquaient d'être médiocres et d'aucuns prédisaient que trop de production était pire qu'une gelée. Joseph, resté ouvrier de son ami Julien, était plus que tout autre sensible à ces craintes, à l'écoute des gueux de la vigne. Il savait que le malaise couvait, annonciateur des vendanges de la colère. Julien, tout en y accordant beaucoup d'attention, avait désormais d'autres préoccupations, plus proches de sa qualité de propriétaire et de futur père.

Il surveillait le ventre de Mathilde, n'osant l'embrasser ailleurs que sur le front, de crainte de déranger ces mystères féminins qu'il comprenait mal et lui étaient quelque peu étrangers. Il veillait simplement à ce que les tâches les plus pénibles lui soient discrètement épargnées. Ainsi, avec Joseph, ils se débrouillaient toujours pour qu'il y eût assez de bois à côté du cantou pour nourrir le feu sans qu'elle eût besoin de monter les bûches. Mathilde accoucha dans sa chambre le 21 mai 1873, à six heures trente du matin, après deux heures de travail, d'un beau bébé de quatre kilos deux cents qui criait fort et manifestait déjà un caractère affirmé et volontaire. Il fut prénommé Antoine, Honoré, Joseph…

Les premières palombes qui commençaient à remonter vers le nord à tire-d'aile s'en moquaient complètement. Dans l'allongement des jours ordinaires, empruntant les couloirs séculaires de leurs voyages éternels, elles étaient portées par l'autan qui dispersait les dernières feuilles rousses aux quatre vents des saisons de la vie.

Épilogue

Une silhouette de femme, légèrement voûtée par un balluchon porté sur l'épaule, avançait, malgré sa lassitude, sur la route poudreuse marquée de mauvais cailloux souvent traîtres aux pieds des voyageurs. Elle marchait cependant d'un pas soutenu, comme si la proximité du but à atteindre lui donnait des ailes et allégeait la fatigue de son long voyage. Elle s'était renseignée à plusieurs reprises, s'adressant en un français teinté d'accent du Nord, à des paysans occupés à soufrer leurs vignes, le soufflet à la main, le mouchoir sur le visage pour éviter de respirer le produit pulvérisé. Tous lui avaient fait un geste lointain pour désigner la vallée où, en amont, un ruisseau palpitait en une chanson cristalline.

Ils l'avaient regardée passer. Elle n'était pas d'ici, ça s'entendait, et sur son visage jeune, marqué par les épreuves qu'elle avait dû traverser, se dessinaient des rides précoces. Elle posait à tous la même question : « C'est encore loin, la ferme de la

Bourdette ?... » À l'entrée du village d'Engraviès, elle passa devant les vieux Rescanières, assis comme à l'accoutumée sur le banc de planches devant leur maison dont le crépi s'effritait par plaques sous la pisse des chiens qui levaient la patte contre le bas du mur. Quelques canards, quelques dindons s'égaillaient au milieu de la route dont le calme n'était troublé que par le passage épisodique des charrettes dans le bruit du bandeau de fer écrasant les cailloux du chemin.

Elle poursuivit sa route, dépassant les hauteurs de Coume-Rousse pour traverser le hameau de Saint-Pastou. Là, elle emprunta, sur l'autre rive du Douctouyre, une carretière caillouteuse qui montait en pente douce au flanc d'une soulane couverte d'un parcellaire de polyculture dominé par la vigne. Au détour d'un lacet, elle déboucha sur une belle maison à encorbellement dont la façade s'ornait d'une treille verdoyante. La cour était ombragée de platanes centenaires. Deux hommes s'affairaient devant la porte d'un chai. Ils levèrent la tête, intrigués par cette arrivée et, l'espace d'un instant, leur sang se figea. La surprise et l'émotion laissèrent Julien les bras ballants et Joseph envahi par un flot d'adrénaline qui le submergea. Il ne pouvait en croire ses yeux en regardant cette femme encore jeune mais fatiguée qui était devant lui. Il resta un moment paralysé, avant de se précipiter vers elle en répétant : « Marie, Marie... Marie ! »

Elle en avait à leur raconter, à commencer par les deux années de prison, passées dans une cellule infecte où on l'avait jetée, ayant eu la chance d'échapper miraculeusement aux fournées des abattoirs. À sa sortie, désorientée, elle avait retrouvé Champeix, qui lui avait indiqué l'endroit où Joseph et Julien s'étaient réfugiés. Elle avait désormais le temps pour ça, celui de tout oublier pour simplement rebâtir la vie auprès de celui qui l'avait précédée ici. Un bébé pleura à l'intérieur de la maison et un merle s'enfuit, à tire-d'aile, dans l'air diaphane de la fin juin, pour rejoindre le nid où trois oisillons affamés l'attendaient. Et dans le ciel, le vent chassait les nuages comme les mauvais souvenirs, dégageant l'horizon d'une vie nouvelle.

Table des matières

I	Au soleil de Loupia	9
II	Une si longue route	47
III	La fabrique Duchaussoix	87
IV	Les chemins d'espérance	127
V	Un automne d'illusions, un hiver de faim, un printemps de sang…	165
VI	Dans la paix du Midi retrouvé…	207
VII	Les vignes du renouveau	247
VIII	Les saisons de la vie	289
	Épilogue	333

Dans la même collection

Les textes de la collection Terre de poche nourrissent la mémoire collective à travers des histoires fortes, des récits de voyage, des documents historiques ou des chroniques intimes.

ALIA Josette
Le Pensionnat

ANGLADE Jean
Le Pain de Lamirand
Les Mains au dos
L'Ivraie et le Bon Grain
Le Pays oublié

BICHELBERGER Roger
Les Années buissonnières

BORDES Gilbert
Le Chat derrière la vitre

BOUCHET Maurice
Les Souliers ferrés

BOUDOU Josette
Le Printemps d'Antonia

BOURGEADE Justin
Tintinou, paysan

BOUSSUGE Micheline
Adieu lou païs

BOUTET Gérard
La Belle Ouvrage
Les Forestiers
Nos grands-mères aux fourneaux
Mémoires de femmes
Métiers insolites
Saisons paysannes

BRIAND Charles
La Batteuse

CABROL Laurent
L'Enfant de la Montagne noire
Les Disparues de la Saint-Jean

CALLEROT Geneviève
Les Cinq Filles du Grand-Barrail

CAPPEAU Marie Nicole
Le blé germe en hiver

CHAMOUX Simone
La Passe-Vogue

CHANTELAUZE Jean-Louis
Clémentine

CHAUVIGNÉ Jean
Le Secret de Marie

COATMEUR Jean-François
Des croix sur la mer

DECK Olivier
La Neige éternelle

DIMITRIADIS Dicta
Le Nid de la hulotte

ÉVRARD René
et VIELZEUF Aimé
Comme le scorpion sous la lauze

EXBRAYAT Charles
Rachel et ses amours

FABRE François
et RICHARD Jean
La Bête du Gévaudan

FEUILLERAT André
La Clef des champs

FOURNIER LA TOURAILLE
Jean-Pierre
Le Troisième Prétendant

FRONTENAC Yvette
L'Étoile rousse

GARDI François
L'Atelier du vannier

GLEIZE Georges-Patrick
La Vie en plus
Le Forgeron de la liberté

GOURGAUD Joseph
La Vallée des forges

GREMBERT Francis
Le Dernier Regain

JULIEN Henri
La Bâtisse aux amandiers

LABORIE Christian
Le Chemin des larmes

LARDREAU Suzanne
Orgueilleuse

LE ROY Eugène
Jacquou le Croquant

LIMOUZIN René
Les Cèpes de la colère

LOUTY Pierre
Léonard, le dernier coupeur de ronces

MALAVAL Jean-Paul
Les Encriers de porcelaine
La Rosée blanche

MALROUX Antonin
La Dernière Estive
Le Soleil de Monédière

MARCON Christian
Le Refus

MAURY Martial
Le Secret des Restiac

MAZEAU Jacques
Mensonges
La Ferme d'en bas

La Rumeur du soir

MOUCHEL Jean
La Robe bleue d'Hélène
Le Fils d'Hélène

NÉDELLEC Gérard
L'École de monsieur Paul

NIGREMONT Georges
Jeantou, le maçon creusois

NIQUET Gilberte-Louise
Le Destin des Vanbergh
Les Enfants du beffroi

PALET (DE) Marie
Le Sentier aride
La Tondue
L'Enfant oublié

PERRÈVE Paul
Les Galoches rouges
La Burle

PRORIOL René
Antoinette

PUIJALON Bernadette
Le Moulin des retrouvailles

REY Georges
Le Bal des sabots
La Montagne aux sabots

RIBES Georges
Les Gens de la vallée

ROSSET Jean
Les Porteurs de terre

ROUANET Marie
Nous les filles

ROUANET Marie
et JURQUET Henri
Apollonie

ROUIL Jacques
Les Rustres

ROUQUET Jean
L'Enfant de la Borie

SELO Joël
Les Vieux Démons

SORDELLI Jean-Claude
Le mal rôde

SOYEZ Jean-Marc
La Tuile à loups
Au café de l'Église

STEVENSON Robert Louis
Voyages avec un âne
dans les Cévennes

TOUPET Armand
La Bouzoute

VALETTE Paule
Les Jours derrière
la montagne
La Meule éclatée

VAN DER MEERSCH Maxence
L'Empreinte du dieu

VENTRE Julien
Julien, berger des collines

VERDIER Henri
Les Lentilles vertes

VERRIER Michel
Là où les chèvres sont pires que les loups
La Taille de la Saint-Vincent
Les Vignes du bout du monde

VIGOULETTE Daniel
Les Ombres du Léman

VITTÉ Louis-Olivier
La Servante

Découvrez l'univers de Georges-Patrick Gleize

LA VIE EN PLUS

Georges-Patrick Gleize

Raymond Lacombe est berger, comme son père, comme son grand-père. De son destin familial tout tracé, il a fait une vocation. Chaque année, pendant la saison d'estive, seul avec ses chiens, il veille sur un troupeau de brebis. Quelques-unes sont à lui mais la plupart appartiennent à Vidal, le plus gros éleveur de la région. Cette année, Raymond redescend plus tôt : un ours a égorgé plusieurs moutons et un chien. Cette décision déclenche la colère de Vidal, l'altercation entre les deux hommes se transforme bientôt en un âpre combat. Aidé par un couple de jeunes citadins en mal de campagne, Raymond découvre alors de vieux secrets derrière les pierres…

420 pages - 10,9 x 17,8 cm - 978284494483-2 - 7 €

www.deboree.com

L'ÉCOLE DE MONSIEUR PAUL

Gérard Nédellec

Voici de belles histoires chargées des souvenirs de notre enfance. Avec un dénominateur commun : l'école d'après-guerre. Photo scolaire, classe de mer, fête de Noël, distribution des prix, accueil des correspondants… Rien ne manque à ce florilège plein d'humour et de tendresse où se croisent directeur autoritaire, professeur chahuté, surveillant débordé, parents d'élèves attentifs et gamins malicieux.

288 pages - 10,9 x 17,8 cm - 978284494733-8 - 6 €

NEIGE ÉTERNELLE

Olivier Deck

La neige éternelle, c'est un rêve récurrent dans l'esprit de Fred. Pour l'heure, ce gamin de la ville ne se réjouit guère à l'idée de passer ses vacances chez son grand-père Antoine, un montagnard du genre bougon. Surtout qu'il y a plus qu'un conflit de générations : le garçon est le fruit d'une relation amoureuse que le vieillard n'a jamais acceptée. Pourtant, à proximité des neiges éternelles, la glace entre eux se brise.

192 pages - 10,9 x 17,8 cm - 978284494735-2 - 5,5 €

www.deboree.com

RACHEL ET SES AMOURS

Charles Exbrayat

Rachel et Joseph. La première est la petite-fille du très respecté Josuah, le second est le nouveau et jeune pasteur du village. Les regards échangés ne trompent personne. Ces deux-là sont faits pour vivre ensemble. Apparemment…

448 pages - 10,9 x 17,8 cm - 978284494725-3 - 8 €

LES CÈPES DE LA COLÈRE

René Limousin

Bien que l'affaire ait été soldée par un non-lieu, la rumeur a ruiné la vie de l'instituteur François Teillac. Abandonné par sa femme Janine, qui a emmené leur fille Christiane avec elle, François a retrouvé un semblant d'équilibre en démissionnant de l'Éducation nationale.

Le temps a passé. Janine meurt. Peut-être l'occasion de renouer des liens avec Christiane et son petit-fils Vincent…

512 pages - 10,9 x 17,8 cm - 978284494727-7 - 9 €

www.deboree.com